Candiac & ..... août 2010

MW01041048

Pascale,

Ce livre est spécialement
pour toi, il raconte.
la Chine que tu aimes ...
Bonne découverte

Johanne
xx

La cithare nue

Shan Sa

La cithare nue

ROMAN

Albin Michel

© Shan Sa et les Éditions Albin Michel, 2010

Les grandes invasions barbares commencèrent au IIIe siècle. En Occident, les Francs, les Alamans, les Huns, les Goths, les Germains, les Vandales firent irruption et déstabilisèrent l'Empire romain. En 476, l'abdication de l'empereur Romulus Augustule marqua son effondrement.

Durant la même période, les tribus nomades Xianbei, Xongnu, Di, Jiang déferlèrent sur l'Empire chinois. Elles provoquèrent la chute de la dynastie Han, puis celle de la dynastie Jin, et forcèrent les Chinois à quitter leur terre et à se réfugier au sud du fleuve Yangzi. Le pays fut alors divisé en deux parties. Au nord du fleuve, les tribus nomades se sinisèrent. En adoptant l'administration et l'écriture chinoises, elles fondèrent leurs royaumes. Au sud, les Chinois continuèrent à s'unir autour du Fils du Ciel, un empereur considéré comme ayant reçu un mandat divin.

Les royaumes du Nord et les dynasties du Sud se livrèrent des batailles acharnées. Cette guerre Nord-Sud fut accompagnée d'une multitude de luttes intestines. Au Nord, les tribus se combattaient entre elles pour agrandir leur territoire. Au

Sud, les seigneurs locaux se soulevaient à la moindre occasion et se disputaient le trône impérial.

Au Nord, seize royaumes émergèrent. Leur nombre diminuait au fil des années de conflit. Au Sud, les dynasties Jin de l'Est, Song, Qi, Liang, Chen se succédèrent au rythme accéléré des guerres civiles. Deux cents ans plus tard, Yang Qian, un ministre d'origine chinoise, usurpa le trône d'un royaume fondé par les nomades. Il unifia le Nord, défit le Sud et réunit les deux Chines en 589.

Un

An 400, dynastie Jin de l'Est

L'armée remonte le fleuve Yangzi. Les chevaux hennissent, les chars gémissent, les cavaliers et les fantassins chahutent. Ils forment un boa géant qui progresse lentement en rampant.

Dans son chariot recouvert d'une tenture noire, la Jeune Mère somnole. Elle a perdu la notion du temps et ne voit plus le changement des saisons. La route militaire est un corridor sombre et froid isolé du reste du monde. La vie militaire est rythmée par le vagissement des cors annonçant l'avancée et l'arrêt, par le roulement des tambours ordonnant l'attaque et le retrait. La Jeune Mère ignore la joie. Elle ne connaît que la tristesse. Vulnérable et désarmée, elle est obligée de suivre les hommes qui l'ont enlevée.

Ses joues se creusent. Le bruissement rapide des roues et le susurrement angoissé du fleuve ont envahi sa chair. Ses bras et ses jambes gonflent. Ses seins enflent et lui font mal. Son ventre devient un monticule prêt à cracher de l'eau et du sang. En elle, la vie livre un combat acharné contre la mort. Avec une longue corde trouvée sur un champ de bataille, elle attache fermement le gros ventre à son corps frêle tenu sur une mince colonne vertébrale. Elle a peur que son enfant ne se détache d'elle et culbute du chariot. Sur la route, là où l'armée passe, il n'y a plus de riches ni de pauvres ; il y a des cadavres, des affamés, des vagabonds. Les chevaux se bousculent, les chars et les chariots se suivent, les soldats à pied courent en rangs serrés. Les blessés, les malades, tous ceux qui tombent et se relèvent trop tard, tous ceux qui sont laissés derrière seront emportés par le Roi des Ténèbres.

Le chariot frémit et tremble. Les ornières font grincer les roues. La Jeune Mère ouvre les yeux et enlace son ventre. Soudain, une flèche se plante sur le toit et sa pointe déchire la tenture. La Jeune Mère étouffe un cri. Le chariot s'arrête. Au loin résonnent les cors qui ordonnent l'assaut. Des cris de guerre, d'abord faibles, s'élèvent, puis se rapprochent. Elle entend le cocher cravacher furieusement le mulet. Le chariot geint et repart.

Son ventre se contracte violemment. La douleur l'oblige à se plier. Elle perd de l'eau entre ses cuisses. Une deuxième flèche perce le toit. Elle glisse au sol, se recroqueville.

Un long galop apporte le cri d'un soldat :

– Feu ! Feu !

Un autre lui répond :

– Ils ont tiré des flèches enflammées sur le convoi des céréales !

Les sabots d'un cheval font trembler le sol.

– Dépêchez-vous ! Les femmes et les céréales au village !

Le feu a illuminé la nuit. Le feu dessine sur la tenture noire des fleurs rouges. Leurs pétales écarlates grandissent et s'éparpillent. La Jeune Mère suffoque. Elle ne distingue plus le bruissement des roues du hennissement des chevaux et du va-et-vient des soldats hurlant des ordres brefs. Le brouhaha devient assourdissant, insupportable. Elle ferme les yeux. Son arrière-grand-mère avait accouché dans un chariot que pourchassaient les cavaliers-archers d'une tribu nomade. Elle était morte sur-le-champ et le bébé avait dû téter le lait d'une défunte.

Un sort a-t-il été jeté contre sa famille ?

Or elle descend d'un clan illustre de la Plaine du Milieu. Coule dans ses veines le sang de tous les nobles appelés les Hautes Portes. Les Hautes Portes se fréquentent et se marient entre eux depuis la nuit du temps. Constituant la plus haute caste de la société chinoise, ils ne paient pas d'impôts à la Cour, n'ont pas de devoirs envers les empereurs et vivent en autarcie à la campagne.

Ses ancêtres ont possédé de vastes terres dans la Plaine du Milieu. Un cavalier devait galoper quinze jours durant pour faire le tour de leurs propriétés composées de forêts, pâturages, champs, villages et villas. Quand la grande invasion des Barbares mit l'armée chinoise en déroute, le clan quitta la Plaine du Milieu, franchit le fleuve Yangzi et se réfugia sur sa rive sud. Une nouvelle dynastie y fut fondée, portant le nom de Jin de l'Est.

La sueur des exilés arrosant la terre du Sud a fait naître d'innombrables villes nouvelles. Les Hautes Portes ont perdu leur fortune mais conservent les attitudes de leur caste et vivent en autarcie, loin de la capitale nouvelle. En attendant la reconquête du Nord, ils ont fait défricher, irriguer les collines et les marais. Les palais, les temples, les jardins sont plus hauts, plus raffinés que ceux laissés aux Barbares.

Comme le climat est doux et la terre fertile, la culture du riz et du coton, l'élevage des vers à soie ont prospéré ; les techniques du tissage et de l'orfèvrerie se sont répandues parmi le peuple. Le commerce s'est développé. Enrichis, les commerçants gagnent en influence bien qu'ils appartiennent à la plus basse catégorie de la société.

Les Hautes Portes dédaignent le changement. Leur vie est immuable. Ils laissent à l'Empereur et aux gouverneurs locaux les ambitions militaires. La poésie, la peinture, la musique, le jeu de go et l'étude de la métaphysique sont leurs passe-temps favoris. Au printemps, ils pique-niquent au bord des lacs et contemplent les cigognes blanches volant dans la brume ; en été, ils jouent du luth et de la flûte au clair de lune ; en automne, les concours de poésie s'accompagnent de libations et de fins filets de poisson cru ; en hiver, les chants suaves du Sud font que la nouvelle génération ne veut plus retourner dans la Plaine du Milieu, à son hiver rude, à ses tempêtes de neige.

La Jeune Mère n'a pas mangé ni bu depuis la veille, mais elle ne ressent ni la faim ni la soif. Sa main fouille sous le siège et en tire une besace en peau de mouton dont l'odeur forte lui donne la nausée. Elle doit se nourrir et avoir de l'énergie pour accoucher. Elle se force à approcher la gourde de sa bouche et à avaler une gorgée d'eau aigre. Elle saisit une boulette de riz déjà séchée et étire le cou pour faire passer les grains. Elle pense au thé parfumé à la prune verte qu'elle buvait autrefois en été dans une tasse d'agate blanche. Elle se souvient alors de tous les thés servis au fil des saisons : le thé aux grains de lotus, à l'hortensia, au sésame grillé, au coing, aux fleurs de cerisier. Elle regrette de ne pas en avoir gardé à jamais sur sa langue le goût. Comment aurait-elle pu concevoir l'impermanence du faste ?

Les flèches sifflent et se plantent sur la bâche du chariot. Le mulet hennit à tue-tête. La Jeune Mère se plaque contre le sol. Il y a bien longtemps qu'elle n'a pas de nouvelles de son époux. Elle ignore s'il est vivant.

– Ah !

Le cri du cocher la fait tressaillir. Elle rampe et soulève la portière. Une flèche est plantée sur la silhouette noire à hauteur d'épaule. Malgré sa blessure, le cocher tient fermement les rênes d'une main et cravache le mulet de l'autre.

Les soldats sont une race à part. Comme les oiseaux qui planent sur le fleuve Yangzi et hantent la montagne, ils vivent entre eux, loin de la vie ordinaire. Elle ne connaît pas ce jeune homme et ignore son nom. Inconnus l'un de l'autre, ils sont devenus compagnons sur la route de la mort. Pourquoi ne s'arrête-t-il pas ? Pourquoi n'abandonne-t-il pas le chariot et ne prend-il pas la fuite ? Pourquoi s'acharne-t-il à la conduire ? Les roues grincent et tournent. Concentré et silencieux, il pourfend la nuit sans jamais jeter un regard en arrière.

Avant le départ de son époux, elle lui a demandé un poignard aiguisé.

– Pourquoi ? a-t-il demandé.

– Bien que tu m'aies enlevée contre mon gré, je suis devenue ta femme et j'ai accepté cette fatalité. Je veux pouvoir me tuer si jamais tes ennemis me captivent et veulent m'humilier. Je ne veux pas te déshonorer.

Il ne la comprenait pas.

15

– Tu es bien jolie avec ton petit ventre blanc, a-t-il répliqué. Va vers celui qui t'offre une tente et un bol de riz. Oublie-moi.

La Jeune Mère gémit. La douleur reprend dans son bas-ventre, mais plus intolérable est l'angoisse de devoir accoucher sous le feu et les flèches.

Ses premiers souvenirs d'enfant sont des petites casseroles d'argent sur des fourneaux en terre cuite. Les servantes, de rose et de vert vêtues, se relayaient pour attiser la braise. Les tisanes médicinales bouillaient sur le feu ou refroidissaient à côté des flammes, répandant dans la chambre une odeur sucrée et amère. Mama Liu prenait un bol et s'approchait. Son regard était doux tandis que son visage exprimait la sévérité. Elle murmurait en pinçant les lèvres :

– Prenez ça, Mademoiselle. Vous êtes malade… Vous êtes très malade. Ouvrez la bouche… Comme ça…

Cette voix l'effrayait et la paralysait à l'approche du bol qui s'avançait vers elle.

Ignorant les larmes qui coulaient sur ses joues, Mama Liu la soulevait et versait la liqueur noire dans sa bouche. La tisane était si amère qu'elle suffoquait. Ses tempes bourdonnaient. La voix de Mama Liu lui parvenait par intermittence :

– Buvez… et vous serez guérie… Vous aurez un joli époux et plein d'enfants…

Mama Liu retournait au fourneau et préparait une autre tisane.

– Buvez celle-ci aussi. Sinon, vous ne pourrez pas marcher…

En larmes, elle ouvrait à nouveau docilement sa bouche. La liqueur épaisse et noire l'inondait. Sa tête tournait, son cœur palpitait. Mama Liu n'essuyait pas son visage barbouillé et revenait avec un troisième bol.

– Celle-ci pour réchauffer vos pieds et vos mains, fortifier votre foie.

Elle oubliait de serrer les dents et laissait Mama Liu la manipuler. Le corps couvert de sueur, elle retombait sur son oreiller et s'endormait jusqu'à ce que Mama Liu la réveillât pour de nouvelles tisanes.

Mama Liu était une esclave dont on ne connaissait ni le prénom ni l'âge. Cependant, c'était elle qui portait à sa ceinture le large cercle en bronze où étaient enfilées toutes les clés de toutes les maisons. Le bruissement de son autorité la précédait ; les clés tintaient avant qu'elle apparaisse. Lorsqu'elle s'asseyait et prenait un pinceau, ce n'était pas pour faire de la calligraphie ou peindre. Elle tenait les deux livres de comptes, l'un pour la villa à la campagne, l'autre pour le pavillon en ville. Les mauvaises langues disaient qu'elle avait éloigné Grand-père de ses épouses pour mieux le soumettre à son influence. Mama Liu inspectait les champs et surveillait la semence puis la récolte. Elle comptait les sacs de riz et les rouleaux de lin, coton, soie que remettaient les paysans attachés à la terre familiale. Elle enfilait les sapèques reçues des mains des négociants sur des cordelettes longues comme des serpents et les redistribuait aux gouvernantes des épouses. Une fois par mois, elle chargeait le bateau de sacs de légumes, fruits, noix, riz, et partait en ville. Elle s'installait chez Grand-père et mettait de l'ordre dans son pavillon. Comme Mama Liu jugeait que personne ne savait s'occuper de la jeune demoiselle, elle l'emmenait avec elle et personne n'osait les retenir.

Attachée à Mama Liu comme une clé à sa ceinture, elle s'étourdissait de sa voix sonore, se glissait sous sa jupe et jouait entre ses jambes. Quand ses mains rugueuses passaient sur son visage, elle ressentait un torrent de sensations agréables. Parmi les petits-enfants de son grand-père issus des différentes épouses, Mama Liu n'aimait qu'elle. Elle veillait sur elle d'un œil inquiet, la trouvant trop maigre, trop pâle, trop silencieuse. Elle la regardait manger sans cligner les yeux et bordait sa couche avant de dormir devant sa porte.

Il y avait à sa ceinture une clé en bronze doré qui avait la forme d'un mille-pattes. Elle ouvrait la porte d'une chambre qui enfermait les trésors du clan. Les armoires au bois odorant s'alignaient, résistants aux insectes et à l'humidité, où l'on rangeait les instruments de musique à la verticale. Un chiffon à la main, Mama Liu les dépoussiérait délicatement. Un instrument en forme de feuille de bananier requérait des soins particuliers. Son tronc usé et craquelé était pourtant le moins beau. Mama Liu disait que cette cithare antique était l'un des rares objets précieux que la famille avait emportés dans sa fuite vers le Sud et qu'à elle seule elle valait le prix d'une ville.

Mama Liu fredonnait des mélodies suaves. Elle n'était pas chinoise mais fille d'une tribu sauvage de l'Extrême-Sud. Lorsque la petite fille qu'elle était chantait en imitant son accent, Mama Liu fermait les yeux avec ravissement et tapait sur sa cuisse d'une main comme si elle entendait la plus belle des musiques.

Un matin, en ouvrant les yeux, la petite fille vit que la couche de Mama Liu à l'entrée de sa chambre était vide.

Le soleil filtrait à travers les croisillons et s'immobilisait sur les draps qui portaient encore la marque de son corps. De fines poussières dorées tourbillonnaient au-dessus de cette empreinte et s'illuminèrent soudain. Elles prirent la forme d'une femme endormie puis se dispersèrent.

On lui apprit plus tard que Mama Liu était morte dans la nuit. Avec elle, sa petite enfance s'était envolée comme une aigrette de pissenlit dans le ciel.

Par-delà les hauts remparts du domaine familial, la vie était paisible. Les ânes et les chevaux broutaient dans les prés ; les oies et les poules pondaient au milieu des routes. Les arbres abritaient les villages qui veillaient sur les rizières et les étangs remplis de poissons. La vaste demeure était composée de pavillons et de jardins répartis entre son père et ses oncles, reliés entre eux par des cours d'eau. Avec ses frères et ses cousins, elle gambadait, montait sur les chèvres, pêchait les crevettes, cueillait les feuilles des mûriers pour les vers à soie.

À une demi-journée en bateau se trouvait la ville où vivait son grand-père, une ville entourée de remparts en pierre où les canaux remplaçaient les rues et les barques ornées de feuilles d'or les chevaux empanachés. La tête renversée, elle comptait les maisons aux poutres et aux balustres peints qui se profilaient sur le ciel.

Son grand-père habitait un pavillon à étages. Elle en connaissait toutes les peintures et toutes les fresques dans leurs moindres détails. Paysages, fleurs, animaux, scènes de batailles historiques, aventures des marchands de soie dans le désert du Nord-Ouest, illustrations des poèmes antiques, la vie des rois et des lettrés célèbres, cette maison lui paraissait plus vaste qu'un royaume. Sa chambre se trouvait au troi-sième. Elle sautait dans les escaliers de bois pour les faire geindre sous son poids. Lorsqu'elle s'installait à la fenêtre, la ville s'ouvrait devant elle comme le plus long rouleau peint.

Au printemps, par quartiers, les fleurs explosaient. Leurs couleurs, d'abord distinctes, se confondaient. Quand la brise soufflait, les pétales pouvaient voler haut et atterrir sur ses cheveux. En été, lorsque les orages éclataient, les canaux devenaient des rubans émeraude. En automne, les nuits de pleine lune, les pavillons versaient sur les canaux des reflets qui formaient un grand serpent argenté. Il rampait autour d'elle pour exhiber ses rayures bigarrées et la faire rire. En hiver, les marchands mariaient leurs filles et arboraient leur richesse. Toute la ville se bousculait sur les quais pour regar-der passer les bateaux chargés de dots. Au son de la musique de fête, la vaisselle d'or, les vases de jade, les coraux en forme d'arbres défilaient, suivis par les meubles en bois pré-cieux incrustés de nacre et de marbre. Quand venaient les rouleaux de soie en dernier lieu, les enfants s'exclamaient et jacassaient, les hommes fronçaient les sourcils et tiraient sur leur barbe, tandis que les femmes étaient muettes d'envie.

La soie, cette douce caresse qui a pourtant la vivacité de la flamme et la fraîcheur de la forêt de bambous, était la jouissance exclusive de la noblesse. Un décret impérial inter-disait au peuple de la porter et ceux qui enfreignaient cette loi étaient condamnés à mort. Même les marchands les plus fortunés ne pouvaient l'exposer qu'à l'intérieur de leurs bou-tiques comme une œuvre d'art.

Petite fille, elle aimait la soie à la folie. Elle la piétinait, l'embrassait, l'enroulait autour de son corps quand, humblement, les tisserandes de son grand-père venaient proposer leurs dernières pièces. Elle attrapait le rouleau par son extrémité et tirait d'un grand coup. Des vagues colorées se déployaient. La soie, selon les différents tissages, porte des noms suaves. Elle en connaissait un grand nombre et les clamait comme un long poème : « Neige tardive poirier en fleur », « Rêve du pont des camélias », « Ombre des saules », « Nuages vagabonds de l'été », « Chant des loriots brume verte », « Croissant de lune », « Étang de lotus », « Encens de l'automne après la pluie », « Cascade aux chrysanthèmes », « Orchidées paresseuses »…

Les femmes Hautes Portes, disait son grand-père qui lui offrait tout ce qu'elle voulait, sont plus exceptionnelles que la soie la plus fine.

Ce grand-père né sur la route de l'exil aimait les réjouissances. Outre ses talents pour la poésie et la peinture, il était un exceptionnel joueur de mandoline à quatre cordes. Il s'ennuyait à la campagne et habitait la ville où se déroulaient jour et nuit des fêtes. Une barque couverte d'une tenture brodée était sa troisième résidence. Il aimait flotter sur les canaux dès le petit matin pour admirer les couleurs changeantes de l'aurore, glisser sous les arches des ponts et faire de la calligraphie sur les eaux en poussant les reflets du soleil avec la manche de son éventail.

Des femmes guettaient sa venue du haut de leurs fenêtres ; elles agitaient leur mouchoir et jetaient sur la proue des bouquets de fleurs dans lesquels se cachaient des poèmes d'amour. Il faisait son choix d'après la beauté des vers. Lorsqu'il abordait un pavillon, ces grandes courtisanes qui voilaient cruellement leur beau visage quand elles sortaient, s'empressaient de l'accueillir tête découverte.

Entre les rideaux de perles et les volutes d'encens, des mains blanches et délicates lui présentaient des serviettes chaudes, puis apportaient dans de la vaisselle d'or et d'argent des filets de poisson cru disposés en forme de fleurs variées. Après la sieste, on jouait au jeu de mots au rythme d'un petit gong et le perdant devait vider sa tasse de vin. Amusé ou ivre, son grand-père faisait sonner sa mandoline d'ivoire dont le tronc ressemblait à un corps de femme et chantait un poème improvisé. Comme la réputation des orfèvres fait la valeur des pierres précieuses, les courtisanes honorées par ses poèmes pouvaient augmenter leur cachet.

À la tombée de la nuit, le pavillon du Grand-père s'animait. Tels les nuages colorés du crépuscule, les bateaux peints descendaient des quatre coins de la ville. Le vent soufflait sur les longues manches des silhouettes qui se tenaient à la proue et faisait palpiter le bas de leurs tuniques. Coiffés d'un haut chignon, visage poudré de fard blanc, lèvres carmin et yeux rehaussés de traits noirs, les invités agitaient avec nonchalance leurs éventails aux plumes exotiques tels les Immortels célestes se rendant au banquet du jardin de l'Étang de Jaspe offert par la Mère divine de l'Ouest. Les bateaux abordaient le quai. Prenant appui sur le bras de leur valet, ils sautaient à terre. Leurs sandales en bois précieux tambourinaient. Leurs hauts talons bourrés de poudres parfumées imprimaient à chacun de leurs pas un lotus blanc sur le sentier dallé de pierres noires. Ils allaient s'asseoir sur la véranda donnant sur le canal, buvaient du vin, dégustaient les poissons crus du fleuve Yangzi et discouraient sur l'immortalité et l'alchimie. La nuit s'avançait. La lune se levait. Des lanternes flottantes descendaient le canal en tournoyant, annonçant l'arrivée des grandes courtisanes. Leurs barques pointues émergeaient de l'obscurité. Visage voilé, elles s'inclinaient pour saluer l'assemblée, chantaient un poème accompagné à la mandoline et leurs bateaux s'effaçaient dans le miroitement des reflets.

Son grand-père et son père ne pouvaient pas vivre ensemble. Son grand-père à la voix sonore se couchait tard et se levait tôt. Il pouvait discourir sur la configuration des étoiles jusqu'à l'aube puis aller errer sur les canaux pour accueillir le soleil. Son père au contraire se retirait tôt, se levait tard et fuyait les réceptions et les banquets. Pâle et lascif, il avait la voix faible et le regard ensommeillé. Les zodiaques des deux hommes étaient conflictuels, le premier dominé par l'élément Bois, le second par le Métal. Quand les deux hommes se fâchaient, les grands-oncles disaient que la « lame » avait encore frappé l'« arbre ». Ce n'est qu'après la mort de Mama Liu et de son grand-père, qu'elle put connaître son père.

Sur la barque, son père ne prenait pas le siège. Il s'allongeait à la proue, sous un parasol. Au rythme du balancement régulier, on s'approchait d'une île sauvage bordée de roseaux surgie à l'horizon. Quand père et fille abordaient, aussitôt une foule de jambes se pressaient autour d'elle. Elle s'accrochait à la longue manche paternelle. Des voix saluaient son père, puis s'adressaient à elle :

– Qu'elle est jolie la demoiselle !

Elle rougissait et cachait son visage dans les plis de la tunique de son père. Sur l'île, il y avait un vaste marché. La petite fille allait voir les oiseaux et les singes, et observait son père acheter des galets pour en faire des pierres à encre et des tronçons de bois pour sculpter des cithares. Ils rencontraient des lettrés de basse origine qui vivaient en vendant de temps à autre une calligraphie ou une peinture. Les Hautes Portes s'interdisaient de fréquenter des hommes de rang inférieur, mais l'interdiction avait sur son père un effet opposé. Il les invitait à manger et à boire. Il trinquait avec eux, les appelant frères, et leur offrait des cithares et des pierres à encre faites de ses mains.

Son père déambulait et elle le suivait en se collant à lui. Les plus riches possédaient des huttes, les pauvres présentaient à leur passage des babioles sur une natte trouée. Les boutiques de pierres semi-précieuses abondaient. On y trouvait des blocs de jade, des cristaux roses et jaunes, des turquoises et des lapis-lazulis. Son père demandait des galets noirs tirés du fond boueux d'un lac. Il les palpait, les soupesait, il écoutait leur sonorité et observait leurs couleurs et leurs veines. Taillés et polis en mortiers plats, ces galets se transformaient en *terrasses d'encre* ornées de sculptures en relief. En y frottant un bâtonnet en suie de pin, on obtenait l'encre noire pour la calligraphie et la peinture.

Son père négligeait tout devoir filial et ne participait aux déjeuners et dîners du clan que lors des grandes fêtes. Ignorant les critiques des autres membres, il préférait s'adonner aux travaux manuels réservés aux basses classes, aux esclaves. Au milieu d'une bambouseraie, il avait fait construire une hutte de chaume. Il y passait ses journées entre les cithares en cours de fabrication, les *terrasses d'encre* inachevées ou les poteries fraîchement sorties du four. Contrairement aux Hautes Portes qui ont les mains potelées et ne peuvent soulever qu'un éventail de plumes, celles de son père étaient courtes, fortes, et savaient manier couteaux, rabots, scies, marteaux. Entre ses doigts, les corps bruts et sombres acquéraient un contour, une proportion, un éclat, une vie animée d'esprit et de couleurs.

Les soirs de nuit claire où la lune était belle, il jouait de la cithare dans la bambouseraie tout en buvant. Au fur et à mesure qu'il s'enivrait, sa main gauche glissait plus vite sur les cordes pincées avec sa main droite. Les notes graves et amples se succédaient, devenaient bruits de vagues, grondements de fleuve. Le hennissement des chevaux et le choc des armes s'en détachaient, faisant écho aux cris acérés des oiseaux qui traversaient le ciel.

Elle était assise au centre de la chaumière. Près d'elle, son père ivre dormait d'un sommeil profond. Elle osait prendre sa cithare et imitait ses gestes. Ses petites mains se déplaçaient sur les cordes avec maladresse. Ses doigts frottaient, pinçaient, poussaient, retenaient, balayaient. La musique s'élevait. Délicate et timide, c'était le chant naïf et joyeux d'une femme au matin de sa vie.

Devant le miroir ovale, une jeune fille dansait, les bras en l'air. Ses longues manches palpitaient et sa robe plissée s'ouvrait comme une pivoine. Soudain, elle s'arrêta et s'approcha du miroir. Ses deux nattes nouées par des rubans colorés dessinaient sur sa nuque deux bouquets de camélias. Entre ses sourcils, scintillait une feuille d'or finement ciselée en forme de cigale. Ses joues étaient légèrement poudrées de rouge pâle. Ses lèvres portaient deux touches vermillon en leur centre, comme deux pétales de fleur de prunier. Elle rougit en se regardant. Elle se couvrit le visage avec les mains et se laissa glisser sur le tapis. Elle avait quatorze ans déjà et on venait de lui annoncer le bonheur de la femme.

Les horoscopes avaient été consultés et les fiançailles scellées. Sa tante, mariée au très noble clan Wang, avait servi d'entremetteuse. La Jeune Fille épouserait un petit-fils Wang, héritier des titres ancestraux et d'un vaste domaine où fleurissaient au printemps les fameuses pivoines écarlates.

Aussitôt après les fiançailles, sa tante l'invita à faire un pèlerinage. Même son père, si asocial, fut obligé de suivre le cortège. Au bout de deux jours en bateau, on jeta l'ancre et rejoignit à pied le monastère. Après avoir brûlé de l'encens et fait un don aux moines, la famille pique-niqua au bord de l'eau sous les poiriers en fleur avant d'être rejointe par l'autre famille venue en calèche. Après maintes salutations et courbettes, les membres des deux familles s'assirent des deux côtés d'une allée. La musique s'éleva et un groupe de danseuses apparut. Elles bougeaient gracieusement leurs bras drapés de longues manches peintes. Dans le filet lumineux du soleil, leurs mains s'inclinaient, se recourbaient et tournaient.

On apportait les plats mais la Jeune Fille mangeait à peine. Elle ne cessait de rougir. Gardant la tête baissée, elle n'osait lever son regard qui fixait les plats végétariens servis dans des boîtes laquées. De l'autre côté du mur des danseuses se trouvait son fiancé.

Après le pèlerinage, elle se sentit devenir « femme ». Elle tournait devant le miroir, se demandant si elle était belle. Le soir, lorsqu'elle se couchait, le visage du fiancé entrevu à travers les manches des danseuses apparaissait. Ses joues d'enfant, ses lèvres roses lui donnaient à nouveau rougissements et palpitations. Elle s'affolait en pensant que bientôt ils allaient partager la même couche.

Les présents porte-bonheur arrivèrent. La famille Wang avait envoyé des lingots d'or en forme de sabots, des rouleaux de soie, des canards et des oies. La dot préparée par ses parents était exposée dans une salle où la parentèle venait l'admirer et y ajouter d'autres cadeaux. La Jeune Fille se cachait dans sa chambre mais l'écho des compliments lui parvenait. Ses petites cousines comptaient les draps, les courtines, les robes, les manteaux, la vaisselle, les meubles, et se plaignaient de n'être pas encore fiancées.

Elle se glissa hors de sa chambre quand vint la nuit. Une lanterne à la main, elle déambula parmi les meubles au bois précieux et les malles ouvertes remplies de draps, de tapis, de vaisselle. Des robes posées sur des porte-habits avaient les manches ouvertes comme des ailes de papillon et le bas étalé comme un éventail. Pivoines, oiseaux, arbres, nuages, montagnes et mers brodés au petit point et cloisonnés de fils d'or. Sur une table basse, elle découvrit une cithare en forme de feuille de bananier au corps de laque noir-pourpre craquelée. Son cœur bondit. Elle reconnut la plus précieuse pièce de la collection familiale, celle que Mama Liu sortait de l'armoire et essuyait soigneusement comme un nouveau-né. Elle y posa une main.

« Merci, Père ! » murmura-t-elle. Les larmes lui vinrent aux yeux. Mariée, elle ne pourrait plus l'accompagner au marché, choisir les pierres et les tronçons de bois ! Elle ne pourrait plus l'aider à chercher ses outils qu'il perdait sans cesse, ni veiller sur le fourneau pour qu'il ait toujours du vin chaud, ni jouer de la flûte verticale quand il jouait de la cithare.

La cithare portait sept cordes de soie nouvellement montées. Lorsqu'elle les effleura, l'instrument résonna, grave et solitaire, comme si on soufflait dans une corne barbare. Elle appartenait à la grande poétesse Cai Yan qui avait vécu quelque deux cents ans auparavant sous la dynastie Han. Son père Cai Yong, célèbre poète, calligraphe, joueur de cithare, avait parmi ses élèves des hommes qui deviendraient des seigneurs de la guerre et des maîtres de l'Empire chinois. Quand la dynastie Han s'effondra, vint le temps de la division et des conflits sanguinaires. Cai Yong mourut en prison. Une tribu nomade pilla la capitale des Han. La dame Cai Yan fut emportée dans les steppes du Nord-Ouest. Elle n'avait que vingt-trois ans. Elle vécut dans le vent glacé, buvant du lait de yack pendant douze ans, et donna deux enfants au chef de la tribu. Lorsque le général Cao Cao, un disciple de son père, s'imposa comme le nouveau maître de la Chine, il offrit un char rempli d'or et de jade blanc aux nomades pour la racheter. Cai Yan dut quitter ses enfants et revenir parmi les Chinois. Elle composa dix-huit suites pour cithare sur l'air de la flûte nomade et laissa un recueil de poèmes dans lesquels elle consigna son chagrin et sa douleur.

La Jeune Fille pleurait de joie et de tristesse. Ses rêves et la nostalgie soufflaient dans son cœur le chaud et le froid tour à tour. Elle ignorait tout de la vie et, surtout, que les nuages s'amassaient à l'horizon et que la guerre aller éclater.

Elle ne savait pas qu'un moine taoïste nommé Sun En s'était déclaré investi d'une mission divine et avait levé une armée contre l'empereur des Jin de l'Est. À son appel adressé à tous les croyants taoïstes, huit régions se soulevèrent. Des barrières se dressèrent sur les routes ; les rivières s'emplirent de bateaux de guerre ; des troupes de cavaliers armés galopaient à travers champs pour rejoindre les rebelles. La Cour impériale dépêcha ses généraux qui enrôlèrent des criminels et firent appel aux brigands pour réprimer les insurgés. Les deux forces s'affrontèrent le long de la rive sud du Yangzi.

Une nuit, la Jeune Fille fut réveillée par sa mère. L'armée impériale progressait vers leurs terres. Elle massacrait, pillait et brûlait tout sur son passage. La famille devait partir sur-le-champ se réfugier derrière les hauts remparts de la ville gardés par les officiers indépendantistes. À l'aube, la Jeune Fille s'embarqua sur un bateau. Serrant dans ses bras le coffre contenant la cithare de la dame Cai Yan, elle laissait derrière elle ses draps de soie et ses robes de mariée. Le bateau leva l'ancre et s'enfonça dans la brume du matin. Soudain, lui vint l'idée que la cithare lui transmettait peut-être le malheureux destin de son ancienne propriétaire.

Les ombres des soldats vacillaient sur les remparts. Tambours, cornes et cris de guerre résonnaient. L'armée impériale et ses hommes brutaux apparurent comme un essaim de rapaces et encerclèrent la ville. Les catapultes incendiaires tombaient du ciel et les canaux flambaient. Au septième jour, le silence tomba brutalement quand le soleil descendit derrière les créneaux. La nuit était si calme qu'elle terrifiait. La Jeune Fille ne pouvait fermer l'œil. Elle se leva, saisit la cithare et se recoucha en la serrant dans ses bras.

Quand le soleil jeta un voile doré sur les fenêtres, la rumeur flottait sur les canaux : les soldats du gouverneur avaient trahi leur maître. Ils l'avaient décapité et avaient livré la cité à l'armée impériale. La porte de sa chambre s'ouvrit brusquement. Son frère lui dit de se rendre à la salle du Bouddha. Le sanctuaire familial était noir de monde. Tous les membres du clan s'étaient réunis pour prier. Elle s'effondra sur le tapis près de sa mère.

Elle n'arrivait pas à se concentrer sur la psalmodie et cherchait des yeux son père. Ne le trouvant pas dans la foule, elle se glissa vers la fenêtre. Par le croisillon, elle l'aperçut au milieu de la cour, une épée à la main, entouré de valets armés. Des bruits menaçants, un bourdonnement remontaient du canal et se répandaient autour de la maison. Soudain, la porte d'entrée trembla et vola en mille morceaux. Des hommes brandissant lances et sabres s'engouffrèrent en poussant des hurlements sauvages. Elle ferma les yeux et se boucha les oreilles. Quand elle les rouvrit, elle vit son père vaciller et tomber à la renverse.

– Papa !
– Reste ici !

Sa mère l'attrapa par le bas de sa robe. Mais, saisie d'une force démoniaque, elle se dégagea, se précipita hors de la salle, courut le long du corridor, ignorant le bruit des pas. Elle entendait les vases se briser, les meubles tomber, les courtines se déchirer, mais elle ne ressentait aucune peur.

Un groupe de soldats surgit. Un sabre étincela dans l'air et une touffe de ses cheveux s'envola. Muette de terreur, elle ferma les yeux, recula vers la gauche et heurta un mur. Le mur bougea et la saisit par les épaules. Elle ouvrit les yeux, affolée, et découvrit un officier de petite taille au teint basané. Ses prunelles brillaient sous un casque noir orné de plumes orange. Il la regarda, la repoussa et ordonna qu'on l'emmène et ne la brutalise pas.

On l'enferma dans une chambre, elle se blottit dans un coin et colla son oreille contre le mur. Le tapage semblait cesser, mais le moindre bruit la faisait tressaillir de terreur. La porte s'ouvrit vers la fin de l'après-midi. Sa mère entra, accompagnée de soldats. Elle lui dit que le capitaine du régiment avait exprimé ses regrets pour le décès de son père et, afin de réparer l'erreur commise par ses soldats, il avait décidé d'épouser la fille. Elle baissa la tête et ne prononça pas un mot. Sa mère réprima un sanglot et s'en alla préparer la chambre nuptiale. La Jeune Fille réclama un bain chaud. Ce fut sa seule exigence. Le capitaine lui fit dire que ce n'était pas nécessaire.

Nue, elle se cachait sous le drap. La chambre était si sombre qu'elle en perdit la notion du temps. Des lamentations de femmes lui parvenaient ; elle avait l'impression d'être couchée dans un cercueil et que c'était elle dont on pleurait la mort. La porte s'écarta et une silhouette s'avança, une bougie à la main. Un homme se déshabilla, souffla la bougie et souleva le drap.

Deux mains lourdes et dures saisirent ses seins de jeune fille. Elle n'osait se plaindre ni respirer. Elle tremblait de tout son corps puis se raidit. Soudain, elle sentit des genoux glacés entre ses jambes.

– Maman !

Elle lâcha un cri.

Peu avant l'aube, du haut du rempart, quelqu'un souffla la corne. L'homme qui était devenu son époux se réveilla. Deux grandes bassines remplies d'eau chaude furent déposées dans la chambre. Elle avait mal partout, mais elle se leva et s'habilla

précipitamment pour accomplir son devoir d'épouse. Silencieusement, elle plaça la tête de l'homme renversée sur ses
cuisses et lui défit son chignon, qui sentait mauvais. Les cheveux longs et vigoureux se répandirent dans la bassine, exha-
lant la sueur, la boue, le sang et d'autres odeurs inconnues.
Elle les frotta longuement avec des écorces qui moussaient,
massa son cuir chevelu, versa des louches d'eau sur son corps
et lui frictionna le dos avec une serviette. Elle gardait les yeux
baissés et évitait la vue des muscles et des cicatrices. Elle fixait
ses propres mains, lesquelles paraissaient diaphanes sur la
peau de l'homme striée de plaques noires.

Elle le fit asseoir devant le miroir de la coiffeuse et peigna
ses cheveux essorés. Discrètement, elle jeta un coup d'œil sur
son visage. Sans le casque sur ses yeux, elle ne le reconnaissait pas. Peut-être n'était-ce pas l'homme qu'elle avait heurté
dans le couloir. Dans le miroir, il la scrutait aussi. Elle se
détourna.

– Ta famille est désormais sous ma protection, lui dit-il.
C'était la première parole qu'il lui adressait depuis la veille.
Prends tes affaires. Nous partons.

Sa gorge était si nouée qu'elle en avait la nausée.

– C'est toi qui m'as choisi, dit-il au miroir.

Parmi tous les objets précieux que possédait sa famille,
elle ne prit que la cithare à sept cordes de la Dame Cai Yan.
Elle monta dans le chariot en pleurant et en serrant l'instrument de musique dans ses bras.

Le mulet a ralenti. La Jeune Mère distingue maintenant
le bruit des autres chariots qui transportent les femmes et le
ravitaillement. Le vent fait claquer la portière et souffle dans

ses narines l'odeur de la pluie. Pareil à la cithare jouée par son père, il se lamente et gronde.

La pluie crépite. Les gouttes frappent la tenture et lui rappellent le roulement acéré de la mandoline à quatre cordes, l'instrument préféré de son grand-père. La Jeune Mère se bouche les oreilles. Ce soir, les morts sont revenus sur terre. Chevauchant les nuages, son grand-père et son père jouent un duo avec leurs instruments favoris. Lui annoncent-ils une naissance ou une mort ?

Une série de contractions lui fait pousser des râles. Le chariot s'immobilise. Le soldat soulève la portière. Sans dire un mot, il l'extrait du chariot en la tirant par les bras et la porte comme un sac de riz. Elle voudrait ouvrir son ventre de ses deux mains. La pluie s'écrase sur son visage tordu par la douleur et pénètre dans sa bouche. Elle la boit pour calmer ses nerfs. Le soldat donne un grand coup de pied dans une porte. Une odeur fétide l'assaille. Il la dépose dans une étable sur un tas de paille et repart. La Jeune Mère tâtonne et rampe. Haletante, elle se débarrasse de ses sous-vêtements et écarte les jambes. Ses cuisses se déchirent. Elle s'évanouit.

Quand elle rouvre les yeux, elle distingue dans l'obscurité des femmes qui s'agitent et des buffles qui meuglent.

– Où sommes-nous… ? demande-t-elle.

Une femme lui met une main sur la bouche.

Des bruits métalliques au rythme régulier se font entendre. En plaquant un œil sur la fente d'un mur, elle voit que la pluie s'est arrêtée. D'innombrables flambeaux flottent dans la nuit et des soldats se battent au sabre. Ses contractions reprennent. Elle étouffe un cri. Les femmes se jettent sur elle, couvrant sa bouche avec des lambeaux de leurs robes. Sa poitrine se soulève bruyamment et son corps baigne dans la sueur. Les cris des hommes se rapprochent. Elle mord de toute sa force dans la boule de tissu introduite entre ses lèvres. Ses oreilles bourdonnent. Elle n'entend plus que son propre cœur qui s'accélère et cogne, un coup, deux coups, trois coups… C'est son enfant qui se précipite vers la vie avec la même fureur que les soldats se ruent vers la mort.

Brusquement, la porte s'écarte et un soldat bondit à l'intérieur. Couvert de sang des pieds à la tête, il a le regard halluciné. Comme ivre, il titube, lève son flambeau et brandit son sabre sur lequel le sang ruisselle encore. Les femmes poussent des hurlements. La Jeune Mère ferme les yeux. Quand elle les rouvre, le soldat a lâché son sabre et tremble de tout son corps. De sa gorge dépasse une pointe de fer. Le soldat s'écrase, face contre le sol, découvrant une flèche plantée dans sa nuque. Ses membres tressautent violemment, plusieurs fois il cherche à se relever. Chacun de ses mouvements terrifie les femmes. Serrées les unes contre les autres, elles pleurent, puis s'affolent. La torche qu'il a jetée a enflammé la paille.

La Jeune Mère ne sent plus ses membres. Les contractions de son ventre se sont arrêtées. Une torpeur froide l'envahit. Elle flotte dans l'air et flaire une forte odeur. Est-ce les ennemis qui ont mis le village à sac ? Elle a soif. Mais elle n'a plus la force de remuer les lèvres. Elle est entourée de colonnes noires qui s'élancent en torsades vers le ciel.

Elle entend des cris autour d'elle :

– De l'eau dans l'abreuvoir !

– … Un seau !

– Donne-moi ta robe…

– Réveille-la !

– Ah, elle saigne !

– La tête sort...

– Doucement... Tire !

– Il ne bouge plus...

– Mets la main sous le cou... Doucement !...

– Ne meurs pas !... Respire...

– Pousse... pousse !

– Masse son ventre...

Mourir ? Vivre ? Tout cela lui est égal. La tristesse l'accable, mais la Jeune Mère sourit. Elle cesse de se débattre. Portée par une douce chaleur, elle monte vers un autre monde, un monde meilleur.

Dans les arbres, les oiseaux ignorent la guerre et chantent gaiement. La Jeune Mère cligne des yeux et ouvre des paupières lourdes. On lui tend un enfant ridé emmailloté dans des bouts de tissu arrachés des robes. Elle s'aperçoit alors que les cris des oiseaux sont en réalité les pleurs du bébé dont elle vient d'accoucher.

L'aube pénètre dans l'étable et se répand comme une rivière de lait. Elle s'étonne que chagrin, douleur, peur se soient effacés à son réveil. La vie lui révèle enfin la joie de la femme. Une sensation légère et vibrante qui ne ressemble en rien à ce qu'elle a goûté autrefois. Comme une tasse de thé après une longue chevauchée, comme la première fleur de printemps que l'on trouve au bord du chemin. Une paix douce et flottante caresse ses joues et détend ses membres fatigués.

Deux

An 581, dynastie Chen

Le soleil se lève sur la ville de Jing Ko et son panneau laqué noir « Porte du Fleuve ». Il pourfend les nuages et lance ses dards sur le quartier du marché. D'année en année, les aliments deviennent plus chers et les chalands se ruent sur les étals. Ils piétinent et postillonnent sans rien trouver qui convienne à leur bourse. Déçus, ils errent dans les rues, lançant des commentaires persifleurs. Puis, tous en même temps, ils se jettent sur un marchand qui décide de brader. Les voix enflent, les mains se lèvent. On se pousse et se dispute. Les fruits et les légumes s'arrachent en un instant au milieu du vacarme, de bagarres.

Le jeune luthier marche au centre de la rue. Il se tient droit et avance sans rien voir. Coiffé d'un turban sombre, vêtu d'une vieille tunique dont la couleur est devenue indéfinissable, il balance ses longues jambes tout en gardant le buste raide et le dos légèrement courbé. Des hommes affamés et pressés le contournent sans le bousculer. Peut-être qu'en voyant la cithare qu'il porte sur le dos ils comprennent qu'il se nourrit de musique et ne vient pas au marché pour la perpétuelle lutte pour la survie. Peut-être lisent-ils dans sa démarche la lassitude et l'indifférence d'un homme qui ne possède rien, et qu'ils préfèrent l'éviter pour ne pas être contaminés par sa malchance et sa misère.

Le vent caresse son visage et envoie dans ses oreilles un flot continu de bruits. Il lève les yeux. Recouverte de maisons aux toits hérissés de tuiles grises et ocre, la ville ressemble à un poison carnassier pêché dans la mer Jaune. Le brouhaha des hommes, le roulement des étals, le cliquetis des jarres, le tintamarre des hachoirs et le cri des poules et des canards retentissent, se confondent et s'éparpillent pour former une musique lente qui serpente dans sa tête et rampe dans sa poitrine. Il hoche la tête pour ponctuer les mesures.

– Sheng Feng, tu ne me dis pas bonjour ?

La musique s'arrête. Il se retourne.

Gros Liu, l'antiquaire, lui fait signe de la main devant sa boutique.

– Viens, je t'offre une tasse de thé !

Il hésite un instant, puis se dirige vers lui.

– Je te l'ai dit cent fois, quand tu viens en ville, passe chez moi. Il y a toujours du thé qui t'attend. Viens, viens ! Entre vite.

Il suit Gros Liu et monte les marches. Deux servantes soulèvent la portière de soie en criant :

– Monseigneur, bienvenue !

En franchissant le seuil, Shen Feng sent le regard des servantes se porter discrètement sur ses bottes couvertes de boue. Il a plu la veille à la montagne. Pour arriver en ville au matin, il a fait la route de nuit. Trop attentif au croassement des grenouilles et au crissement des insectes quand il traversait la forêt, plusieurs fois dans l'obscurité il a glissé.

Un tapis vermillon de soie et laine est étendu dans le salon. Gros Liu lui désigne un siège recouvert de coussins brodés :

– Assieds-toi.

Sur la véranda, Shen Feng retire ses bottes. Ses chaussettes trouées n'échappent pas au regard des deux filles. Elles se gaussent discrètement. Gros Liu fait semblant d'ignorer tout cela. Il ordonne que l'on apporte du thé. Le voyant installé sur son siège, il s'écrie :

– Shen Feng, montre-moi cette merveille ! Quel est son nom ?

Sans attendre la réponse, l'antiquaire attrape l'instrument, dénoue les cordelettes et le sort de sa gaine. Il porte la cithare vers la lumière et la fait tourner entre ses mains pour observer sa forme et sa couleur.

– « Remous vagues », lit-il sur le revers de la table d'harmonie.

Il pose la cithare sur ses genoux, donne au tronc des petites tapes avec son médium.

Shen Feng a eu un pincement au cœur quand Gros Liu a mis ses mains potelées sur la cithare. Il éprouve toujours de la répulsion quand on touche à ses cithares. Il détourne le regard et se concentre sur le thé que l'on a servi.

Sans demander sa permission, l'antiquaire serre les sept cordes l'une après l'autre et se met à jouer.

Puis il s'exclame :

– Quelle pureté ! Quelle profondeur ! C'est exceptionnel. Shen Feng, tu es meilleur luthier que ton maître !

Le jeune homme sirote le thé et ne répond pas. Gros Liu lève sa tasse, réfléchit un instant et prend un ton compatissant :

– Comment va le vieux luthier ? Ça fait longtemps que je ne l'ai pas vu en ville. Est-il malade ?

– Mon maître se porte bien, merci de votre attention.

– Sheng Feng, je suis un ami de ton maître de longue date, je le connais depuis la dynastie précédente. Il ne faut pas me mentir. Comment se fait-il que ces derniers temps toutes les cithares soient faites de tes mains ? Ton maître aurait-il décidé de se consacrer au dialogue avec les mages ?

– Les commandes se font rares. Mon travail suffit.

Gros Liu sourit malicieusement.

– Je l'avais bien dit à ton maître ! Mais il ne m'écoute jamais ! Au Nord, les royaumes barbares n'ont cessé de se battre entre eux. Ici, chez nous, la guerre civile fait rage. Des deux côtés du fleuve Yangzi, la fureur de la guerre brouille les oreilles des hommes et étourdit les esprits. Les nobles n'éduquent plus leurs enfants, les pauvres meurent de faim ou s'engagent dans l'armée. Personne n'a le loisir d'étudier les rites et la musique. Avant, je recevais chez moi des lettrés de haut lignage de la Plaine du Milieu. À présent, une foule vulgaire aux besaces remplies d'or défile à ma porte. Ils achètent et ne reviennent pas. Parce qu'ils sont décapités l'année suivante ! C'est normal que vous n'ayez plus de commandes. Le monde est à son déclin. Sheng Feng, qu'en penses-tu ?

Il ne pense à rien et ne fait pas de commentaire. Ce monde de misère est pareil à ses bottes usées en peau de mouton qu'il met pour sortir, il est indifférent à son état. Il s'apprête à prendre congé mais l'antiquaire le retient :

– Avant de partir, écoute-moi bien. Ton maître est vieux. Tant pis s'il ne m'a pas écouté. Mais toi tu es jeune et tu dois songer à ton avenir. Ne veux-tu pas avoir une jolie épouse qui te donne plein d'enfants ? La vie dans la montagne n'attire guère les filles. Et pour avoir un ventre bien ferme et bien fertile, ça coûte de l'argent. Il faut payer les intermédiaires, puis les beaux-parents. Sans argent, tu n'auras qu'une borgne ou une boiteuse ou une folle... Ou rien du tout, vu que le prix de la femme augmente d'une guerre à l'autre...

Le regard scrutateur de Gros Liu le fait rougir jusqu'aux oreilles. Shen Feng a l'impression que l'antiquaire lit dans ses rêveries nocturnes. Il reprend du thé pour dissimuler sa gêne. Mais la voix de l'antiquaire continue à bourdonner :

– Aujourd'hui, plus personne ne sait écouter la musique. L'art de la cithare se perd, mais pas le prestige d'en posséder une. Les gouverneurs parvenus et les officiers de Cour qui étaient autrefois des simples laquais, ces princesses qui jadis trimaient dans les champs raffolent des antiquités qui ont survécu à toutes les guerres passées. Tous rêvent d'une cithare ancienne sur leur table basse pour se donner un air noble et raffiné. Quand ils achètent, ils aiment surtout enchérir les uns contre les autres. Car ce sont les plus riches et les plus puissants qui emportent les plus chères. Il y a huit mois, j'en ai vendu une de la période des Trois Royaumes[1], laquelle, d'après la légende, appartenait au général Zhou Yu du royaume de Wu. Devine le prix final...

Le visage de Gros Liu se ride comme un camélia. Il s'approche et chuchote :

– Pas moins de cent *liang*[2] d'or pur.

---

1. Période des Trois Royaumes : 208-280.
2. Mesure chinoise : 20 *liang* = 1 kg.

Gros Liu se lève, passe derrière un paravent orné d'une belle calligraphie faite d'incrustations en nacre, réapparaît avec dans les bras un coffre en bois laqué pourpre orné de fleurs d'or. Il s'agenouille, le dépose délicatement sur le tapis, tire le trousseau de clés attaché à sa ceinture, en choisit une et ouvre le cadenas. Il soulève un objet enveloppé de plusieurs couches de tissu en lambeaux. Il déroule la bande avec soin, dévoile une gaine en natte de bambou à moitié décomposée et en tire une cithare couverte de poussière dont un coin a été endommagé.

– Une merveille, non ? Authentique ! Tiens, touche-la ! glapit Gros Liu en la posant sur les genoux du jeune luthier.

Shen Feng souffle dessus pour dégager la poussière et en nettoie une parcelle avec sa manche. Au premier coup d'œil, il reconnaît une cithare dont la laque, grossièrement vieillie, présente des craquelures en forme d'écailles de poisson. Il la porte à la lumière et la retourne. Au dos, le nom gravé au style tambour d'or est à demi effacé. En tendant les bras, il la réexamine à distance. Bien que l'instrument ait été taillé dans la forme la plus populaire de la dynastie Han, il ne possède ni la légèreté ni la grâce qui la caractérisent. Il rend l'instrument au Gros Liu sans un mot.

– Enfin, regarde-la encore. On ne voit pas une pareille beauté deux fois dans sa vie. C'est un chef-d'œuvre de la vénérable dynastie Han. Quel miracle qu'elle ait pu échapper au pillage des nomades et au ravage des guerres ! Sais-tu à qui elle appartenait ? À la dame Cai Yan, l'auteur des *Poèmes de regret et fureur* et des *Dix-huit suites pour cithare sur l'air de la flûte nomade*. Ne veux-tu pas en tester le son ? Veux-tu que je fasse monter les cordes tout de suite ?

– Non, ce n'est pas la peine, répond Shen Feng. La fausse cithare Han produirait des sons ternes : elle était destinée à décorer une table ou à être accrochée à un mur, non à un musicien. Merci pour le thé. Je vous demande la permission de me retirer.

Le visage de l'antiquaire se décompose. Son regard vacille entre la cithare et le jeune luthier. Soudain, il éclate de rire.

– D'accord. Elle est fausse ! Je voulais tester tes yeux ! Ton maître m'a dit qu'il avait élevé un génie. Je croyais qu'il se vantait. Il ne m'a pas menti ! Shen Feng, j'ai besoin de toi et tu as besoin de moi. Je veux que tu fabriques une cithare de la dynastie Han de sorte qu'on ne puisse jamais douter. Je te donnerai un quart de mon bénéfice.

Shen Feng s'incline à nouveau et se lève.

– Excusez-moi, je dois partir.

L'antiquaire saute sur ses pieds malgré son poids et disparaît derrière le paravent avant de revenir aussi vite.

– Tiens, un cadeau. La partition des *Dix-huit suites pour cithare sur l'air de la flûte nomade*. Attention, elle a été copiée à partir d'un manuscrit trouvé à la bibliothèque de la Cour du royaume de Wu. Parmi toutes les versions existantes, elle est réputée pour être la plus authentique.

Shen Feng veut la refuser mais ses mains se tendent vers le rouleau sans qu'il le veuille. Il l'arrache presque à l'antiquaire et s'incline profondément.

– Ne me remercie pas, lui dit Gros Liu, triomphant. Pense à ma proposition. Nous gagnerons beaucoup d'argent.

Scrutant le visage du jeune luthier, il jubile et postillonne :

– La dame Cai Yan, la fille du grand poète Cai Yong, a été enlevée par des nomades. Pendant douze ans, elle a vécu dans le vent du nord, parmi les chevaux et les moutons, et elle a composé dix-huit suites pour la cithare pour exprimer son chagrin et sa nostalgie. Elle a été rachetée par le général Cao Cao aux Barbares contre un char rempli d'or et de perles. À mon avis, une cithare qu'elle aurait utilisée se vendrait pas moins de deux cents *liang* d'or pur. Bon… j'ai une meilleure histoire… Lorsque Cai Yan est retournée dans la Plaine du Milieu, elle a offert sa cithare à Cao Zhi, le second fils du général. Fameux poète comme son père Cao Cao, Cao Zhi a été assassiné par son frère Cao Pei, jaloux de son talent. Cao Pei a usurpé le trône, renversé la dynastie Han et fondé la dynastie Wei. Ensuite, cette cithare a fait partie de la collection impériale des empereurs. Mais, hélas, lors de la dernière invasion barbare, elle a été volée par une servante du palais qui a pris la fuite dès que la Cour a eu franchi le fleuve Yangzi. Une centaine d'années plus tard, moi, l'antiquaire Liu, je l'ai retrouvée dans le grenier d'un paysan. Pourquoi je dis qu'elle a appartenu à la dame Cai Yan ? Tiens, Shen Feng, note-le bien dans ton cœur, parce que sur son dos est gravé son nom qui est…

Gros Liu s'arrête, tousse, puis continue en se frottant les mains :

– « Flûte nomade » ! Avec un nom pareil, je la vendrai trois cents *liang* d'or ! Disons que je dois réserver un quart du gain aux intermédiaires, et je te reverse un quart de ce qui me reste, cela te fera beaucoup de pièces d'or. De quoi acheter une maison en ville pour toi et ton maître, vous entourer de servantes et de valets, t'offrir un beau mariage.

Shen Feng hésite un instant et rend la partition à l'antiquaire.

– Je ne peux pas. Mon maître et moi ne sommes pas des faussaires. Nous ne pouvons pas ternir nos noms avec de pareilles pratiques.

Un rictus apparaît sur le visage de l'antiquaire mais il continue à sourire.

– Garde cette partition. Ton geste m'humilie ! Même si tu ne fabriques pas cette cithare pour moi, garde mon cadeau ! C'est pour la musique.

Sur le seuil de sa boutique, il porte sa main droite devant sa bouche et murmure :

– Pas un mot à quiconque. C'est un secret. Allez, reviens vite. Ne sois pas stupide. Tu es en âge de fonder une famille. Ton maître sera bien content d'avoir des petits-enfants !

Les deux jeunes servantes se courbent et soulèvent la portière en criant :

– Au revoir, monseigneur !

Shen Feng descend dans la rue ; Gros Liu le suit.

– Un autre secret : les Anciens n'ont pas notifié dans les chroniques des Han la forme et les particularités des cithares ayant appartenu à la dame Cai Yan. Tu es libre...

Shen Feng retrouve la rue et son brouhaha. Il palpe sa poitrine. Le rouleau de la partition est toujours là, serré contre son cœur. Comme s'il venait de se réveiller d'un rêve confus et incolore, un étrange sentiment de joie et de tristesse, de dégoût et d'espoir s'empare de lui.

Les voix tanguent, se heurtent, s'apostrophent et se répondent. Les marchands ambulants chantent la vertu des casseroles, poteries, tissus, nourriture, et sifflent dans une flûte pour attirer l'attention. Des boutiquiers emploient des garçons imberbes à la voix aiguë qui racolent les passants. Des moines pèlerins traversent la ville en agitant leur clochette de bronze. Au coin d'un carrefour, des pharmaciens font des culbutes au rythme des tambours, ou se battent au sabre, tandis que leurs enfants frappent un gong de bronze et énumèrent les effets des herbes médicinales qui ressuscitent les morts et rendent un impuissant viril. Tous ces bruits emplissent ses oreilles. Comme des fruits mûrs pressés par une main invisible, ils se transforment en un mince filet de liqueur parfumée.

Shen Feng ne connaît pas la femme. À la montagne Force du Nord, au village, les femmes ressemblent aux hommes. Elles sont souvent plus robustes qu'eux, vont aux champs, leur bébé attaché à leur dos. Elles égorgent les lièvres et plument les faisans devant la porte au milieu d'un bain de sang. Lorsqu'il y a des conflits entre voisines, elles s'insultent et se bagarrent. Ce sont elles encore, lorsque les hommes se blessent en tombant d'une falaise ou sont attaqués par les fauves, qui prennent l'arc et la hache. Les veuves sont aussi capables de chasser, tailler du bois, d'aller en ville vendre les légumes et le gibier.

Jeune garçon, il jouait avec les filles du village à qui pissait le plus loin. La seule différence constatée était que les garçons pouvaient dessiner sur un mur et les filles seulement par terre. Du printemps jusqu'aux jours tardifs de l'automne, tout le village lavait le linge et se baignait sous la grande cascade. Nues, les femmes ont deux besaces qui tombent sur la poitrine, et les hommes trois entre leurs jambes.

Depuis quelque temps, le jeune luthier se sent chatouillé par une émotion étrange qui le rend impatient lorsqu'il reste trop longtemps au village auprès de son maître vieillissant. Dès que possible, il bondit vers la ville, le cœur empli de joie.

Une fois en ville, nageant dans la foule des citadins, il s'aperçoit que l'agitation et les bousculades n'étanchent pas sa soif. Au contraire, elles le rendent encore plus nerveux dans l'attente de quelque chose d'innommable et inconnu.

Le vent souffle dans ses narines un parfum exquis. Ce n'est ni la fragrance d'une fleur, ni l'odeur d'un fruit. Il regarde alentour et découvre une apparition. Elle est montée sur une ânesse et suivie de deux petites servantes qui portent des paquets. Vêtue d'une veste rose brodée de papillons et d'une tunique de coton couleur bleu de miel, elle porte sur la tête un large chapeau de paille. Un long voile de mousseline blanche la recouvre pour brouiller ses traits. Comme elle traverse une zone de soleil, son visage s'illumine soudain, révélant un nez effilé, une bouche ronde, un long cou gracieusement penché en avant.

Le jeune luthier la suit du regard sans cligner les yeux. Elle bouge un peu sur le dos de l'ânesse. Au rythme des petits trots, elle monte et descend. Avec le mouvement cadencé de son corps, ses longues manches tremblent et dévoilent les couches successives de tuniques intérieures sous la tunique d'apparat. Shen Feng accélère le pas, la dépasse, puis se retourne pour mieux l'observer. Elle entre dans une zone d'ombre. Son visage s'efface derrière les plis du voile. Mais il a l'impression que, cachée derrière le blanc impassible, elle le regarde dans les yeux et lui dit silencieusement : « Femme. »

Femme !

Il rougit, détourne son visage et plonge dans la foule. Derrière les épaules et les têtes, il la regarde s'éloigner. Elle aussi circule au milieu de la rue. Dans le soleil, sa silhouette se démultiplie et disparaît dans un monde à jamais inaccessible.

C'est une grande courtisane qui se rend à un banquet.

La boutique de Lu Si est blottie contre la tour du clocher. À l'entrée, un singe s'affaire à épouiller un chien. Sous la cage aux oiseaux, un chat gris s'étire, miaule, s'arc-boute, quand Shen Feng passe devant lui.

Lu Si, le marchand de musique, descend d'un clan originaire du Sud. Ses ancêtres n'étaient pas nobles à l'origine. Mais ils ont été anoblis lorsqu'ils étaient conseillers à la Cour du royaume de Wu au temps des Trois Royaumes. Quand le royaume de Wei annexa le royaume de Wu après quatre-vingts ans de guerres incessantes, la famille de Lu Si perdit toute sa fortune sans perdre l'histoire liée à son nom. Depuis, la branche dont descend Lu Si n'a plus eu accès au pouvoir. Cependant, il a gardé ses entrées chez les nouveaux seigneurs grâce au prestige de ses ancêtres.

Volubile et infatigable, il peut conter la chronique de tous les royaumes qui se sont établis au sud du fleuve Yangzi. Son talent d'orateur et sa connaissance de l'histoire du Sud le font vivre. Pour vendre ses instruments, il se rend chez ses clients, animant leurs banquets avec des conversations savantes. Il énumère les intrigues princières, les alliances et les ruptures entre les seigneurs de guerre. Agitant son chasse-poussière en crin, il sait décrire les conspirations, les diplomaties de chambre et les escalades militaires. Son plus beau récit est la bataille navale de la Falaise pourpre[1] à laquelle ses ancêtres

---

1. Cette bataille eut lieu sur le fleuve Yangzi, en novembre 208 av. J.-C., entre le seigneur de guerre du Nord Cao Cao, son armée de 200 000 soldats et la coalition du seigneur Liu Pei, futur roi de Shu, avec le seigneur Sun Quan, futur roi de Wu.

ont pris part. Acheter les instruments de musique de Lu Si, c'est s'approprier les fantômes, les royaumes évanouis.

Shen Feng monte les marches. Les portes coulissantes sont grandes ouvertes et la portière en coton colorée relevée. À l'intérieur, sur un parquet en bois de *hongmu*, quelques instruments de musique sont exposés sur des tables basses aux jambes gracieusement arquées. Un haut vase porte une branche de forsythia jaune devant une peinture de paysage.

Shen Feng tire la corde d'une cloche et s'agenouille sur le perron. Bien que Lu Si n'appartienne pas aux clans des Hautes Portes de la Plaine du Milieu et qu'il descende d'un « Petit Nom » anobli, il est fier de son rang offert par le roi du belliqueux royaume de Wu et déteste que les roturiers le prennent pour leur égal. Il a toujours exigé que les luthiers restent à la porte.

Au fond de la salle, un panneau mural glisse et une longue silhouette émerge. Pour marquer sa noblesse, le visage de Lu Si est poudré de blanc et ses yeux soulignés de noir. Drapé d'une ample tunique aux manches larges, il se déplace comme s'il flottait. Il tient à la main une tige de jade blanc montée de crin. C'est un chasse-poussière, objet prisé de la noblesse.

Shen Feng se prosterne.

La voix nasale de Lu Si résonne :

– Relève-toi, Shen Feng. Où est ta cithare ?

Il la dépose à l'entrée de la salle et revient s'asseoir sur le perron.

– Son nom ?

– Remous vagues.

Lu Si saisit l'instrument et le pose sur une table basse. Il l'extrait de sa gaine et l'accorde. Une musique lente et élégante s'élève.

– La résonance est souple et l'écho subtil. Les aigus fuient vers le grave tel le reflet des mouettes blanches glissant sur les vagues sombres. Beau. Très beau… Mais…

La voix de Lu Si tournoie dans l'air. Pinçant une corde, il soupire, parle comme s'il chantait :

– Au nord du fleuve Yangzi, dans le royaume de Zhou, Yang Jian, un général d'origine chinoise, a vu sa fille devenir reine des Barbares. Il a fait changer le testament du roi à sa mort et s'est proclamé régent après avoir mis sur le trône son propre petit-fils. Les cinq princes royaux, frères du roi défunt, lui firent la guerre pour le déloger de la Cour. Mais Yang Jian, fort de l'appui de son épouse, fille d'un général descendant du célèbre clan Gu Du d'origine barbare, n'avait-il pas provoqué ce duel à un contre cinq pour s'imposer comme maître incontesté du royaume de Zhou ? Si les cinq princes gagnaient, ils destitueraient le petit-fils de Yang Jian, et l'un des cinq serait empereur à sa place. Yang Jian, fin stratège et guerrier féroce, joua sur la division des cinq princes. Il les combattit tout en les incitant à s'entretuer. Yang Jian sortit vainqueur, destitua son petit-fils et fonda une nouvelle dynastie nommée Sui. Devenu roi, il ambitionna d'envahir le Sud afin d'unifier la Chine. Moi, Lu Si, dont les ancêtres buvaient l'eau du fleuve Yangzi avant l'arrivée des Chinois, je dois défendre l'indépendance du Sud. Je ne me déplace plus au Nord pour vendre mes instruments de musique, tant les brigands y abondent…

Lu Si se lève, traverse la salle de réception, disparaît derrière le panneau mural, revient.

– Au Sud, la dynastie Chen est à son déclin. Notre empereur néglige les affaires politiques et s'enivre des jeux subtils du cœur et des sens. Il passe son temps à composer de la musique afin de réconcilier ses concubines. Il les a réunies dans un orchestre qu'il dirige lui-même pour qu'elles apprennent l'amitié et l'harmonie. À la dernière fête de la Lune, mille beautés ont chanté en chœur un air composé par lui. Il vient de me commander deux cents mandolines, trois cents flûtes, cinq cents timbales et cinq cents tambourins. Le palais n'a aucun intérêt pour la cithare qui se joue en solitaire. Il faut que tu changes de métier. J'ai grandement besoin d'ouvriers pour mes mandolines. Tiens, Shen Feng, prends cette bourse. Je sais que si je refuse ta cithare, le vieux luthier et toi n'aurez rien à manger et les vieux os de ton maître ne survivront pas. Mais sache que je n'ai pas le temps de chercher à qui vendre ta cithare.

Lu Si s'interrompt, un sourire amer apparaît sur son visage.

– La cithare est la racine de la musique, la gloire des sages. Toutes ces années passées, je les ai vendues une à une en allant voir dix fois les clients, m'asseoir avec eux, discuter, expliquer, les initier au secret du phénix en leur donnant des leçons particulières. Aucun de mes commis ne sait faire tout cela ! Ils détruiraient ma réputation. À présent, il faut que je m'occupe du caprice impérial, sinon je perdrais cette tête qui est encore sur mes épaules. Reviens me voir dans douze lunes. Peut-être y aura-t-il une commande pour toi d'ici-là.

Interloqué, Shen Feng saisit la bourse qu'il lui tend sans prononcer un mot. Lu Si est un honnête marchand. Mais, à cet instant, Shen Feng aurait préféré un mensonge de sa part. Il prend congé en jetant un dernier regard sur Remous vagues. Sur une table basse, sa fine silhouette luit. Elle a la pose gracieuse et le maintien calme. Pendant deux ans, il a traité son bois, puis pendant six mois il a sculpté son corps. Il l'a palpée, caressée, frottée. Il lui a choisi une forme et il a donné un langage à son silence. Elle avait ses exigences aussi, elle lui réclamait sans cesse d'étirer ses lignes et d'arrondir ses courbes. Sa résonance changeait, elle le fuyait, le boudait, le surprenait. Mais ses humeurs se révélaient toujours justes. Elle l'a guidé, jour après jour, vers l'intérieur de son ventre où elle lui a dévoilé toutes ses fibres, tous ses grains, toutes les perfections et imperfections de sa sonorité. Son parfum se transformait. Tour à tour, elle sentait le bois, les outils, la colle, la laque, la sueur, la pluie… jusqu'au jour où elle s'est éveillée à la douce fragrance de la vie. C'était le moment où ils devaient se séparer.

Shen Feng se prosterne pour prendre congé et recule à genoux. Lu Si lui rend son salut en inclinant légèrement la tête. Le marchand de musique ne sait pas que cette salutation respectueuse s'adresse à la cithare Remous vagues que son luthier salue pour la dernière fois. Shen Feng se lève et descend les marches. Le singe qui a capté sa douleur empoigne son ventre et lui fait une grimace. Il inspire profondément, traverse la cour et fuit vers la rue en courant.

Il jette un coup d'œil vers le ciel. Le soleil indique midi. D'habitude, lorsqu'il vient en ville, après avoir vendu une cithare à Lu Si, il retrouve Zhu Bao et sa bande au restaurant Vent prospère. Il chahute, commande du bœuf cuit au gros sel et trinque avec eux. Au moment de régler, la bande de Zhu Bao ne paye jamais. Shen Feng jette ses sapèques sur la table avec allégresse. Les pièces de bronze rebondissent, roulent, tintinnabulent : elles jouent la musique du monde matériel.

Shen Feng marche au milieu de la rue, serrant la bourse dans sa main. L'argent gagné ne suffirait pas à les faire vivre lui et son maître pendant les douze lunes à venir s'il se rendait au Vent prospère. Il place la bourse dans un pli intérieur de sa ceinture. Son ventre gargouille mais sa gorge est si serrée qu'il n'a pas envie de manger. Il se souvient qu'un marchand ambulant vend trois verres de vin pour une pièce. Il se met à sa recherche.

Si Lu Si n'a pas le temps de s'occuper de la vente de la cithare, il faut qu'il se mette en quête d'un autre marchand. À l'est, contre le rempart de la ville, plusieurs boutiques se succèdent. Elles sont tenues par des familles qui fabriquent, louent, vendent des instruments de musique et fournissent aux mariages et aux funérailles des troupes de musiciens. Shen Feng aura beau argumenter, elles ne seront pas intéressées par la cithare. Qui voudrait acheter un instrument que l'on joue pour le plaisir d'être seul, dont le rythme lent et la résonance mélancolique ne riment pas avec une atmosphère de fête ? Trouver l'adresse des lettrés qui habitent en ville et frapper à leur porte ? Shen Feng n'est pas bavard. Il est incapable d'aborder des inconnus et de devenir leur ami le temps d'un verre de vin. Dénicher un endroit au marché, mettre une natte par terre et vendre une cithare comme d'autres vendent viande et légumes ? Ce serait la pire des déchéances pour un luthier.

Cependant, la dignité ne nourrit pas et il doit trouver une solution pour ramener de l'argent au village.

Il revoit son maître portant sur le dos une cithare, marchant devant lui à grandes enjambées. Gamin malingre, il devait courir et sautiller pour le suivre. À cette époque, la dynastie Liang n'était pas encore anéantie et remplacée par la dynastie Chen. Ils vivaient à Jian Kang, la capitale impériale. Habillés de tuniques de lin aux longues manches repassées au fer chaud, ils pouvaient passer les murs qui entouraient le quartier des ministres et des secrétaires impériaux. Ils se présentaient devant les portails plaqués de bronze gardés par des soldats. Les valets venaient les chercher, les conduisaient à l'intérieur et les invitaient à monter les marches où ils pouvaient s'asseoir devant le seuil et saluer les seigneurs à distance. Son maître sortait la cithare de son écrin, jouait un air et passait l'instrument à un intendant qui l'apportait dans la salle de réception. Après un moment de silence, les seigneurs ou leurs épouses faisaient résonner la cithare à leur tour.

À la ville de Jian Kang, après avoir vendu une cithare, son maître se rendait au pavillon des Fleurs, montait à l'étage avec une jeune fille pour lui apprendre à jouer et ne redescendait qu'à la nuit tombée. Pour récompenser Shen Feng qui l'avait attendu dans les escaliers, il l'amenait au restaurant, commandait un repas copieux et l'encourageait à boire. Ainsi, Shen Feng a été initié à l'alcool dès son jeune âge. Après la leçon avec les jeunes filles, son maître était d'excellente humeur.

Les rides s'étaient effacées de son visage et ses joues étaient colorées de rose. Il contait toute sorte d'histoires pour distraire Shen Feng qui ne cessait de bâiller :

« Il était une fois le dieu Fu Xi. À peine né, il se mit à grandir dans le vent et en un jour il devint un géant qui avait la tête d'un homme et le corps d'un dragon. Il s'aperçut qu'autour de lui, les hommes revêtus de peaux de bête buvaient le sang pour se nourrir. Il leur enseigna à faire naître le feu et à ne plus mâcher de la viande crue. Empruntant aux araignées la structure de leurs toiles, il inventa le filet et leur apprit à pêcher. Observant les étoiles et contemplant la Terre, il créa les huit trigrammes pour que les hommes puissent consigner les affaires quotidiennes et le temps qui passe. Un jour, en se promenant dans la montagne, Fu Xi vit des nuages colorés descendre du ciel. En plissant les yeux, il distingua au milieu du rayonnement deux oiseaux géants à la longue queue parée de mille scintillements. Il reconnut les phénix. Le couple se posa sur un arbre et aussitôt tous les autres oiseaux arrivèrent de partout pour chanter sa gloire. Lorsque les phénix se furent envolés, Fu Xi coupa l'arbre où ils s'étaient posés, choisit un morceau qui ne sonnait ni trop clair ni trop creux, le trempa pendant soixante-douze jours dans une source limpide avant de le sécher et de le transformer en un instrument qui reproduisait le chant du phénix. Il écouta les vents venant de huit directions et créa les huit notes du solfège. Il convoqua les hommes et leur dit : "J'ai taillé ce morceau de bois et l'ai transformé en cithare. Il est long de trois *chi*, six *cun*, cinq *fen*[1], ce qui correspond aux

---

1. À peu près 1,28 m.

trois cent soixante-cinq jours de l'année, et large de six *cun*[1], ce qui représente le Ciel, la Terre, le sud, le nord, l'est, l'ouest, les six parties du monde. La surface de l'instrument est arrondie comme la voûte céleste et sa base est plate comme la Terre. Sa partie gauche est large et symbolise le Lac, sa partie droite est étroite et symbolise la Source. Le Lac mesure huit *cun*, parce qu'il se remplit des huit vents de la Terre. La Source mesure quatre *cun*, parce qu'elle représente les quatre saisons…" Vois-tu, Shen Feng, la cithare n'est pas un instrument de musique. C'est un don du ciel… »

Sous le soleil de midi, les rues ne sont que taches noires et lignes blanches. Shen Feng erre sans but précis et la voix de son maître revient le hanter :

« La cithare a été conçue par Fu Xi pour que les hommes se distinguent des bêtes sauvages. En pratiquant le rythme, la discipline de la respiration et la maîtrise de l'émotion, l'homme s'élève parmi toutes les créatures simples et s'approche des dieux. Les luthiers ne sont pas des hommes ordinaires. Nous avons une mission sacrée. »

Mais Hou Jing, un général exilé du Nord, se retourna contre l'empereur des Liang qui lui avait offert refuge. Quand celui-ci mourut de faim en prison et que sa dynastie tomba, les élégants pavillons brûlèrent et les hommes qui savaient jouer de la cithare disparurent dans les flammes de la guerre civile.

Si les hommes ne connaissent plus la cithare, soupire Shen Feng, cela signifie-t-il qu'ils vont retourner à l'état sauvage et redevenir des animaux qui s'entre-tuent ? Il en est là à rumi-

---

1. 21,48 cm.

ner quand il reçoit un coup de poing dans le dos. Il tressaille et se retourne.

– J'ai des yeux et des oreilles partout... Dès que tu as mis le pied en ville, je l'ai su et je t'ai attendu au Vent prospère...

Essoufflé, Zhu Bao s'essuie le front et s'indigne :

– Que fais-tu par ici ? Pourquoi n'es-tu pas venu ?

Shen Feng balbutie et ne sait par où commencer son explication. Mais Zhu Bao reprend :

– Les plats sont commandés. J'ai dit aux autres de commencer et je me suis mis à ta recherche... Ne me dis pas que tu as déjà mangé.

Shen Feng répond qu'il n'a pas déjeuné.

Zhu Bao le saisit par la manche.

– Alors, viens avec moi. On va au Champ vert ! J'ai vu ce matin qu'ils avaient des truites.

Rougissant jusqu'aux oreilles, Shen Feng dit qu'il préfère une soupe de nouilles.

Zhu Bao a deviné :

– Problème d'argent ? Je t'invite ! Viens. D'ailleurs, j'ai à te parler d'une affaire.

Vingt ans auparavant, la Cour de Liang avait enrôlé deux hommes par foyer pour grossir l'armée en guerre contre les Barbares du Nord, peu en étaient revenus. Zhu Bao a grandi dans la rue avec d'autres orphelins. Voleurs, racketteurs et bagarreurs, ils vivent en bande et hantent les bas-fonds de la ville. Le restaurant Vent prospère est leur quartier général.

Les premières années, alors que Shen Feng et son maître s'étaient installés dans la montagne Force du Nord, quand ils venaient en ville, la bande leur lançait des pierres dès qu'elle les voyait de loin. Ils encerclaient Shen Feng aussitôt que le vieux luthier disparaissait dans le pavillon des Fleurs et le corrigeaient à coups de poing. Shen Feng se battait vaillamment et ne demandait jamais grâce. Son courage plut à Zhu Bao qui était leur chef et lorsqu'il apprit que Shen Feng était orphelin, il le prit sous sa protection.

Le restaurant Champ vert est une hutte soutenue par quatre troncs d'arbre. Comme l'heure du repas est passée, la salle est vide, le restaurateur fait la sieste sur sa natte au milieu de la salle. Zhu Bao lui donne un grand coup de pied dans le flanc.

– Réveille-toi, vieux voyou. Sers-nous à boire et à manger !

L'homme âgé, les cheveux barbouillés de graisse, bondit sur le sol, les yeux écarquillés.

– Le pauvre homme est complètement sourd, explique Zhu Bao. Nous voulons des truites bien grosses et bien grillées ! hurle-t-il.

Les mains en l'air, il dessine un poisson puis fait le geste de le griller.

Le restaurateur hoche la tête et disparaît dans la cuisine installée derrière un rideau.

Zhu Bao entraîne Shen Feng vers une table basse. Il observe la rue et les passants et caresse son menton où il a laissé pousser une barbiche et murmure :

– As-tu déjà pensé à être riche, Shen Feng ?

– Non.

– As-tu déjà pensé à ce que tu ferais si tu avais deux coffres remplis de sapèques ?

– Jamais.

– As-tu déjà imaginé qu'un jour tu pourrais non plus aller à pied mais à cheval, non plus dormir sur une paillasse qui pue mais sur une couche parfumée rembourrée d'ouate épaisse ? As-tu jamais rêvé d'avoir une bourse toujours gonflée après un repas arrosé ?

– Non.

Zhu Bao le lorgne.

– Pourquoi ?

Le jeune luthier réplique :

– Les gens mal nés comme toi et moi ne seront jamais riches. Ce n'est pas la peine d'en rêver. Si on veut être riche, on souffrira d'autant plus d'être pauvre. Si on ne pense pas à être riche, on ne pense pas non plus qu'on est pauvre.

– Tous les philosophes sont des ratés de la nature !

Zhu Bao se tortille.

– Je vais te prouver que tu es un idiot !

Prenant conscience qu'il parle trop fort, Zhu Bao met la main devant sa bouche et, tout en regardant la rue, détache chacun de ses mots soufflés tout bas :

– Demain, tu seras riche.

Shen Feng éclate de rire.

– Explique donc !

Zhu Bao cligne les yeux d'un air narquois.

– Si tu n'es pas intéressé par l'argent, tu es au moins intéressé par le bonheur. Shen Feng, as-tu déjà rêvé de t'allonger sur la terrasse d'une maison : ta femme tisse, et toi, tu tiens la main de ton fils et tu lui apprends à marcher ?

Shen Feng reçoit les mots de Zhu Bao comme un coup de poing en pleine poitrine. Il se tourne vers la rue et fixe les passants.

– J'ai des soucis en ce moment… Inutile de rêver. Je vais me débrouiller.

– Moi aussi, j'ai des soucis, reprend Zhu Bao. Mais mes soucis m'ont ouvert les yeux et apporté la chance.

– La chance ? Où l'as-tu trouvée ?

– Hé, hé…

Zhu Bao se gratte la barbiche, rit et ne répond pas. Après un instant de silence, il lâche :

– Une tombe, j'ai découvert une tombe impériale dans la montagne Force du Nord. On l'ouvre, on prend le trésor, et on est riches et heureux… Cela peut se faire ce soir. Qu'en dis-tu ?

Depuis la dynastie Han, le pillage des tombeaux est une pratique courante. Pour payer la solde de leurs troupes, les gouverneurs militaires ouvraient les tumulus impériaux et ceux des ministres illustres afin de mettre la main sur les trésors qui accompagnent les morts pour leur séjour dans l'éternité. Le général Cao Cao allait lui-même surveiller l'ouverture des tombes et compter les pièces de valeur comme des butins de guerre. Suivant son exemple, les guerriers pillaient les régions vaincues sans jamais oublier leurs richesses souterraines.

Shen Feng sourit avec lassitude.

– J'ai ouï dire qu'au nord comme au sud du fleuve Yangzi, aucune sépulture royale n'a été épargnée, même les empereurs profanent les tombeaux des dynasties renversées afin d'en extraire de quoi payer la construction des nouveaux palais. Ne crois pas ce que l'on te raconte.

Zhu Bao lui coupe la parole :

– Ce n'est pas n'importe qui…

Il se tait quand le restaurateur apparaît, pose sur la table une jarre de vin et deux bols ébréchés.

– Shen Feng, buvons !

Le vin de mauvaise qualité râpe la langue du jeune luthier et lui chatouille la gorge. Après deux verres coup sur coup, ses nerfs commencent à se détendre. Près de lui, Zhu Bao ne cesse de piailler :

– Les pauvres meurent contents, car morts, ils ont moins froid et faim. Mais les rois et les nobles habitués aux pavillons chauffés, aux draps de soie et aux cinq repas par jour ont peur de manquer dans le monde des Ombres. De plus, comme ils ont été méchants de leur vivant, ils emportent de quoi soudoyer les gardiens des enfers pour qu'ils ne les torturent pas. Il paraît que l'on trouve de tout dans une tombe bien garnie : céréales, huile, draps, habits, bijoux, vaisselle d'or et caisses remplies de sapèques.

– Les pilleurs de tombes sont souvent des constructeurs de tombes, dit Shen Feng. Ils se transmettent leur savoir de père en fils. D'après l'emplacement et la forme du tumulus, ils peuvent retrouver les calculs astrologiques, les lois du vent et de l'eau, et reconstituer le plan initial conçu par les architectes d'après les règles de la géomancie. Ils sont capables d'éviter les méandres des galeries souterraines, leurs portes de roche coulées de fer, armées de flèches et de poison, et de découvrir l'emplacement exact du couloir qui mène à la chambre funéraire principale qui renferme le trésor. Sans toutes ces connaissances, les gens qui tentent leur chance aveuglément mettent leur vie en péril.

Mais Zhu Bao ne l'écoute pas.

– Toi et moi, si nous mourons, on nous enveloppera dans

une natte de paille et on nous jettera dans un trou. Sous la terre, nos corps se décomposeront et pourriront. Nous arriverons au pays des Ombres en haillons et en lambeaux. Mais les rois et les reines ont tout prévu. Leurs tumulus sont plus imposants que des collines. Ils font dresser de hautes stèles sur lesquelles sont gravés les récits de leur vie : arrivés chez les morts, ils veulent qu'on les reconnaisse et qu'on les vénère. Leurs corps sont lavés, baignés, oints d'huile parfumée avant la mise en bière. Leurs entrailles sont remplies de plantes médicinales et leur bouche de perles. Ils portent une couronne d'or et une tunique de jade, allongés dans leur sarcophage d'or et entourés de coffres pleins qui pourraient faire notre fortune : bassines en or, brûle-encens en or, chaussures en or cousues de perles, épées au pommeau d'or ornées de rubis et d'émeraudes, ceintures à boucle d'or... N'importe laquelle de ces bricoles nous donnerait une vie confortable.

Le restaurateur revient avec une assiette de truites grillées. Zhu Bao se tait un instant, puis continue en picorant :

– Avant de mourir, je veux connaître la belle vie : manger de la viande à tous les repas et pouvoir acheter des chaussures à mes enfants. Pas toi ?

– Même si ce que tu dis est vrai, lance le jeune luthier, crois-tu que l'on puisse ouvrir un tombeau impérial avec deux pioches et quatre bras ? Le général Xang Yu a tenté de profaner le tombeau de l'empereur Shi Huang Di[1]. Dix mille soldats ont creusé, ils n'ont trouvé que des statues en terre cuite, jamais la chambre impériale. Il paraît que pour se pro-

---

1. L'empereur Shi Huang Di, dit le premier empereur (259-210 av. J.-C.), unifia la Chine en 221 av. J.-C.

téger du pillage, l'empereur Shi Huang Di avait fait construire un royaume souterrain qui s'étendait sur une centaine de *li*, et que son sarcophage en cristal de roche flottait dans une rivière de mercure. Tous ceux qui pénétraient dans sa chambre funéraire mouraient empoisonnés. Vivants, les rois séjournent dans la Cité interdite, morts, leurs tombes sont pleines de pièges. Quand on force les portails de pierre, on reçoit une pluie de flèches ou des jets de poison. On se brise les jambes dans un puits ou on se perd dans les tunnels qui s'effondrent soudain. Il existe des tombeaux construits au fond d'une poche remplie de sable. Lorsque les pilleurs sont descendus dans la tombe, il pleut du sable et ils meurent étouffés.

– De qui as-tu appris toutes ces histoires ? demande Zhu Bao.

Shen Feng ne répond pas. Il mâche un morceau de truite et retire une arête de sa bouche. Il a promis à son maître de ne jamais évoquer devant des étrangers ses amis qui errent sur le fleuve.

Il se souvient que par un chemin abrupt connu d'eux seuls, son maître et lui descendaient vers la rive du fleuve Yangzi. Ils pouvaient attendre plusieurs jours que les taches noires des barques apparaissent à l'horizon. Alors ils agitaient trois fois les bras de bas en haut. Des jonques s'approchaient rapidement et s'amarraient. Les pêcheurs les invitaient à monter à bord et à partager leur repas.

Comme le vieux luthier, ces pêcheurs avaient vécu plusieurs vies. Enrôlés de force, ils avaient combattu sous différentes bannières du Nord et du Sud. Lorsque leurs armées avaient été anéanties, fuyant les ennemis et leurs propres troupes, ils avaient trouvé refuge sur le fleuve Yangzi. Armés des sabres et des arcs de leur ancienne vie militaire, ils attaquaient des navires marchands, faisaient passer entre le Nord et le Sud toutes les choses interdites, dont le butin des pilleurs de tombes.

Les pirates du fleuve Yangzi vivaient entre hommes. Visage émacié, silhouette tendue, certains portaient sur la joue le sceau au fer chaud qui est la marque des condamnés, les autres exhibaient sur leurs épaules le tatouage fétiche de leurs tribus nomades. Recherchés par les autorités du Nord et du Sud, ils descendaient rarement de leurs barques et se déplaçaient en bandes. Son maître soignait leurs malades et, en échange, les pirates lui donnaient les planches démontées des cercueils anciens.

Une cithare de qualité est faite de sapin, d'aleurite ou de phoebe boumei vieux d'au moins cinq cents ans. À cause des guerres incessantes qui détruisaient les villes et des nouveaux dignitaires qui élevaient leurs palais sur les ruines des anciens, les vieux arbres se raréfiaient, car seuls, leurs troncs surdimensionnés conviennent pour faire des hauts piliers ou des poutres solides. Les luthiers se tournaient alors vers les cercueils volés des riches tombes, les princes et les nobles s'offrant les meilleurs bois centenaires qui ne pourrissent pas sous terre. Si on additionnait la durée de vie d'un arbre et les années où le cercueil était resté enterré, les luthiers obtenaient le matériau parfait pour leurs cithares.

Les pirates ne comprenaient rien au métier du luthier et se moquaient de son maître. Pour faire peur à Shen Feng, ils lui contaient les récits macabres appris des pilleurs-croque-morts. Les yeux écarquillés, les oreilles grandes ouvertes, Shen Feng retenait son souffle pour ne pas en perdre un mot :

« Après une violente tempête nocturne, Vieux Li entend un grondement. Il sort de sa chaumière et voit qu'un pan de la falaise s'est effondré. À la place, se dresse un palais somptueux où un homme richement vêtu est allongé parmi de jeunes femmes. Il s'approche pour les saluer. Soudain, la chair s'éparpille et les vêtements s'émiettent. Il ne reste que des squelettes. Le mort devait être un homme important ! On avait même sacrifié ses concubines. Elles avaient été enterrées vivantes autour de son cercueil… »

« … Ce soir-là, le fils Sun décide de traverser le cimetière, c'est le chemin le plus court pour rentrer chez lui. La lune est haute. La neige scintille et craque sous ses pas. Le poignard à la main, il passe sans encombre devant les tombeaux. Quand le cimetière est derrière lui, soulagé, il remet le poignard à sa ceinture. Non loin de son village, il y a un bois de peupliers. Lorsqu'il le traverse, il entend la voix d'une jeune fille : "Portez-moi !… Portez-moi !…" Il lève la tête. Une fille toute vêtue de rouge est assise sur une branche. "Portez-moi sur votre dos…, supplie-t-elle. Portez-moi, s'il vous plaît." Il y a beaucoup de loups dans la région et il pense que la fille a peur de marcher toute seule dans la nuit. Il la fait glisser de l'arbre et la prend sur son dos. Mais, peu à peu, il s'aperçoit qu'elle devient de plus en plus lourde et qu'elle lui glace le dos. Bientôt ses jambes tremblent et la sueur gèle sur son front. Il s'effondre à l'entrée du village. Le lendemain, on le retrouve mort dans la neige, portant sur son dos une pierre tombale… »

Le retour à la maison était pénible. Les planches des cercueils sanglées par des cordelettes sur leur dos, Shen Feng et son maître devaient grimper vers le village. Ils tombaient et se relevaient. Le vieux luthier criait à Shen Feng de ne surtout pas s'abîmer les mains, elles étaient précieuses pour le métier qu'ils exerçaient. Leurs épaules étaient en sang. Les planches pesaient lourd et il en émanait une odeur nauséabonde. Shen Feng avait l'impression de porter des cadavres qui lui transmettaient la souffrance indicible des morts…

Soudain, Zhu Bao s'exclame :

– Ma chance à moi est dans une grotte. C'est facile à ouvrir !

Shen Feng réplique avec lassitude :

– Sais-tu qu'il existe plus de simulacres que de vraies tombes ?

– Approche, que je te raconte tout. Tu verras que j'ai raison.

Zhu Bao attire Shen Feng vers lui, tandis que le restaurateur dépose une nouvelle assiette de truites sur la table. Il attend qu'il disparaisse derrière le rideau pour lui murmurer à l'oreille :

– Les nonnes du monastère de la Grande Compassion ont un secret.

– La Grande Compassion ? Je connais.

Non loin de la ville de Jing Ko, dans la montagne Force du Nord, le monastère de la Grande Compassion s'élève sur le sommet opposé à celui qu'habite Shen Feng. Il fut jadis un haut lieu de pèlerinage bouddhiste pour les femmes. Elles grimpaient trois mille neuf cent quatre-vingt-dix-neuf marches pour accéder à la grande salle de prière où logent les trois bouddhas qui règnent sur le Passé, le Présent et l'Avenir. Mais, après la chute de la dynastie Liang et avec l'avènement de la dynastie Chen, le taoïsme a éclipsé le bouddhisme

et le monastère de la Grande Compassion a perdu ses dona-
trices. Les temples ont commencé à tomber en ruine. Plus
jeune, avec les enfants du village, Shen Feng allait voler des
légumes dans le jardin des moniales. Lorsqu'elles les décou-
vraient, elles agitaient méchamment leur balai de bambou et
ils se dispersaient en courant comme un essaim de moineaux.

– Eh bien, dans leur cimetière, il y a le tombeau d'une
impératrice de la dynastie Song[1].

– Je connais ce cimetière. Je n'y ai jamais vu un tumulus
imposant ni une stèle saupoudrée d'or. S'il existait une tombe
impériale dans les environs, on en aurait parlé dans mon village. Les hommes l'auraient déjà pillée. Il ne faut pas croire
ce que l'on raconte dans la rue.

Zhu Bao s'agite.

– Viens avec moi. Tu verras que c'est vrai.

Shen Feng secoue la tête.

– Profaner une tombe est un crime majeur. Vandaliser le
cimetière des religieux, c'est la peine de mort immédiate. Je
n'y vais pas.

– N'aie pas peur ! Ma source est sûre, Shen Feng, le trésor est à portée de main. Viens avec moi.

– Les pilleurs ont visité toutes les tombes fameuses de la
région, pourquoi auraient-ils omis celle-ci ?

– Que sais-tu pour parler ainsi ?

Zhu Bao se tait. Shen Feng aussi. Le vent souffle dans
la rue et soulève un tourbillon de poussière. Le soleil
entre dans la hutte, fait une pirouette et ressort. Une jeune
mouche tourne dans la salle. Velue et grise, elle s'approche

---

1. Dynastie Song : 420-479.

prudemment, se pose et avance vers l'assiette de poissons en se frottant les pattes.

Zhu Bao jette lourdement son bol de vin sur la table. Effrayée, la mouche s'envole.

– Connais-tu Parole de Tranquillité ?

– Je ne parle pas aux nonnes…

– Parole de Tranquillité a été trouvée un matin à la porte de la Grande Compassion. Elle avait quelques jours. Les moniales l'ont gardée et elle n'a jamais su qui étaient ses parents et pourquoi ils l'avaient abandonnée. Je l'ai connue il y a quelques années quand elle venait en ville quémander les dons pour le monastère. Elle devenait toute rouge quand je lui demandais de me reverser une partie des oboles. Intrigué par ce visage qui changeait de couleur, je m'arrangeais pour être sur sa route chaque fois qu'elle venait en ville. Puis…

Zhu Bao se tait. Il boit.

– Qu'as-tu fait ?

Zhu Bao baisse la tête.

– L'as-tu battue ?

– Non, non, non…

Zhu Bao saisit le pot et le porte directement à ses lèvres. Il s'essuie avec le revers de la main.

– Elle est enceinte.

– Ça alors !

Shen Feng sursaute.

– Elle porte mon enfant.

– Tu as violé une nonne !

– Ce n'est pas ce que tu penses ! Je veux l'épouser et l'emmener ailleurs. Elle veut me suivre jusqu'au bout du monde.

– Enlever une nonne ? Comment peux-tu penser à une telle bêtise ! Où irez-vous vous cacher ? Ici, avec tes hommes, tu arrives à peine à t'en sortir, mais au moins tu manges gratuitement dans les restaurants. Ailleurs, tu ne pourras que mendier. Peut-on fonder une famille quand on n'a rien ?

Les yeux de Zhu Bao brillent. Il serre les dents et siffle :

– Tout à fait ! Car Tranquillité tient le secret du monastère. Une impératrice de la dynastie Song a été enterrée à la Grande Compassion. Or Tranquillité, sa maître-nonne et la maître-nonne de sa maître-nonne, toute la lignée est chargée du balayage du cimetière. Ce que je tiens d'elle est un secret dont la révélation est punie de mort par la loi monastique. Maintenant que tu es au courant, tu es obligé de venir avec moi.

– Si jamais nous sommes découverts, nous serons tous condamnés.

– Tranquillité ne peut de toute manière pas rester à la Grande Compassion. La dernière fois qu'on a découvert une nonne enceinte, elle a été battue à mort. C'est la stupide loi des nonnes. Il faut qu'elle s'enfuie avec moi. Dans deux mois, elle ne pourra plus cacher son ventre. On la tuera.

– Je ne suis pas d'accord…

– Je ne peux faire confiance qu'à toi ! Mes hommes m'obéissent mais ce sont des voyous capables de trahir. Toi, tu es un frère, tu as le sens de l'honnêteté et de l'honneur. C'est pourquoi je te propose de m'aider et tu seras récompensé. Tranquillité a la clé du cimetière, elle nous ouvrira la porte et la refermera derrière nous. Personne ne pourra nous déranger ce soir. On y va ?

Shen Feng réfléchit.

– J'ai un mauvais pressentiment. Je n'aime pas cette idée de visiter une tombe. Nous devons trouver une autre solution pour toi et Tranquillité.

Zhu Bao s'emporte, tape du poing sur la table et s'exclame :

– As-tu peur des morts ? Les morts sont morts et ils doivent aider les vivants à vivre.

Voyant que Shen Feng ne réagit pas, il se redresse.

– Toutes ces années passées, si je ne t'avais pas protégé, ton maître et toi auriez été volés, voire assassinés ! Je ne t'ai jamais réclamé d'argent en échange. Tu as une dette envers moi. Tu me rembourses ce soir !

Le vent se lève.

Le soleil vermillon roule sur la crête des montagnes.

Le sentier zigzague à travers la forêt. C'est un chemin fréquenté seulement par les biches et les montagnards. Comme il a plu la veille, les ruisseaux dévalent dans l'herbe avant de se jeter dans les ravins. Le vent fait frissonner les arbres. Leur bruissement se mêle au susurrement des cascades et aux cris des oiseaux excités par le déploiement du crépuscule. Zhu Bao, qui n'est pas habitué à grimper, se fatigue vite. Il geint, trébuche et se répand en un flot de jurons. En mettant un pied dans la boue, il glisse et tombe dans une flaque. Il est couvert de feuilles mortes. Shen Feng lui tend la main. Ignorant ses plaintes et ses insultes, il le force à se relever et à accélérer le pas. Il faut qu'ils arrivent au sommet et rejoignent les murs du monastère avant la nuit car les tigres sortent chasser quand le soleil disparaît.

Le soleil couchant crache des rafales d'étincelles. Les nuages s'illuminent, se colorent puis s'éteignent. Du fond de la vallée, l'obscurité monte comme un fleuve en crue et dévore la forêt par quartiers. Les oiseaux cessent de chanter. Le vent tombe. Un silence angoissant grandit au fur et à mesure que le paysage devient flou et sombre.

– Cours ! s'écrie Shen Feng.

À bout de souffle, Zhu Bao boitille et s'efforce de suivre.

Une ligne noire se dessine sur les rochers et se poursuit au-delà des arbres. Les murs du monastère ressemblent à un serpent qui menace d'attaquer.

– Voici la Grande Compassion. Dépêche-toi ! La forêt devient dangereuse.

Pressant Zhu Bao, Shen Feng court vers le cimetière situé à l'arrière du monastère. Le portail en bois est fermé de l'intérieur. Tranquillité doit venir les chercher. Mais Shen Feng préfère escalader le mur et se mettre à l'abri des fauves. Il grimpe dans un arbre et en atteint le faîte. À peine atterri sur le sol du cimetière, Zhu Bao s'allonge par terre, épuisé. Soudain, il bondit. De l'autre côté du mur, un chien aboie férocement ; aussitôt, une meute se déchaîne.

– Merde ! Les molosses tibétains. Ça déchiquette un homme en quelques instants !

La nuit tombe. Les aboiements s'affaiblissent. S'élèvent peu à peu des râles, des soupirs, des craquements et des siffle-ments d'animaux et d'insectes invisibles à leurs yeux. Bien que le vent souffle à peine, des bambous géants grincent bruyamment. Leur mouvement affolé rend l'immobilité des stèles tombales encore plus menaçante. Shen Feng sait pourtant que les bambous les protègent. Leur bruissement incessant perturbe l'ouïe des chiens.

Une lumière rouge se déplace dans la pénombre, traverse l'allée boisée du cimetière et s'arrête. Zhu Bao et Shen Feng se cachent derrière une tombe. Zhu Bao lance un caillou. La lumière rouge voltige.

– Qui est là ? demande une femme.

– Viens, c'est Tranquillité, dit Zhu Bao à Shen Feng.

Une silhouette grise dessinée sur les ombres noires des bambous lève sa lanterne.

– C'est moi, grogne Zhu Bao. Shen Feng est mon frère. Il est venu m'aider.

Shen Feng ne s'est jamais trouvé aussi près d'une nonne. Son cœur palpite et il baisse la tête. La lanterne rouge éclaire le bas de la tunique de la moniale, dévoilant une paire de chaussons noirs et des chaussettes blanches.

– Allons-y, dit-elle sans les saluer.

Les deux hommes la suivent. Elle marche d'un pas serein. Sa lanterne éclaire un chemin étroit bordé de stèles et de tumulus. Son corps menu flotte dans sa tunique sombre. Entre le bonnet noir qui couvre son crâne rasé et le col gris, un carré dévoile la blancheur de sa nuque.

Elle s'arrête et se retourne. Son visage ovale aux joues pâles surprend Shen Feng qui imaginait une créature diabolique au charme irrésistible. Il est étonné par ses traits réguliers, encore juvéniles. Ses sourcils, ses yeux et ses lèvres sont à peine plus foncés que sa peau blanche. Sous le bonnet noir, son front paraît large et elle a l'expression naïve de qui a grandi loin de tout, entre de hauts murs. Shen Feng rougit.

Son regard glisse sur le chapelet de perles de bois autour du cou de la nonne et tombe sur son ventre.

– Venez, dit-elle. C'est ici.

Au bout du cimetière s'élève une paroi rocheuse recouverte d'herbes et de plantes rampantes. Tout le monastère est adossé à ce pic imposant.

– Donne-moi la lanterne, dit Zhu Bao en s'avançant.

La lumière vacillante éclaire une végétation dense. Des bambous ont poussé jusqu'au pied de la paroi recouverte de buissons touffus.

– Mais où est la tombe ? demande Zhu Bao, impatient.

– Derrière. C'est une grotte dont l'accès a été muré et dissimulé après la mise en bière.

– Es-tu sûr qu'il y a une tombe là-dedans ? grogne Zhu Bao.

Il introduit une main dans le feuillage et tâtonne. Soudain, il lâche un juron. Il tient entre ses doigts un crapaud. Dégoûté, il le lance au loin.

– Les outils sont cachés sous cet arbre et j'ai mis aussi des bougies, dit Tranquillité d'une voix impassible. Commencez tout de suite. Vous disposez seulement de la nuit.

À la lueur de la lanterne, son visage n'exprime aucune émotion. Elle semble sortie d'un tombeau. Shen Feng n'entend dans sa voix ni honte, ni regret, ni angoisse. Ce calme, cette absence de sentiment, le fait frissonner.

– C'est ça les outils ? grogne Zhu Bao, la voix étouffée.

Il a retiré du buisson deux pioches, deux pelles de croque-morts, un sac vide et deux faucilles de jardinier.

– Comment veux-tu que j'ouvre cette tombe ? poursuit-il. Il nous faut des haches pour abattre les bambous et des marteaux pour briser la porte qui est derrière !

– Il ne faut pas forcer cette porte, elle est armée, répond la nonne tranquillement.

– Elle a raison, dit Shen Feng. Les tombes des dignitaires sont souvent dotées d'un lanceur de flèches ou de poches de poison.

– Alors, tu sais l'ouvrir ? dit Zhu Bao. As-tu la clé ?

Un coup de vent fait vaciller la lanterne. Le visage de Tranquillité s'éclaire, s'assombrit, puis s'éclaire à nouveau. Elle tape le sol de la pointe du pied.

– Creusez, dit Tranquillité, qui semble avoir médité sur le crime que Zhu Bao doit commettre pour elle. Il faut creuser un tunnel sous la porte qui nous mènera directement à la chambre funéraire. Ainsi, ajoute-t-elle, les traces seront plus faciles à effacer.

Sans dire un mot, Zhu Bao retrousse ses manches, se frotte les mains et saisit une pioche.

Un épais nuage couvre la lune. Un bruissement monte de la vallée et devient un brouhaha de lamentations. C'est le vent qui chahute les bambous. Sans la lune, les tumulus semblent plus grands. Ils ensevelissent le cimetière dans leur ombre funeste et lancent des vagues de courants d'air glacés. La flamme pourpre attire des insectes qui s'écrasent sur la lanterne.

Shen Feng a la chair de poule. Il s'arrête et se redresse. À côté de lui, d'habitude bavard, Zhu Bao ne desserre pas les dents et ne relève pas la tête. Il a abandonné la pioche pour une pelle et jette la terre hors du trou. Shen Feng crache sur la paume de ses mains pour atténuer la sensation de brûlure.

Soudain, du haut de la paroi, quelqu'un tousse. Zhu Bao saute hors du trou, brandissant la pelle.

À deux pas, la paroi rocheuse les toise et se tait. Recouverte de lierre, elle ressemble à un visage ridé qui leur sourit malicieusement. Renferme-t-elle un trésor ou un démon qui va se réveiller sous les coups de pioche et de pelle ? Shen Feng entend une respiration. Soudain, quelqu'un se met à rire.

– Montre-toi, lâche ! crie Zhu Bao d'une voix sourde.

Le rire devient un grognement d'imprécations indistinctes.

– Malédiction ! C'est un fantôme ou un démon ? murmure Zhu Bao en claquant des dents.

– Sors de là !

Shen Feng ramasse des mottes de terre et les lance vers l'endroit d'où proviennent les bruits. Les arbres se mettent à trembler. Deux ombres glissent entre les branches et s'enfuient vers la cime.

– Des singes ! dit Zhu Bao qui crache par terre. Ils m'ont foutu la trouille ! Je te jure, après ce soir, je ne remets les pieds dans un cimetière qu'après ma mort.

Quelque part dans le noir, un oiseau ulule puis ricane comme s'il se moquait d'eux. Shen Feng essuie son front couvert de sueur et son regard balaie les alentours. Non loin d'eux, il découvre devant un bosquet de bambous une silhouette qui ressemble à celle de Tranquillité leur tournant le dos. On dirait qu'elle fait le guet tout en contemplant le ciel.

Un rugissement secoue la nuit.

– C'est quoi ?

Zhu Bao tressaille et lève à nouveau sa pelle.

– Un tigre, répond Shen Feng.

Zhu Bao crache par terre.

– Finissons vite avec cette tombe ! Je t'assure, maintenant je regrette d'avoir fait un enfant à une nonne. Elle me tuera avant que je l'épouse !

Shen Feng jette un regard vers Tranquillité. Elle ne bouge pas. Elle est indifférente à leur frayeur et à leur peine. On dirait qu'elle est déterminée à enfreindre tous les interdits de ce bas monde, à défier les lois bouddhistes en poussant Zhu Bao à piller la tombe d'une pieuse impératrice. Est-ce cela la femme, un tunnel pour rejoindre le néant ou la fortune ?

Couché sur le ventre, Sheng Feng creuse avec sa pelle. Zhu Bao charrie les gravats dans le sac laissé par Tranquillité et les déverse à la sortie du tunnel.

– Es-tu sûr que l'on est dans la bonne direction ? demande Zhu Bao en rampant. Ou plutôt, es-tu sûr que l'on gratte au bon endroit ?

– Je ne suis sûr de rien ! dit Shen Feng.

Au contact de la terre, sa sueur devient boue. Il doit s'arrêter de temps à autre et s'essuyer les yeux et la bouche.

La voix de Zhu Bao lui parvient à nouveau :

– Si le sol s'effondre sur notre tête, que fait-on ?

– Ce pourrait être pire, répond le luthier après avoir craché. Le sol peut s'effondrer et nous précipiter dans une poche de sable… Dégage ce tas de terre. Il m'empêche de respirer.

Zhu Bao s'en va en rampant et revient.

– Une ombre orange a sauté plusieurs fois devant moi. J'ai dû croiser un revenant.

– Ignore-le. Il ne faut même pas le nommer. Il suffit d'y penser pour qu'il vienne te hanter.

Quand Shen Feng et son maître revenaient avec des planches de cercueils anciens, ils les laissaient prendre l'air à l'extérieur pendant la journée. Le soir, ils les rentraient et les plaçaient sous leurs paillasses. Ils dormaient sur ces bois trouvés au royaume des morts et devaient les faire revenir à la vie en leur donnant le souffle vital du monde des vivants. Au début, Shen Feng faisait des cauchemars. En rêve, il rencontrait des inconnus aux vêtements étranges. Il ne savait si c'étaient les morts qui lui rendaient visite ou lui qui voyageait dans leurs temps disparus. Son maître lui disait que dans tous les cas, il ne fallait pas répondre à leurs questions ni à leur invitation.

La voix de Zhu Bao bourdonne :

– Shen Feng, tu n'as pas l'air d'avoir peur des fantômes.

– Peur ? Mon maître ressemble de plus en plus à un fantôme. Je suis habitué…

Tranquillité leur a laissé des bougies courtes déjà utilisées. Probablement les a-t-elle volées à l'autel des trois bouddhas. Pour les économiser, Shen Feng n'en utilise qu'une à la fois. À présent, à vingt pieds sous la terre, le sol exhale une forte odeur de moisi. Avançant à quatre pattes, il est étouffé par des bouffées d'air chaud. La faible lumière de la bougie projette l'ombre oscillante de sa tête sur la paroi. Il gratte et creuse. Des mottes de terre se détachent et tombent. Il ne sent plus ses bras et ses mains tremblent. Mais il est trop tard pour reculer. Zhu Bao et lui ont creusé trop loin, trop profond ; ils n'ont plus la force d'abandonner. L'odeur de la terre et le grattement monotone donnent à Shen Feng l'envie de dormir. Ses yeux se ferment et il doit faire un effort pour les garder ouverts. Telle une marée montante, la tristesse l'envahit. S'il meurt dans cette tombe, qui va s'occuper de son maître ? Comment la jarre se remplira-t-elle d'eau claire, par qui le foyer sera-t-il nourri de fagots et la marmite fumante de riz ?

Il y a deux ans, les mains du vieux luthier se sont mises à trembler et il ne peut plus tenir les outils pour sculpter. Au début, persuadé que c'était l'envoûtement maléfique d'un fantôme qui, suivant son cercueil, s'était glissé dans la sphère du vivant, il buvait des herbes bouillies, lesquelles, disait-il, avaient des effets sorciers. Puis, avec le temps, le mal empira. Une nuit, il gagna sa poitrine. En se réveillant, son maître ne pouvait plus remuer correctement la langue. Depuis ce jour, il est constamment de mauvaise humeur, prend ses repas en silence, s'endort au coin du feu sur sa paillasse. Lorsque Shen Feng lui parle, il feint d'être sourd. Il disparaît parfois dans la montagne pendant des jours et revient les joues creuses et les vêtements sales. Les chasseurs qui parcourent la forêt racontent qu'il dort dans des grottes et qu'il est devenu l'ami des singes et des étoiles.

Depuis que le malheur hante leur maison, Shen Feng disparaît aussi quand il est désespéré. Contrairement à son maître, il va en ville, traîne avec la bande de Zhu Bao et erre dans les rues bruyantes du marché. Le soleil, la sueur, le vin, le bavardage des commençants, le tapage des soldats qui paradent font naître en son cœur comme une mélodie lancinante qui lui fait oublier son chagrin.

Zhu Bao revient et le tire par le pied. À la lueur de la bougie, il ressemble à un long ver noir. Recouvert de boue et de sueur, les yeux brillants, quand il parle, ses dents claquent dans un boyau rouge :

– Si je meurs, épouse Tranquillité et cache-la chez toi, d'accord ?

– Ridicule ! Tu ne mourras pas !

Zhu Bao hoche la tête.

– Maintenant, je regrette de ne pas t'avoir écouté. Nous n'allons pas y arriver.

– Arrêtons tout de suite.

– Non ! s'écrie Zhu Bao.

Après un moment de silence, il revient et répète :

– Es-tu sûre qu'on a creusé dans la bonne direction ?

– Je ne sais pas.

Tirant sa charge, Zhu Bao se tortille en rampant en arrière.

– Shen Feng, tu es un frère, même mort je te manifesterai ma reconnaissance ! Quand on entrera dans le caveau, tu prendras tout ce que tu veux !

– On verra. J'en ai moins besoin que toi.

Zhu Bao ondule vers l'extérieur.

– J'ai une question, lui lance Shen Feng. Et je voudrais connaître la réponse avant de mourir.

– Quoi ?

Shen Feng rougit. Zhu Bao grogne :

– Parle ! Personne ne nous écoute !

Le jeune luthier hésite encore, puis se risque :

– C'est comment une femme ?

Zhu Bao éclate de rire. Il rit tellement qu'il aspire de la terre et se met à tousser.

– Ha, ha, la femme !… Quand… tu auras ta part du… trésor, tu iras voir Rubis du pavillon… Lotus. Elle t'expliquera tout !

– Ce n'est pas ce que je veux dire. C'est quoi la femme ?

Zhu Bao fait mine de réfléchir. Soudain, il trouve la réponse :

– Elle est mouillée et chaude. On y entre à plat et on creuse, on creuse, on creuse. Tout à coup, on brûle et... Hé, hé, on fait un enfant !

Content de lui, Zhu Bao recule en chantonnant :

Une fleur écarlate s'ouvre en grand, s'ouvre en grand,
Un ver de terre rampe, rampe, rampe pour manger le miel,
Aya ya ya, petit frère, doucement, si la fleur se ferme tout à
  coup,
Aya yi ya, petit frère, tu resteras dedans et ne verras plus ta
  mère...

Zhu Bao disparaît dans le noir. Shen Feng reprend sa pelle et frappe. Une pluie de terre se déverse sur lui. Il essuie son visage avec le dos de sa main. Zhu Bao n'a pas répondu à sa question. Peut-être l'a-t-il mal formulée. Est-ce son destin de ne jamais connaître la femme ? Ses mains, ses yeux, ses oreilles, son souffle, son bas-ventre, ses jours et ses nuits appartiennent-ils seulement à la cithare ? Est-ce pour cela qu'il est né orphelin et que le vieux luthier est son seul guide dans la vie ?

Shen Feng n'était qu'un petit garçon quand son maître décida d'éveiller son ouïe.

« La musique est partout et tous les éléments possèdent leur propre mélodie, disait-il. Les sons du monde se divisent en trois catégories. Le tapage chaotique de la nature devient harmonieux si on ferme les oreilles extérieures et ouvre les oreilles intérieures. On entend alors la musique des sens et celle de la mémoire. Mais si on ferme les oreilles intérieures et utilise l'épiderme pour écouter, on capture la musique céleste et tellurique, celle du Soleil, de la Terre et des étoiles. Puis, si l'on ferme toutes les oreilles et écoute avec son esprit, on entend la musique de l'intelligence, celle des dieux, qui voyage dans le vent et par la lumière, celle qui pénètre la nuit et traverse les murs, la mélodie de toutes les vies. »

Pointant la montagne, son maître demandait :

« Combien y a-t-il d'arbres dans la forêt ? »

Petit Shen Feng comptait avec ses dix doigts et il était perdu.

Son maître lui demandait alors :

« Combien y a-t-il de cailloux au bord du fleuve ? »

Shen Feng faisait tourner une pierre avec le bout de sa chaussure, incapable de répondre.

Son maître poursuivait :

« Combien y a-t-il de vagues dans le fleuve ? »

Shen Feng tentait de compter mais n'arrivait pas au bout.

« Infini est notre monde. Infinis sont les sons de la cithare. »

Au bord du fleuve, il y avait un monticule de gros galets ovales. Vus de loin, ils ressemblaient à un groupe d'hommes debout contemplant les vagues.

« Ces galets ont été autrefois des rochers en amont du fleuve, lui disait son maître. Fouettés par les torrents, polis par les vagues incessantes, ils ont perdu leur tranchant et leurs dents. À chaque crue, ils sont poussés un peu plus loin vers l'aval. Dans cette lente descente, ils se cherchent, s'accrochent et s'empilent pour résister ensemble aux courants. »

Suivant son maître, Shen Feng grimpait sur le tas de galets. Quand le soleil perçait le brouillard, les ombres vagues de la rive d'en face s'étiraient et devenaient des falaises abruptes. D'innombrables oiseaux s'agitaient le long des failles et des plis rocheux. Son maître se tenait immobile et ouvrait les bras. Derrière lui, Shen Feng en faisait autant. Il respirait profondément et imaginait qu'il soulevait une boule de feu et la portait vers le ciel. Son maître levait alors le bras gauche, pliait la jambe droite et se tenait sur la gauche en équilibre. Shen Feng en faisait autant. La boule de feu grandissait et roulait sur ses épaules et autour de sa tête. La boule devenait un globe rempli d'air bienfaisant qui pénétrait sa peau et se divisait en deux courants de fluide chaud dans chacune de ses jambes.

La voix de son maître résonnait :

« La cithare est montagne, fleuve, ciel, terre, nuages, navires, roches. La cithare est l'univers ; l'univers est une cithare. Le joueur de cithare est un son dans l'univers. Aspire profondément… expire… »

Soudain, son maître accélérait les mouvements, poussait sa main gauche et fendait l'air de la main droite. En se tenant sur son pied droit, il levait sa jambe gauche jusqu'à la tête et donnait une rafale de coups de pied dans l'air. Malgré ses jambes chancelantes, Shen Feng l'imitait.

« La cithare n'est pas le privilège des lettrés, disait son maître. La cithare est aussi l'art de la guerre, la désolation et la mort. Shen Feng, je t'enseigne cet art martial pour aiguiser le tranchant de ton esprit. »

Devant lui, son maître tournait sur lui en ralentissant ses mouvements. Sa voix flottait :

« Au commencement, le monde n'était qu'un tourbillon. Blotti dans son centre, le dieu Pan Gu sommeilla dans les ténèbres chaotiques pendant dix-huit mille ans. Un jour, il se réveilla, s'étira et poussa l'air épais avec ses pieds et ses mains. Les substances légères montèrent et formèrent le ciel. Les substances lourdes descendirent et devinrent la terre. Le dieu Pan Gu se leva et porta le ciel sur ses épaules. Il grandit d'un *zhang*[1] par jour pendant dix-huit mille ans pour qu'enfin le ciel se sépare de la terre et qu'ils ne se touchent jamais. Quand la terre se solidifia et que le ciel sécha, Pan Gu s'étendit sur le sol et mourut d'épuisement. Son œil gauche devint le soleil, son œil droit la lune. Sa chair et son sang devinrent montagnes, fleuves, forêts et rochers. »

Shen Feng se sentait alors empli d'énergie. Le globe d'air qu'il tenait entre ses mains s'agrandissait et le hissait vers les cieux.

Son maître continuait :

« Descends doucement sur les talons. La plante des pieds est la terre. La terre s'étend à l'infini. Tu es l'infini. Maintenant, ouvre ta poitrine, ferme tes oreilles et écoute la musique par le bout de tes cheveux. Elle ne résonne pas mais t'illumine. C'est la musique de l'intelligence… »

Devant le tunnel qui s'allonge et remonte. Shen Feng est saisi d'un froid glacial et sec. Il s'arrête, réchauffe ses doigts raidis à la bougie et observe ses mains, larges, rouges et couvertes de cals. Les pilleurs creusent la terre pour voler les

---

1. Un *zhang* = 3 mètres.

trésors et les luthiers creusent le bois pour donner au vide la vie, la musique.

La musique ! Du tunnel s'élève un bruit mélodieux. Incrédule, Shen Feng écoute pendant un instant, puis se met à racler. Les mottes de terre tombent abondamment. Ce n'est plus la terre fraîche mais une matière dure qui se réduit en poudre. Prudemment, il change d'outil et utilise la pointe de sa pioche. La mélodie, faible et lancinante, devient vociférante au fur et à mesure que de grosses pellicules, pareilles à de la cendre, se détachent de la partie haute de la paroi.

Shen Feng s'arrête.

– Entends-tu cette musique ? demande-t-il à Zhu Bao, occupé à ramasser les gravats.

– Quoi ? Quelle musique ?

– Rien, répond Shen Feng.

Elle lui parvient comme si juste au-dessus de lui un groupe de musiciens donnait un concert d'instruments à cordes. Lorsqu'il gratte dans cette direction, il l'entend encore plus clairement. Elle est très différente de toutes celles qu'il a entendues auparavant. Les notes crépitent avec la netteté et la limpidité des perles. Par moments, elles sont si détachées que l'on dirait le chant d'une femme étrangère.

La musique gronde. Les notes ruissellent. Leur écho grave et langoureux caresse ses bras et ses jambes, le fait frissonner de joie. Il accélère le mouvement de sa pioche et tape de plus en plus vite dans la terre. La musique le pénètre, rampe sous son front et l'appelle :

– Viens à moi, viens !

Soudain, une pluie de sable et de poudre se déverse et la musique s'interrompt. Un trou apparaît au-dessus de sa tête,

Shen Feng tend la main, approche la bougie, et avec l'autre main, en quelques coups de pioche, il élargit le trou. Une odeur forte le gifle. Un fauve venu de l'enfer bondit sur lui et mord son visage. Soufflée par un vent fétide, la bougie s'éteint. Suffoquant, Shen Feng déchire sa tunique à la hauteur de sa poitrine ; ses pieds raclent la terre et il se tortille pour pousser un cri. Mais aucun son ne sort. Il se recroqueville et s'évanouit.

– Shen Feng, Shen Feng !

Péniblement, il rouvre les yeux. Ses paupières sont lourdes. Ses oreilles bourdonnent, la tête lui tourne. Il veut bouger mais n'a aucune force. Il essaie de se rappeler ce qui s'est passé, mais rien ne lui vient à l'esprit.

On continue à lui parler tout en lui secouant le pied. La voix est pleine de frayeur :

– Tu es mort, Shen Feng ?... Tu ne peux pas mourir !... Réveille-toi !

La voix s'affaiblit.

Shen Feng reprend peu à peu conscience, il a dû entrer en contact avec le tombeau et, probablement, il a été intoxiqué par les miasmes du cadavre. Il serre les dents et lève un bras lourd comme une montagne. En tâtonnant, il retire sa ceinture de chanvre et urine dessus, puis il s'en couvre le nez et la bouche. Quand ses oreilles cessent de gronder, ses doigts trouvent dans le noir la bougie et dans sa poche les silex. Les étincelles, aussitôt jaillies, sont dévorées par l'obscurité. Il attend un long moment avant de faire un nouvel essai. La lumière de la bougie, faible comme un petit pois, lui communique la vigueur de la vie. Il rampe en reculant vers Zhu Bao. Il le secoue, le réveille et lui donne un bout de sa ceinture pour se couvrir le nez. En s'aidant l'un l'autre, ils atteignent à reculons la sortie du tunnel.

Ils arrachent le masque de leur visage et s'allongent côte à côte. Sur le dos, les bras en croix, ils regardent le ciel. La nuit est claire. De l'autre côté du mur d'enceinte, les clochettes sous l'auvent du temple tintent faiblement. Un chien se met à aboyer, puis se tait. Les bambous oscillent. Derrière leur feuillage, dans le ciel, les étoiles clignotent, annonçant une journée ensoleillée. En quelle saison est-on ? Shen Feng est en pleine confusion. Les bambous demeurent verts tout au long de l'année. Dans cette montagne, ils fleurissent tous les soixante ans. Il paraît qu'à ce moment-là, la terre tremble, la pluie ou le soleil ravage le monde, et qu'épuisés par la floraison, les bambous jaunissent, perdent leurs feuilles, se dessèchent.

Zhu Bao lui donne un coup de coude.

– As-tu une idée ? Si on ne trouve pas de trésor, que fait-on pour devenir riche ?

Shen Feng répond avec lassitude :

– J'ai entendu dire que, non contents de vendre leurs marchandises aux seigneurs du Sud, les négociants de soie osent s'aventurer dans les royaumes barbares malgré la guerre et les pirates du fleuve. Ne craignant ni la fatigue ni les dangers, les plus audacieux remplacent leurs chevaux par des chameaux, traversent le désert du Nord-Ouest pour fournir les princes de l'Ouest aux yeux de chat. La soie est l'insigne des hommes nobles et puissants, et la monnaie des hommes misérables et affamés. Tu trouveras peut-être un marchand en ville qui voudra t'envoyer vers le Nord pour veiller sur ses caravanes. Mais Tranquillité... il va falloir la déguiser en homme pour quitter le Sud. Au-delà du fleuve Yangzi, chez les Barbares, vous serez libres.

Zhu Bao soupire :

– Il paraît qu'au Nord, du mois d'octobre jusqu'au mois d'avril, l'aquilon renverse les chevaux et gèle les drapeaux qui restent tendus comme des plaques de fer. On perd facilement ses oreilles et son nez. Le Nord n'est pas pour nous qui ne connaissons pas l'hiver.

Shen Feng hésite un instant.

– Le diable t'a envoûté ! Il y a plein de filles dans les rues de Jing Ko. Pourquoi une nonne de la montagne ?

Zhu Bao sourit amèrement.

– Le diable ? C'est le Bouddha ! Les filles me courent après pour que je leur donne de l'argent. Elles s'en vont dès qu'elles croisent un homme plus riche. Tranquillité me donne la joie. Sans elle, je fais n'importe quoi pour gagner quelques pièces que je dépense aussitôt sans savoir comment. Avec elle, je suis un homme pur et bon, je la protège et la fais rire. Quand son visage pâle prend de la couleur, j'oublie la rue, les bruits, la poussière, la sueur ; j'entrevois le rayonnement de la Terre pure.

Shen Feng est muet. Secrètement, il envie Zhu Bao. Lui aussi, il voudrait qu'une femme lui fasse oublier la maladie de son maître, la vie misérable et entrevoir la lumière du Bouddha ! Viendra-t-elle vers lui quand il possédera une partie du trésor ?

Zhu Bao redescend en premier, Shen Feng sur ses talons. Tous deux portent un masque imbibé de leur urine. La bougie vacillante leur indique que de l'air circule dans le tunnel.

Shen Feng pousse Zhu Bao par les fesses pour qu'il pénètre dans le trou. Après avoir hésité un instant, Shen Feng le suit en passant la tête. Il ne voit rien qu'un épais brouillard. Il fait passer les pioches et les pelles, ferme les paupières et se hisse à son tour.

Lorsqu'il rouvre les yeux, il voit un halo où flotte de la poussière. Il brandit sa bougie. Devant lui, une colonne se dresse. Composée de particules qui montent et descendent nerveusement, elle jette ici et là des éclats subits. Quand il s'avance, sa bougie laisse dans l'obscurité un sillon chatoyant. La colonne recule, puis déploie plusieurs bras qui se tordent et s'enlacent autour de Shen Feng, comme si elle voulait lui arracher la bougie des mains.

Non loin, Zhu Bao pousse un cri d'effroi. Au milieu d'un tourbillon de poussière, apparaît un homme drapé de blanc. Shen Feng écarquille les yeux. L'homme se révèle être un socle en albâtre sculpté ; au-dessus repose un sarcophage.

Shen Feng tâte le sol avec la pioche avant d'y poser les pieds et fait le tour du caveau. Contrairement aux tombeaux des riches familles qui se dotent d'un véritable palais souterrain composé d'une multitude de chambres imitant le faste du temps où le défunt était encore vivant, celui-ci est constitué d'une seule chambre funéraire circulaire et Shen Feng n'y trouve aucune stèle avec le nom, l'origine et la vie de la défunte. Sur la terre chinoise, au Nord comme au Sud, les vivants érigent des stèles pour les morts. Pour les uns, c'est la commémoration d'une vie de labeur, pour les autres, la glorification d'une vie d'exception. Des plus miséreux à l'empereur, tous ont droit à une stèle en bois ou en marbre qui porte leur biographie écrite à la simple encre noire ou gravée avec de la poudre d'or.

L'absence de stèle n'empêche pas l'importance du sépulcre, songe le jeune luthier. C'est une personne dont on veut cacher l'identité soit parce qu'elle a été bannie de la Cour ; soit parce qu'on veut lui épargner l'infamie d'avoir sa tombe pillée. Dans les deux cas, il ne peut s'agir que d'une personne de haute dignité.

Lorsque Shen Feng approche la bougie, les parois du caveau se mettent à briller, révélant des fresques aux dessins gracieux cloisonnés d'or. La présence des deux animaux mythiques, le dragon vert et le tigre blanc, gardiens des empereurs et des impératrices, confirme ce que lui a dit Zhu Bao. Peints sur les parois est et ouest, ils précèdent deux cortèges composés de soldats à cheval et à pied, de fonctionnaires coiffés du chapeau des lettrés, de serviteurs et de servantes portant bassins, chasse-poussière, éventails, serviettes, plantes, tous les accessoires quotidiens d'une vie luxueuse inconnue de Shen Feng, puis une ribambelle d'oiseaux, chats, singes, chiens et léopards apprivoisés. Des chariots chargés de soldats armés de lances et de flèches entourent deux chars décorés de dragons, de *qilin*[1] et de phénix, dont les rideaux brodés de fils d'or demeurent fermés. La beauté des officiers habillés de brocart suffit à suggérer l'importance de leurs maîtres. Le cœur de Shen Feng bondit. Il est peut-être dans le tombeau de l'empereur de la dynastie Song lui-même ! Pour tromper les pilleurs de tombes des générations

---

1. Animal mythique avec un corps de cheval couvert d'écailles de poisson et des cornes de cerf.

futures, les grands de ce monde élèvent souvent plusieurs faux tumulus avant de se faire ensevelir dans des lieux discrets avec leurs précieux trésors. Un cimetière de religieuses au sommet d'une montagne éloignée est idéal pour enfermer un tel secret !

Zhu Bao a déjà grimpé sur le socle et tâte le sarcophage. Shen Feng fait encore un rapide tour dans la chambre. Le long du mur, il n'y a ni jarres remplies de céréales, ni vases contenant des bijoux, ni statuettes en terre cuite représentant serviteurs et montures, vaisselle et fourneaux, ni coffres renfermant livres, peintures, habits portés par le défunt. Serait-ce un tombeau-trompe-l'œil ?

À califourchon sur le cercueil, Zhu Bao s'impatiente :

– Vite, aide-moi à déplacer le couvercle. Il va bientôt faire jour !

En approchant la bougie, Shen Feng découvre un sarcophage de forme simple mais majestueuse. En essuyant un coin avec sa manche, il découvre un bois laqué noir. Il frappe avec son poing. Une série de bruits clairs et sonores retentissent. Il reconnaît la résonance d'un tronc de qualité exceptionnelle.

Shen Feng tend les outils à Zhu Bao et grimpe à son tour. Tous deux frappent sur les côtés, dans l'interstice entre le couvercle et la bière. Des particules de poussière jaillissent et étincellent autour des bougies. Bientôt, le couvercle cède. En se servant de leurs outils comme leviers, ils le déplacent. De peur qu'il ne se fracasse contre le sol, Shen Feng saute à terre et le prend dans ses bras.

Un nuage de poussière s'échappe du sarcophage, en même temps qu'un parfum s'engouffre dans les narines de Shen

Feng, bien qu'il porte un masque. Il grimpe sur le socle et se penche. Zhu Bao et lui approchent leurs bougies en même temps. Tels de minuscules insectes aux ailes colorées, les poussières tournent puis se dispersent. Une femme vivante apparaît, radieuse de joie et de jeunesse. Sur son visage en forme de lune, les joues carmin et le nez aux ailes délicates se dessinent. Paupières mi-closes, front lisse de toute ride, elle est d'une beauté saisissante bien qu'elle porte le bonnet noir et la robe grise des nonnes. Les mains jointes sur la poitrine, un sourire sur les lèvres, elle semble sur le point de s'éveiller.

Zhu Bao tombe à genoux, joint les mains, s'incline et murmure :

– Pardonnez-moi, Majesté. Permettez-moi de vous emprunter un peu d'argent, juste de quoi faire vivre ma femme et mon enfant. Vous êtes déjà partie et n'en avez plus besoin. Ici, il y a trop de misère et de souffrance...

Shen Feng se souvient d'avoir entendu dire que les corps des saints peuvent se conserver longtemps. Cependant, il est impossible de croire que cette femme est morte il y a trois dynasties. Et puis, où est le trésor ? La main de Shen Feng tremble et sa bougie laisse tomber une goutte de cire qui s'écrase sur le front de la femme. Sa peau se fissure, s'éparpille, révélant le crâne. En un clin d'œil, la tunique se déchire, dévoilant des seins blancs, lesquels s'effondrent et s'ouvrent sur les côtes qui se craquellent. Lorsque Zhu Bao finit son incantation et lève la tête, il ne reste plus que des os et un tas de cendres. Shen Feng reçoit de plein fouet un vent glacial qui lui traverse la poitrine comme un glaive. Zhu Bao saute dans le sarcophage et fouille. Au contact de ses mains, le crâne se brise, le squelette se disloque, les os s'effritent. Des particules de poussière s'envolent entre ses doigts en scintillant. Shen Feng observe cet acte de barbarie puis détourne le visage.

– Où est le trésor ? Le trésor !

Poussant des hurlements, Zhu Bao saisit la pioche et frappe le fond de la bière. Sous ses coups acharnés, bientôt le sarcophage se fissure et vole en éclats. La pointe de la pioche heurte le socle en albâtre, faisant jaillir des étincelles. Ne trouvant aucun objet, Zhu Bao saute à terre. La pioche à la main, il continue de marteler la paroi à la recherche d'une porte secrète qui donnerait accès à la chambre du trésor. Voyant les belles fresques disparaître sous les coups violents de Zhu Bao, Shen Feng regrette d'avoir suivi son ami et d'être complice de son saccage. Zhu Bao laboure maintenant le sol.

Shen Feng, écœuré, attrape Zhu Bao par les épaules et crie :

– Il va faire jour. On s'en va.

Zhu Bao vocifère :

– Tranquillité n'a pas menti ! Le squelette ne porte aucun bijou autour du cou, ne retient pas de perles dans sa bouche, ne serre pas de jade dans ses mains. Ce n'est qu'une servante et la maîtresse dort à côté !

– On s'en va ! répond Shen Feng, furieux. Si les chiens nous découvrent et que les nonnes nous capturent, nous allons mourir.

– Je m'en fous ! Je ne quitterai cet endroit que quand j'aurai le trésor. Lâche-moi !

Zhu Bao lui donne un coup de coude et continue de creuser.

– Je rentre, lui dit Shen Feng. Viens avec moi.

– Va-t'en ! Laisse-moi tranquille !

Shen Feng insiste :
– Viens. Sortons d'ici.
Zhu Bao fonce sur lui et le jette à terre.
– Disparais, lâche ! Je ne veux plus te voir !
Alors que Shen Feng s'apprête à redescendre dans le tunnel, il entend derrière lui :
– Attends !
Zhu Bao est effondré à terre, contre le mur. Recouvert de boue et de poussière, il ressemble à un rat agonisant. Le jeune luthier s'assoit près de lui. Les Chinois pénètrent le monde des Ténèbres avec au moins un objet qui leur appartient. Même les moines se font enterrer avec leur chapelet. Zhu Bao a probablement raison. Le cadavre est un substitut, le vrai se trouve ailleurs, peut-être pas dans ce cimetière. Par crainte que son tumulus ne soit outragé, son corps profané et sa gloire souillée sans qu'il puisse se venger, le général Cao Cao avait fait construire soixante-douze tombes pour tromper ses ennemis et les voleurs. Le regard de Shen Feng balaie la pièce et tombe sur le couvercle du sarcophage gisant à terre. Si cette grotte renferme un simple substitut, pourquoi donner à la fausse impératrice un cercueil fait d'un arbre millénaire posé sur un socle en albâtre recouvert d'un bas-relief finement façonné ? Pourquoi ces fresques cloisonnées d'or décrivant le faste du voyage impérial vers le ciel ? Pourquoi ne pas y avoir placé des objets funéraires de moindre valeur afin de contenter les vulgaires pilleurs et qu'ils repartent sans vouloir en chercher davantage ?
– Bouddha, où est ta compassion que l'on dit immense ?...
Tranquillité ne doit pas mourir..., gémit Zhu Bao.

Shen Feng se redresse sur les talons et se souvient que l'antiquaire Gros Liu lui a proposé de façonner une fausse cithare antique.

– Aide-moi à passer le couvercle du sarcophage dans le tunnel, dit-il.

– Ça ne vaut rien, sinon pour faire des feux ! Tant pis ! J'irai égorger des voyageurs solitaires pour leur arracher leur bourse.

– Soulève le couvercle, je te dis.

– Laisse tomber. Je suis crevé.

Shen Feng est obligé de donner une explication :

– Prends-le ! Une cithare faite avec ce bois ancien vaudra beaucoup d'argent. Ce sera suffisant pour que tu quittes la ville avec Tranquillité…

Dehors, les étoiles ont pâli. À l'est, les crêtes rocheuses commencent à rougir. En hâte, Shen Feng et Zhu Bao rebouchent le trou du tunnel, escaladent le mur du cimetière et redescendent la montagne par le sentier favori des biches.

Shen Feng dévale les pentes à grands pas. Zhu Bao le suit en trébuchant, silencieux et abattu par la fatigue et le désespoir. Avant que le soleil s'installe haut dans le ciel, ils ont rejoint le lac au fond de la vallée. Ils sautent dans l'eau et les mottes de terre qu'ils avaient sur leurs vêtements et dans leurs cheveux tourbillonnent et se mettent à flotter. Soudain, au milieu de l'eau boueuse, Zhu Bao se redresse de tout son long.

– Shen Feng ! Shen Feng ! crie-t-il, oubliant de se débarbouiller le visage. Combien de temps te faut-il pour fabriquer une cithare ?

– Deux ans pour traiter le bois, et six mois pour la sculpture. Pourquoi ?

– Oublie ma question ! Tu m'as eu, salaud !

Zhu Bao sort du lac à grandes enjambées. Sans dire un mot, sans se retourner, il chausse ses bottes, court et disparaît dans la forêt.

Le soleil apparaît dans le carré de ciel découpé par les arbres et jette une pluie de flèches sur le lac. Shen Feng se trouve au milieu des flammes bleu et jaune.

Trois

An 401, dynastie Jin de l'Est

Le régiment a campé au bord du fleuve. Les femmes ont fait un feu. Une soupe de céréales mijote dans une grande marmite. Les vieux soldats et les blessés s'assoient parmi les femmes et les taquinent. Serrant son bébé dans les bras, la Jeune Mère s'éloigne de la foule et marche vers le fleuve.

Le soleil, rouge laque, s'écrase à l'ouest. Des oiseaux piquent dans les flots, puis se lancent vers le ciel où ils forment des essaims de taches noires à mi-hauteur des falaises. Les villages, accrochés au flanc de la montagne, s'effacent lentement dans une brume rougeâtre.

Elle s'étend sur l'herbe et ouvre sa tunique. Son bébé saisit un sein. C'est une petite fille, ses traits rappellent ceux de son père. À sa naissance, elle était courbée et ridée comme une vieillarde et la Jeune Mère pensait qu'elle était la réincarnation d'un dieu venu au monde pour annoncer le châtiment. Mais, depuis quelque temps, le crâne du bébé s'arrondit, sa peau se lisse, ses yeux brillent, elle ressemble à un chaton. Habituée à la marche militaire, elle pleure rarement, ne fronce pas les sourcils quand grondent les tambours et sifflent les flèches.

L'enfant porte le nom de son père, Liu. La Jeune Mère ne lui a pas encore donné de prénom. Chez les Hautes Portes, on ne choisit pas un prénom pour son enfant. Tous les prénoms, classés par génération, ont été déterminés déjà par les lointains ancêtres et inscrits dans le livre de chaque famille. Si bien que lorsque les Hautes Portes se rencontrent, ils reconnaissent les branches et les affiliations et se saluent avec les révérences appropriées à leur statut. Ignorant le livre de famille de son époux, comment la Jeune Mère pourrait-elle choisir au hasard un prénom pour sa fille ?

Bien que son sein soit petit et plat, le bébé l'empoigne et le tète goulûment comme s'il était un fruit gonflé de jus. La Jeune Mère examine le minois étroit de son enfant et appréhende pour elle un triste destin. Son époux n'est pas noble, par la loi de l'hérédité, sa fille est donc roturière. Elle n'aura jamais un époux noble et ne pourra jamais se vêtir d'une robe de soie.

Le bébé s'agrippe à elle comme une petite araignée et l'enveloppe dans une toile douce et odorante. Ayant fini de téter, la petite fille ouvre sa bouche sans dents, des gouttelettes de lait encore aux lèvres. La Jeune Mère la tient par les bras, joue avec elle tout en lui tapotant le dos. « Faire tourner le lait » est une méthode apprise des autres femmes qui croient qu'un bébé rassasié ne doit pas s'endormir immédiatement.

La Jeune Mère la chatouille et lui parle. L'enfant s'agite, lui tire les cheveux, lui mord la joue, tambourine sur son ventre, trébuche sur sa cuisse. Elle l'appelle par tous les noms qui lui passent par la tête : petit moineau, petit grillon, petit serpent, petite mouche, petit moustique. Car, comme ces créatures espiègles, sa fille froisse sa robe, défait son chignon, crachote sur son épaule, barbouille son visage.

La tunique de la Jeune Mère glisse sur son épaule, dévoilant un bras décharné et des côtes saillantes. Au bord du fleuve Yangzi, la mort rôde et s'invite chez les vivants. Elle s'installe dans leurs corps qui respirent encore, rappelant que la vie est trompeuse.

Elle serre son bébé contre elle.

La campagne militaire s'éternise. À tout moment, mère et fille peuvent être massacrées ou être victimes des épidémies qui se propagent dans les régions ravagées par la guerre. Le ravitaillement est souvent interrompu. La Jeune Mère ne mange qu'une soupe de céréales par jour. Ses cheveux tombent. Ses ongles se fendillent. Sa peau se dessèche. Son lait est en train de tarir. Le lait est la seule nourriture dont elle dispose. Le lait est le seul bien qu'elle possède.

Elle ne nomme pas sa fille parce que chaque jour, le dieu des Enfers prend la vie de ceux dont le nom et le prénom apparaissent sur le Livre de la Mort. Lorsque les démons viennent vers les hommes pour éteindre leur souffle vital et saisir leur âme, ils laissent tranquilles ceux qui ne figurent pas encore sur le Livre. Sans prénom, sa fille n'existe pas. Elle est pareille à une morte. Elle reste cachée dans l'ombre de ces gens qui portent le même nom de famille. C'est pourquoi elle n'a pas peur des flèches ni des guerriers, et qu'elle sourit aux flammes, aux cadavres, aux malades abandonnés sur la route à la lente décomposition.

Son bébé s'endort. La Jeune Mère soupire. Elle s'allonge dans les herbes, tournant son visage vers le fleuve. Quelques mois auparavant, elle n'aurait pas pu s'asseoir dans un endroit nauséabond ni sur le sol sans être couverte de boutons. À présent, vêtue de vêtements déchirés et tachés de sang, elle se couche près d'une bouse. Elle peut manger les mains sales et l'odeur de l'eau amère ne la fait plus vomir. Elle a appris de vieux soldats à cueillir des fruits sauvages et à gratter la terre avec ses doigts pour trouver des racines comestibles. Pour que sa fille vive, elle est devenue une bête sauvage.

Joue contre terre, broyée par la fatigue, la Jeune Mère somnole. Le fleuve scintille à travers les feuilles sveltes des herbes folles. Un papillon noir vole vers elle.

– Danse pour moi, lui murmure-t-elle.

Le papillon bat des ailes et agite ses antennes.

La brise caresse son visage et elle entend un air de cithare. Est-ce l'âme de son père qui lui rend visite ? Ses jambes s'allongent et ses pieds rejoignent le fleuve. Elle est morte ! Morte, elle est devenue la terre lavée par la pluie, frottée par le vent, semée d'herbes agitées. Elle ne connaît plus de regret ni de crainte. Elle est heureuse comme le papillon qui vit le temps de la plus belle saison.

Elle ouvre les paupières. Au loin, des rayures sombres se propagent sur les eaux du fleuve. S'appuyant sur un bras, elle se redresse. C'est alors qu'elle aperçoit des bateaux venus de l'amont qui se rapprochent, puis passent devant elle. Sans cuirasse ni casque, soldats et officiers aux cheveux épars et enveloppés de tuniques sales sont regroupés sur la poupe. Où vont-ils ? À quelle armée appartiennent-ils ? Un grand navire à cinq voiles apparaît. La Jeune Mère saisit sa fille, saute sur ses pieds et s'enfuit vers le campement.

Autour du feu, les vieux soldats se mettent debout devant les femmes et lèvent leurs arcs, la flèche sur la corde. Le navire jette l'ancre. Des hommes en descendent, se placent en formation sur la rive et déploient leur étendard dans le vent, criant en chœur :

– Commandant Liu ! Commandant Liu vous ordonne de ranger vos armes !

Reconnaissant le caractère « Liu » brodé au centre de l'étendard, les vieux soldats baissent leurs arcs. Une femme se tourne vers elle.

– Félicitations ! Ton époux est de retour !

Elle n'en croit pas ses oreilles. Quand son époux l'a laissée, il n'était que capitaine. Elle pensait qu'il était mort et il est devenu commandant. Elle avait cessé d'espérer leurs retrouvailles et cette soudaine apparition la tétanise. Lorsqu'elle revient de sa torpeur et cherche dans le campement un miroir pour se coiffer, il se dresse déjà devant elle et l'éblouit par la magnificence de son armure. Sous la visière de son casque, son regard perçant la met mal à l'aise. Honteuse de son état misérable, elle passe les mains dans ses cheveux en broussaille et baisse la tête. Elle voudrait disparaître sous terre.

Il avance et elle recule. Il lui arrache le bébé. Balancée dans l'air, la petite fille éclate de rire.

– On s'en va ! lui ordonne-t-il.

– Attendez.

Elle court vers son chariot, prend son balluchon et une longue corde en tombe. Elle la ramasse. La corde porte sept nœuds. Par sept fois déjà, la lune a été pleine et elle n'avait aucune nouvelle de lui.

La voix tonitruante de son époux résonne :

– Laisse tes affaires. Viens.

Elle essuie ses larmes. Le balluchon contient les morceaux de tissu qu'elle a accumulés pour que les femmes cousent un manteau pour sa fille. La corde, elle l'utilise comme ceinture, pensant qu'un jour elle pourra s'en servir pour se pendre à un arbre.

– Laisse tout. Dépêche-toi. Nous partons tout de suite.

N'osant désobéir à son époux, elle abandonne ses bagages et le suit docilement.

Il marche devant à grandes enjambées ; elle le suit, à petits pas. Les soldats s'écartent quand ils passent. Il monte sur le bateau. Il la conduit à une vaste cabine et lui dit de se reposer. Elle lui tourne le dos, ouvre sa tunique pour donner le sein à son bébé. Lorsqu'elle se retourne, il est parti.

Le jour s'assombrit ; les reflets argentés des vagues balaient le mur et écrivent une calligraphie mouvante. Des soldats viennent allumer des lampes à l'huile et lui apportent à manger. Les plats sont frugaux mais paraissent somptueux à ses yeux car elle n'a pas eu de vrai repas depuis longtemps. Serrant sa fille contre elle, elle la dorlote. Son estomac est si noué qu'elle parvient à peine à avaler. Après le dîner, elle réclame une bassine de bain. On lui apporte une jarre remplie d'eau tiède et une louche. On lui donne aussi une tunique de coupe masculine qui vient de la garde-robe de son époux.

Elle s'émerveille de la propreté du vêtement et hume l'odeur de son homme. Allongée sur la natte, elle s'endort en l'attendant. Il revient tard dans la nuit et le bruit de ses pas la réveille. Elle pose son bébé sur la couche et se lève en hâte. Elle s'apprête à défaire son chignon et à l'aider à se dévêtir. Il l'immobilise, lui donne un petit miroir de bronze et approche la lampe à l'huile. Dans le miroir, elle se regarde avec honte. Ses yeux paraissent démesurément grands dans un visage où elle ne voit que ses joues creuses et un menton pointu. Une cicatrice marque son front : un jour, en courant vers son chariot, elle a trébuché et sa tête a heurté un caillou. Derrière elle, l'ombre de son époux grandit. Il lève les mains et pique dans ses cheveux un phénix d'or aux ailes étincelantes de perles blanches.

Elle refuse de se déshabiller de crainte qu'il découvre son corps squelettique. Elle refuse qu'il la caresse, ne voulant dévoiler ses flancs osseux, ses hanches maigres. Il n'insiste pas et s'allonge près d'elle en posant sa tête dans le creux de son épaule. Sa jambe musclée, posée sur ses jambes frêles, l'empêche de bouger. Il dort d'un sommeil si lourd qu'elle croit entendre dans sa respiration le sifflement des flèches.

Elle garde les yeux ouverts. Elle est presque contente. La présence de son époux a chassé la mort qui l'habitait. En la serrant contre lui, il lui fait partager la confiance et la force du guerrier qui se sert de la mort comme d'une arme. La Jeune Mère pense à sa famille dont elle n'a plus de nouvelles et à celui qui fut jadis son fiancé. Elle a l'impression qu'ils sont restés à quai. Tandis que le bateau de sa vie s'éloigne de la terre ferme et prend le large dans le fleuve, ils diminuent et s'effacent.

La cohue des soldats perce la nuit. Ils lèvent l'ancre et hissent les voiles. Bientôt, la chambre se remplit du murmure des vagues. Où va le bateau ? Où vont-ils ? À chaque fois qu'elle voit son époux, il l'emmène ailleurs, toujours plus loin que ce qu'elle imagine. Pourquoi elle ? Pourquoi le destin veut-il qu'ils soient liés l'un à l'autre ? Pourquoi près de lui ne ressent-elle plus la tristesse, alors que c'est lui qui a plongé sa vie dans la tristesse ? Son époux grogne et se retourne. En collant timidement sa joue sur son dos, elle entend son cœur palpiter. D'une main, elle cherche son enfant et la trouve près de l'oreiller. Le sommeil vient enfin. Elle prie pour que le jour ne se lève pas. Serrée près de son époux, tenant la main de sa fille, elle rêve d'une croisière qui ne connaîtrait pas de fin. Ils glissent, flottent, tanguent sur le fleuve Yangzi, loin des rivages souillés.

La nuit jette un voile noir sur l'horreur.

La nuit rend invisibles la plaie et la colère.

La nuit est le refuge des innocents.

Les voiles sont baissées. Le bateau jette l'ancre. Suivant son époux, la Jeune Mère descend, le bébé dans les bras. Le long de la rive, un régiment est là pour les accueillir. Son époux saute sur un cheval noir pompeusement harnaché. Elle est conduite vers un carrosse orné de bannières blanches sur lesquelles est brodé « Liu » en caractères écarlates. Son mari donne un coup de talon et le cheval se lance au galop. Escortée par des cavaliers, elle s'engage sur un chemin cahoteux.

Au bout de longues heures de secousses et d'arrêts brusques, elle entend la voix de son époux qui ordonne :

– Lève ton rideau.

À cheval, il pointe l'espace devant lui avec sa cravache.

– Elle est à toi. Veille sur elle pour moi.

La Jeune Mère sort la tête et découvre une ville en ruine. Les hauts remparts s'ouvrent en brèches comme si la terre avait tremblé et qu'une grande tempête se fût abattue sur la région. Un panneau en bois laqué noir flambant neuf est suspendu au-dessus de l'entrée principale qui a été sommairement réparée. Il porte des caractères dorés en bas-relief : « Jing Ko, Porte du Fleuve ».

– Depuis le temps des Trois Royaumes, la ville de Jing Ko est réputée pour être imprenable, dit son époux. Retranchés derrière leurs hauts murs et refusant tout combat, le gouverneur rebelle pensait tenir un long siège qui m'aurait épuisé. Après les avoir encerclés, j'ai fait construire un barrage sur le fleuve Yangzi. J'ai attendu la saison des pluies pour lever l'écluse. Une vague géante a ouvert toutes les portes à mes soldats qui sont entrés en bateau.

La cité déploie ses rues désolées. Au milieu des décombres de bois, des tentes ont été dressées et les rares maisons encore debout ont leurs piliers bigarrés de lichens et de boue. Les rues se rétrécissent et deviennent une longue ruelle récemment pavée de pierres. Une nuée d'ouvriers, torse nu, transportent des blocs de rochers, frappent le sol avec de petits marteaux. Des soldats leur donnent des coups de cravache. Ils s'écartent précipitamment et se mettent à genoux le long de leur passage. Face contre terre, ils présentent à la Jeune Mère leur dos maigre et basané marqué d'une colonne vertébrale saillante.

Un imposant portail se dresse bientôt devant son cortège. Sur le panneau de bois laqué est inscrit : « Résidence du gouverneur ». Les soldats qui l'accueillent sont tout aussi maigres que les ouvriers. La Jeune Mère est conduite à l'arrière du vaste domaine où des jardins dévastés entourent des pavillons à moitié effondrés.

– Par son emplacement particulier, Jing Ko contrôle toute la navigation sur le fleuve Yangzi, lui explique son époux qui l'a rejointe. Sun Quan[1] l'a autrefois fortifiée, ce qui lui a permis de contrer l'invasion du général Cao Cao et de ses alliés du Nord. Sans cette ville, il n'aurait pu fonder la dynastie Wu.

Pour la première fois, elle découvre qu'il n'est pas un simple militaire. Il a une ambition, un but secret. Elle baisse la tête et n'ose émettre aucun commentaire.

– C'est ici que ma guerre commence ! dit-il en tapant le sol du pied.

Il repart à la nuit tombée. Elle n'ose pas lui demander où il se rend. Sa fille dans les bras, elle campe dans les décombres. L'inondation a recouvert les champs et détruit les greniers, entraînant famine et épidémies. Habituée à dormir à la belle étoile et à manger peu, elle ne se plaint pas de ces conditions rudimentaires indignes de son rang. Les soldats ont commencé à reconstruire la résidence. Un pavillon a été abattu, découvrant une entrée secrète et un long couloir qui mène à un labyrinthe souterrain jonché de cadavres de femmes. Les concubines d'un temps ancien s'étaient réfugiées là pour fuir un massacre. La beauté est subtilité et intelligence. À Jing Ko, tant de guerres se sont succédé, tant de gouverneurs ont élu résidence qu'on ne sait à quelle époque et à quels hommes elles appartenaient.

La Jeune Mère se réveille en sursaut au milieu de la nuit. Le vent lui envoie aux oreilles de faibles lamentations. Elle cherche en tâtonnant la jambe dodue de son enfant. Elle la

---

1. Sun Quan (182-252) devint le premier empereur de la dynastie des Wu au début de la période des Trois Royaumes.

secoue jusqu'à ce qu'elle pleure. Les cris du bébé la rassurent. Elles sont toutes les deux vivantes.

Cet automne-là, la Jeune Mère a fêté seule ses dix-sept ans.

À nouveau, elle a un toit sur la tête et un mur pour s'abriter des regards. Sa chambre est tapissée de nattes rembourrées d'ouate épaisse. Elle s'allonge dans les draps de soie et s'endort contente. En rêve, elle revit sa vie d'antan. On préparait un grand banquet pour l'anniversaire d'une grand-tante. À cette occasion, tantes, oncles et cousins s'habillaient comme pour un concours d'élégance. Le bon goût s'exprime dans le port de tuniques superposées et le choix d'un camaïeu de tons délicats. Le style se révèle par des bijoux rares dont les motifs et les couleurs rehaussent l'extravagance de la coiffure. Le raffinement se mesure grâce à la fragrance que répandent les longues manches. Les membres de son clan collectionnaient herbes de senteur, bois odorants, musc et autres substances aromatiques. La beauté doit être perçue par les cinq sens. À la manière des lettrés qui cisèlent des poèmes, ses nobles parents broyaient, malaxaient, distillaient pour confectionner des encens aux parfums évanescents. Posée sur une plaque d'argent qui chauffait doucement sur des braises de bois de santal, la pâte d'encens se consumait en volutes qui s'élevaient au travers de la grille de l'encensoir. Quatre servantes tenaient à plat chaque tunique retournée et la passaient dans la fumée jusqu'à ce que la doublure s'imprègne de l'odeur de l'encens.

Visage poudré de blanc, lèvres peintes en carmin, les invités venaient apporter leurs cadeaux et leurs vœux de

111

longévité. Flottant sur leurs sandales à hauts talons, ils faisaient tinter les anneaux de jade noués à leur ceinture de soie. Ils tenaient à la main un éventail en plumes d'oiseaux rares ou un chasse-poussière à manche de jade. Au bord de l'étang, le long de la galerie peinte, les hommes discutaient de la métaphysique des éléments ; dans le pavillon, à l'étage supérieur, les femmes écoutaient une opérette et admiraient la clarté de la lune. Chaque convive calligraphiait un vers sur une tablette de bambou, et les strophes improvisées rimaient, se suivaient et formaient un seul poème de célébration… À son réveil, la Jeune Mère retrouve le vaste chantier où volent les poussières et résonne le tintamarre des marteaux et des pioches.

L'armée impériale a mis les rebelles taoïstes en déroute. Sur le fleuve Yangzi, son époux a traqué Sun En, leur chef, le gourou illuminé, jusqu'à l'océan de l'Est. Encerclé sur une île, n'ayant plus de fidèles, Sun En s'est tué en se jetant du haut d'une falaise. Après cette victoire, en plus du titre de gouverneur militaire, son époux est nommé amiral. En deux années de guerre contre les rebelles, du rang de sous-officier anonyme, il s'est élevé dans la hiérarchie militaire et compte désormais parmi les plus puissants des gouverneurs.

La Jeune Mère dissimule sa fierté et sa joie. La guerre est finie, les cauchemars n'envahissent plus ses nuits ! Son époux rentrera et ne repartira plus en armure. Ils auront une vie paisible et des enfants. Ils ouvriront leur porte aux philosophes, poètes, peintres et musiciens. Rires, récitals, concerts ne cesseront plus de résonner dans les jardins de la résidence.

Tous les jours, la Jeune Mère fait guetter le retour de son époux par une servante à l'entrée de la ville. Elle lui pardonnera de prendre ses repas sans se laver les mains ni se rincer la bouche ! Elle oubliera sa façon grossière de s'asseoir et son accent sonore, celui qu'elle entendait autrefois dans la bouche des cuisiniers ! Elle n'aura plus honte de penser qu'il ne sait pas lire un texte ancien et qu'il fait des fautes d'orthographe !

À force qu'elle prie le Bouddha, il est revenu, accompagné d'une nuée de conseillers et d'officiers. Malgré sa dignité nouvelle qui lui permet l'usage du brocart et de la soie, l'amiral Liu porte toujours ses vieux vêtements en coton et ses bottes de cuir usées. Il continue de parler aux soldats comme s'il s'adressait à ses frères. Sans manières, il aplatit son épouse sur la couche. Elle rougit en pensant que désormais ils ne font plus qu'un seul tronc, une seule vie. Il lui dit qu'il lui faut un fils cette fois-ci.

Un matin, au réveil, elle s'aperçoit qu'il a demandé son armure et s'habille pour repartir. Oubliant sa timidité, elle le retient :

– Restez. Vous avez besoin de repos. La guerre est finie !

– Je reviens bientôt, promet-il. La guerre n'est pas finie. Les disciples de Sun En ne sont pas tous vaincus. Ils répandent la rumeur que leur maître est devenu un Immortel. En son nom divin, ils continuent à nuire.

N'osant insister, elle se tait et l'accompagne, attend qu'il saute en selle pour s'incliner et le saluer profondément. Il saisit la bride de son cheval et s'en va avec son étendard et ses gardes sans un regard vers elle.

Les chambres et les corridors sont à nouveau déserts ! Les chaussons brodés à la pointe recourbée glissent délicatement sur le sol ; la Jeune Mère erre dans la résidence redevenue silencieuse. Saisissant une tasse de thé de ses doigts fins, elle la porte lentement à ses lèvres. Elle hume son arôme, prend une gorgée et la rejette dans un petit crachoir. Elle tend la main vers une seconde tasse. Le premier thé, infusion des feuilles, est pour rincer les dents et préparer le palais ; le second thé, broyé en poudre et mélangé aux amandes grillées, est pour boire. Sans son époux, les rideaux ondulent mollement ; la fumée d'encens tourne, n'atteint jamais le haut plafond.

Les mauvaises herbes ont été arrachées et les fleurs commencent à pousser. Les bambous, récemment plantés, s'étirent haut vers le ciel. Elle s'assoit sur la véranda et essaie une cithare qu'elle vient d'acheter. Les rayons dorés bondissent sur les cordes de soie et glissent entre ses doigts.

Une musique profonde s'élève et les jours sombres reviennent : emportée par les guerriers, elle serre la cithare de la dame Cai Yan contre elle, avec l'impression que l'instrument la protège, tout en l'entraînant vers un destin tragique semblable à celui de son ancienne propriétaire... Son ventre grossissait et peu à peu il prenait la place de la cithare dans ses bras. La nuit où elle a accouché, l'armée est tombée dans une embuscade organisée par les rebelles et on l'a mise à l'abri dans une étable. Le lendemain, après la bataille, elle n'a plus retrouvé ni son chariot ni le soldat qui le conduisait.

La cithare qui avait été maintes fois sauvée des guerres a finalement été ravie par la guerre. La Jeune Mère a l'impression que sa fille en est l'incarnation.

Comme les hommes, les objets ont une vie, une trajectoire, pense-t-elle. Certains échappent miraculeusement à la destruction, traversent les méandres du hasard et rejoignent les vivants ; d'autres font naufrage et disparaissent sans laisser de traces. La guerre a dévoré son héritage, son passé. En échange, elle lui a donné un homme et un enfant.

An 403

Les rocailles, tirées du fond du lac Éternel, sont arrivées. Debout sur la véranda, derrière un rideau de gaze, la Jeune Mère dirige les ouvriers qui doivent les empiler d'après son dessin autour de l'étang. Une montagne en miniature apparaît. En jouant avec les angles tourmentés des rochers, elle obtient une grotte et un passage pour rejoindre le sommet.

– Seigneur Liu est en ville !

Les serviteurs courent pour l'accueillir. La Jeune Mère s'affole. Elle n'a pas prévu un retour aussi rapide. En hâte, elle arrange son chignon devant le miroir et pose un fleuron jaune[1] sur le haut de sa joue. Déjà, il est là, au milieu des tas de terre et des gravats, sourcils froncés, visage fermé. Elle s'incline profondément. Son cœur palpite. Elle a peur qu'il ne la gronde pour avoir semé un si grand désordre.

---

1. La mode de l'époque : les femmes de l'aristocratie découpent des carrés de soie en minuscules fleurons qu'elles posent sur leurs joues ou leur front.

116

Elle lève la tête, scrute son expression et s'apprête à lui donner une explication. Insensible à ses joues écarlates de confusion, il lui dit :

– Prépare un dîner pour onze personnes dans ton pavillon.

Elle est interloquée.

– Je tiens à ce que cela se passe en secret, ajoute-t-il avant de s'en aller.

Il revient à la nuit tombée, fait entrer ses invités par la porte réservée aux domestiques. Les lanternes éclairent faiblement les auvents, les ombres vacillent et le pavillon s'anime. Derrière les portes coulissantes, elle veille sur ses servantes qui apportent du vin et le dîner.

Après les échanges de politesses, la conversation s'engage. Elle entend la voix de son époux :

– Profitant de l'absence des généraux occupés à pourchasser les rebelles taoïstes, le gouverneur Heng Xuan a déclenché un coup d'État et a emprisonné l'empereur Jin. Au nom de l'empereur, il m'a convoqué à la capitale. Qu'en pensez-vous ? Dois-je m'y rendre ?

Une voix résonne aussitôt :

– Le gouverneur Heng Xuan ambitionne le trône impérial. Il a besoin du soutien des gouverneurs. L'amiral Liu a contré les rébellions avec tact et détermination. Parmi les fronts ouverts le long du fleuve Yangzi, ses victoires ont été décisives. Heng Xuan n'ignore pas l'influence de l'amiral. Ne voulant pas vous avoir contre lui, il vous invite pour sonder vos intentions. Vous devez exiger de lui un territoire et une haute fonction à la Cour.

Quelqu'un réplique :

– L'amiral Liu ne sera pas pointé du doigt par la

postérité ! Il ne trahira pas l'empereur Jin et ne jurera pas fidélité à un usurpateur.

Une autre voix ironise :

– Heng Xuan veut s'autoproclamer empereur et fonder une nouvelle dynastie qui portera son nom. Nul ne doute de ses intentions. Il considère l'amiral Liu plutôt comme un rival que comme un allié. À mon avis, il invite l'amiral à la capitale Jian Kang pour lui tendre un piège. Ayant soumis l'empereur, il peut tout à fait émettre un décret et arrêter l'amiral lorsqu'il se présentera à l'audience.

Une voix plus jeune explose :

– Pour éliminer ses rivaux, Heng Xuan peut les convoquer à la Cour, les inviter au banquet et leur servir du vin empoisonné ! Heng Xuan est une vipère qui a volé la victoire à tous les gouverneurs qui ont combattu les rebelles. L'amiral Liu doit lui déclarer la guerre. Les gouverneurs vous suivront !

Cette opinion reçoit l'approbation d'un homme plus âgé :

– Depuis la grande invasion des Barbares, les dynasties chinoises chancellent, les empereurs ont successivement failli à leur mandat céleste. Avant Heng Xuan, d'autres gouverneurs se sont déjà battus pour le commandement suprême et tous ont ambitionné de fonder une dynastie. L'amiral Liu a l'allure du Tigre et la vision du Dragon. Ses pensées et ses actes le distinguent des fonctionnaires ordinaires. Il ne doit pas rester serviteur…

Alors son époux intervient et clôt précipitamment la discussion :

– Le gouverneur Heng Xuan rêve de reconquérir le Nord et de réunifier la Chine. Il a besoin de moi pour réussir cette tâche difficile. Il me tuera quand j'aurai chassé les Barbares et récupéré la Plaine du Milieu, le foyer de nos ancêtres. Pour le moment, j'ai encore du temps devant moi.

Quelqu'un dans l'assemblée s'insurge :

– Heng Xuan est rusé et fourbe. Aujourd'hui, il a besoin de l'amiral pour mettre au pas les gouverneurs qui n'approuvent pas son commandement. Demain, lorsqu'il tiendra fermement le pouvoir, il vous éliminera. La conquête du Nord est une promesse qu'il brandit pour obtenir des alliances dans le Sud.

– L'amiral Liu doit lever sa bannière et se proclamer indépendant !...

Son époux coupe la parole à nouveau en haussant la voix :

– Messieurs, le vin refroidit. Buvez !

La Jeune Mère entend les hommes vider goulûment leur bol. Son époux continue :

– Guerriers, buvons encore ! Que ce vin scelle à jamais notre fratrie ! Mon épouse a appris de son père l'art de la cithare. Je vais lui demander d'accompagner notre boisson avec sa musique...

Que l'épouse danse et joue de la musique dans un dîner est un honneur rare que fait l'hôte à ses invités. Mais la Jeune Mère est trop timide et trop fâchée pour vouloir se montrer. Pourquoi son époux a-t-il interrompu la discussion ? Pourquoi utilise-t-il la musique pour faire taire ? Elle ne comprend rien aux ambitions des hommes et à leur furieuse envie de faire la guerre. Parmi ces guerriers brutaux qui parlent de trahison et de conspiration, combien savent apprécier les sons subtils de la cithare ? Insensible à ses humeurs, son époux insiste, puis la supplie. Pour ne pas lui faire perdre la face, elle accepte enfin de jouer un seul air.

119

Elle se retire dans sa chambre, enlève sa robe brodée et s'enveloppe dans une tunique noire. Elle allume de l'encens, se lave les mains, ferme les yeux et prie. À sa demande, les servantes ont installé sur la véranda un paravent de gaze et elle s'assoit derrière pour que les hommes ne la voient pas. À son signe de tête, les servantes écartent les portes coulissantes et elle salue les invités en s'inclinant.

Le vent fait onduler la traîne de sa tunique. Elle serre les cordes de sa cithare et décide de jouer pour les guerriers *La Ballade du sépulcre sacré*. Son pouce gauche presse les deux cordes supérieures ; sa main droite balaie les sept cordes, les faisant résonner l'une après l'autre. Les sons ruissellent.

Jeune, le poète Ji Kang[1] avait étudié les merveilles du plein et du vide, et exploré le mystère de la voie cosmique à travers le jeu subtil de la cithare. Il voyageait dans toute la Chine et visitait tous les temples taoïstes. À la montagne de la Terrasse céleste au bord de l'océan de l'Est, il fit un pèlerinage sur le sommet où l'ermite taoïste que l'on nommait Celui-qui-vit-en-amont-de-la-rivière avait trouvé la Voie et rejoint les Immortels célestes. La maison du maître était bâtie à côté du tombeau d'une antique prêtresse, la résidence du vivant et celle de la morte partageaient le même toit. Ainsi, le maître taoïste laissait le message aux générations postérieures que la vie et la mort ne sont séparées que d'un mur.

Quand la nuit fut tombée et la lune levée, des myriades de reflets argentés émergèrent de l'océan, illuminant les îlots lointains. Un air de cithare se fit entendre. Suivant la

---

1. Ji Kang (223-262) fut poète, philosophe et musicien.

musique, Ji Kang descendit vers la grève et y trouva une hutte. Retenant son souffle, il écouta silencieusement à la porte. La musique se tut et une femme apparut. Elle l'invita à entrer et à prendre le thé. Elle lui dit qu'elle avait été prêtresse de la montagne. Bien que le vivant et le mort n'avancent pas sur le même chemin, il eut l'impression de rencontrer une amie, une amante. Bercés par le clapotis des vagues, ils parlèrent des lois célestes, des mesures terrestres, du secret de la réincarnation, des rimes de la poésie, des rythmes de la musique, des techniques de la peinture et du jeu de go. L'aube blanchissait les fenêtres, les avertissant que la nuit s'achevait et que le soleil allait bondir de l'océan. Ne sachant si un vivant et une morte se rencontreraient encore, ils versaient des larmes et ne pouvaient se quitter.

« Puisque vous chérissez la cithare, lui dit la prêtresse, je vais vous apprendre *La Ballade du sépulcre sacré*, un air venu de la haute sphère où habitent les dieux. Veuillez ne pas le partager avec les hommes ordinaires. »

Du bout de son index gauche, la Jeune Mère effleure les cordes qu'elle pince avec l'index et le pouce de sa main droite. L'écho des vagues houleuses se fait encore entendre, déjà des sons cristallins jaillissent, imitant les jeunes oiseaux battant des ailes.

« Le père de Nie Zheng[1] était le plus célèbre fabricant d'épées du royaume Han, lui dit la prêtresse. Jugeant ses

---

1. L'histoire de Nie Zheng se situe dans une période troublée de la dynastie Zhou (476-221 av. J.-C.).

armes dangereuses, le roi Han le fit arrêter et décapiter sous prétexte que sa commande avait été livrée en retard. Révolté, Nie Zheng décida de le venger. Il se cacha dans la montagne pendant sept ans, étudiant la cithare et l'art de l'assassinat auprès d'une prêtresse immortelle. Il assombrit sa peau et changea sa voix en mâchant des herbes toxiques. Lorsqu'il revint dans la capitale des Han, il passa devant son ancienne maison. Son épouse sortit de la porte, le vit et se mit à pleurer. Il dit : "Femme, pourquoi pleures-tu ?" Elle répondit : "Votre sourire m'a rappelé mon époux disparu il y a sept ans déjà." Il dit : "Mon sourire est-il si charmant qu'il rappelle à toutes les femmes leur époux ?" Il s'en alla et se brisa les dents pour détruire le sourire qui le trahissait. Déguisé en musicien mendiant, il joua de la cithare devant la porte de la Cité interdite. Sa musique merveilleuse attirait une foule de passants, parmi eux se trouvaient les serviteurs du palais. Intrigué par son talent, le roi l'appela à sa Cour et lui ordonna de jouer devant un parterre d'invités. Sa *Ballade du sépulcre sacré* captiva l'assemblée. Profitant de l'inattention des gardes, Nie Zheng sortit le poignard dissimulé dans le caisson de la cithare, se précipita sur le roi et le frappa d'un coup mortel. Nie Zheng se lacéra le visage avant de se tuer pour que l'on ne puisse pas l'identifier et soumettre sa famille à la torture. Son cadavre fut exposé au centre du marché. Une vieille femme le vit, l'enlaça et le baigna de ses larmes. Aux passants qui s'étonnaient qu'elle osât réclamer le corps de l'assassin du roi, elle se dressa et répondit : "Mon fils s'appelle Nie Zheng ! Le nom d'un héros doit être chanté pour les mille ans à venir. Comment pourrais-je cacher son identité par crainte de perdre la vie ?" »

Pinçant la corde du milieu avec sa main gauche, la Jeune Mère fait rouler les cinq doigts de sa main droite. La foudre gronde et les éclairs se précipitent sur la terre avec fracas. Le vent soulève les vagues qui se heurtent et se brisent. Recourbant son pouce droit, la Jeune Mère balaie les sept cordes de l'intérieur vers l'extérieur, les faisant mugir tel l'océan en colère.

« Le monde des hommes sombre dans l'obscurité. La bourrasque va s'élever et viendra le temps pour la lune de croître et décroître des millions de fois », ajouta la prêtresse, dont la silhouette pâlissait.

Les fenêtres s'étaient illuminées et le jour déployé à l'horizon. Comme la nuit, la hutte commença à s'effacer.

« La vie terrestre est pleine de misère pour ceux qui s'attachent aux biens et au bien-être. *La Ballade du sépulcre sacré* est le chant des poètes qui se détachent de la souffrance et l'air des héros qui ne craignent pas la mort... »

La main gauche de la Jeune Mère frotte et sa main droite martèle. Une série de notes de plus en plus profondes se succèdent. Elle frappe la table de la cithare, imitant les pas de l'assassin se précipitant sur le roi. Elle pince les cordes, les fait claquer, gémir. Elle revoit son père qui lui apprenait patiemment cet air difficile à exécuter. Comme elle l'exécute sans faute, il lui tend les bras et elle s'élance vers lui. Soudain, il recule et se couvre le visage avec sa manche. Elle l'entend murmurer : « Plus tard, ma fille, plus tard... »

Une fièvre la pénètre en même temps qu'un souffle glacial saisit ses doigts. Sa main droite ralentit son mouvement, sa main gauche relâche la pression. Le son de la cithare s'affaiblit et sombre dans le silence.

La Jeune Mère essuie ses larmes. Derrière le paravent de gaze, elle salue l'assemblée et se retire dans sa chambre.

Longtemps après, elle entend les pas des invités se diriger vers la porte latérale. Le brouhaha des salutations s'éteint, puis elle devine que son époux revient, accompagné de deux hommes. Ils chuchotent :

– Pourquoi ne pas lever une armée et clamer la libération de l'empereur ?

– Il faut se soulever tout de suite. Ce sera trop tard quand Heng Xuan sera devenu maître du monde...

– L'Ordre du Ciel doit être respecté, répond son époux. Ayant mis l'empereur sous surveillance, Heng Xuan a accès au sceau impérial. Il peut désormais émettre les édits impériaux et dicter sa volonté au monde. Tous les gouverneurs qui s'opposeraient à son commandement seraient montrés du doigt comme rebelles. Attendons que Heng Xuan se proclame maître du monde, fonde sa propre dynastie, et si de légitime serviteur il devient illégitime maître, nous pourrons alors réunir les gouverneurs et le renverser comme un usurpateur... Je vais me rendre à la capitale...

– L'avis de l'amiral est juste et sage. Restons dans l'ombre et ne bougeons pas.

– L'amiral porte le même nom que les empereurs de la vénérable dynastie Han. Nous pouvons dès à présent répandre la rumeur qu'il descend de cette glorieuse famille.

– Très bien, faites-le. J'ai observé le capitaine Wu et le capitaine Wei pendant la soirée, ils sont sûrement des bouche-et-oreilles que Heng Xuan envoie pour m'espionner. C'est pourquoi j'ai plusieurs fois coupé court à nos conversations. Élimine-les cette nuit. À Jian Kang, ils fréquentent tous deux la courtisane Perle de Jade. Répandez la rumeur qu'ils se sont disputés pour elle.

Les hommes s'éloignent. La porte de la chambre s'écarte. Son époux apparaît, une lanterne à la main. Au lieu de s'élancer vers lui et de l'aider à défaire sa veste, elle se blottit devant sa coiffeuse. Il s'approche et l'observe dans le miroir. L'une après l'autre, il souffle les bougies. Dans l'obscurité, il l'enlace et la renverse sur le tapis.

Son époux convoque les guerriers pour sonder leurs intentions et les inciter à la rébellion. Son époux falsifie son origine et prétend être le descendant des empereurs. A-t-il la risible ambition de devenir un jour empereur et de fonder une dynastie ? Si jamais sa manœuvre échoue, sait-il que lui, ainsi que les quatre degrés de sa parenté masculine seront punis de la peine de mort, et les femmes déchues en esclaves ? Ses pensées s'entrechoquent tandis que les mains de son époux glissent vers son ventre et retirent sa robe. Elle demeure inerte. Il a mis la vie de sa famille en danger sans la consulter. La résidence qu'elle rénove, les jardins qu'elle construit, les étangs qu'elle creuse ne sont que des écrans de beauté qui dissimulent l'horreur. Les dignitaires de la dynastie se livrent entre eux des combats sournois. Une tuerie entraînant d'autres tueries, les troubles ne cesseront plus. Quel est ce désir farouche de posséder, de s'imposer, de monter en grade, de siéger près de l'empereur, à la place de l'empereur ? Pourquoi vouloir devenir le plus fort, le plus tactique, le plus cruel parmi les hommes forts, tactiques et cruels ? La

Jeune Mère écarte les mains de son époux et lui tourne le dos.

Quelques instants plus tard, il revient vers elle, débarrassé de ses vêtements. Il l'enlace et colle contre elle son corps musclé marqué de cicatrices. Soudain, elle entend les pleurs de sa fille. Elle tressaille, bouscule son époux, trouve en hâte une tunique dans le noir et écarte la porte coulissante. Les servantes veilleuses qui dorment devant son seuil se lèvent précipitamment. Lanterne à la main, elles la conduisent à la chambre de l'enfant. La porte s'écarte. À la lueur des lampes, elle voit la nourrice ouvrir sa robe et donner le sein.

La Jeune Mère referme la porte doucement et retourne dans sa chambre. Son époux dort déjà. Elle s'allonge près de lui et étouffe un soupir. Deux bras forts la saisissent alors qu'il roule sur elle. Joue contre joue, poitrine contre poitrine, il se glisse sous sa peau, dans sa respiration. Il prend racine dans sa chair et puise sa force en elle. Les larmes aux yeux, elle tolère l'invasion et le pillage. Leurs destins sont si noués qu'elle ne peut pas s'y opposer. En mettant leur vie constamment en péril, il ne lui donne ni le temps de le haïr, ni celui de le repousser. Cette nuit, comme toutes les nuits, peut être la dernière.

La mort sépare les êtres mais l'idée de la mort les rapproche et efface toute différence. Les mains de son époux, habituées à saisir le sabre et l'arc, sont couvertes de cals ; celles de la Jeune Mère qui n'ont jamais saisi un objet lourd sont douces et petites. Bras et jambes entremêlés, elle oublie sa nostalgie du passé et lui, son ambition de l'avenir. Rancœur et tristesse s'évanouissent. La Jeune Mère voit deux papillons se poursuivre dans la nuit à la clarté de la lune. L'un a des ailes rouges rayées de noir, l'autre des ailes bleues bordées d'une ligne blanche. Ils se frôlent, se quittent, se retrouvent. Bientôt, ils rejoignent le fleuve Yangzi et volent au-dessus des chutes sombres.

An 404

L'empereur Jin a abdiqué et cédé son trône à Heng Xuan, qui a fondé la dynastie Chu. La Jeune Mère apprend qu'à la capitale Jian Kang, son époux s'est prosterné devant le nouvel empereur et lui a juré fidélité.

Quelque temps plus tard, il invite le cousin de Heng Xuan nommé chef de toutes les armées pour une partie de chasse dans la montagne Force du Nord. Un grand banquet avec chants et danses est organisé à la résidence.

Assise derrière son rideau de perles, la Jeune Mère attend les invités. Les plats et le vin refroidissent dans la vaisselle d'or ; les danseuses s'endorment sur leurs coussins et la nuit s'écoule. Ni son époux ni ceux qu'il avait conviés ne sont venus.

Le lendemain, elle apprend que son époux a déclenché le coup d'État préparé depuis longtemps en secret : le cousin de Heng Xuan a été tué et ses hommes massacrés. Ensuite, son époux a quitté Jing Ko précipitamment et rejoint sa flotte. Depuis le milieu du fleuve Yangzi, il a déclaré la guerre à Heng Xuan l'usurpateur du trône et il a appelé les gouverneurs à se soulever.

La Jeune Mère ouvre son coffre et en retire les pièces de soie que son époux lui a offertes. Elle fait venir des bouteilles de vinaigre sucré, des oies fumées et des poissons séchés, spécialités de la ville de Jing Ko. Elle les enveloppe dans de jolis paquets et y joint une lettre. Ne sachant combien de temps il lui reste à vivre, elle souhaite revoir sa mère.

Des soldats vont porter ses cadeaux, mais reviennent plusieurs jours plus tard avec les paquets intacts. Ils disent que la Dame Mère a refusé de les recevoir et les a priés de repartir.

La nuit, blottie dans sa chambre, elle verse des larmes amères. Autrefois, elle entendait son grand-père dire : « Les Hautes Portes, clans aristocratiques de la Plaine du Milieu, ne se fréquentent qu'entre eux ! » Mésalliée avec un militaire d'origine roturière, elle a été exclue de ce monde.

Les arbres qu'elle a plantés les années précédentes commencent à fleurir. La montagne de rocailles est à présent recouverte de plantes grimpantes et surmontée d'un kiosque au toit hexagonal. Des ponts y ont été élevés. Le long de la galerie qui ceint les pavillons, les travaux de peinture ont commencé. Pour les poutres et les plafonds, la Jeune Mère a choisi une centaine de scènes historiques et d'innombrables motifs allégoriques. Elle n'aime guère sortir. Pièce après pièce, elle compose avec lenteur et mélancolie son univers. La beauté est son obsession. La beauté est sa consolation.

Dans la ville fortifiée où son époux a placé plusieurs garnisons, elle n'a pour compagnie que des soldats et pas de parenté. Bien que les repas soient encore rudimentaires, elle ne mange plus de bouillon de racines ni d'écorces de céréales. Son époux a ordonné qu'on lui livre chaque jour des poissons fraîchement tirés du fleuve. Mais ce matin, il n'y a pas eu de livraison. On lui explique que les cadavres laissés par la bataille navale ont empoisonné le fleuve.

La Jeune Mère est muette de terreur. Elle se réveille au milieu de la nuit, le cœur palpitant, le front couvert de sueur. Elle se précipite dans la chambre de sa fille, la réveille malgré les protestations de la nourrice. Les pleurs de l'enfant la rassurent. Ne retrouvant pas le sommeil, elle erre dans le jardin sous les nuées d'aleurites en fleur.

Les rayons de la lune filtrent à travers les branches, éclairent les massifs d'iris bleus et de pivoines jaunes. Au bord de l'étang, ses pas effraient les grenouilles qui sautent dans l'eau. La lune se brise en une myriade de petits poissons.

Que fait son époux en ce moment ? Quelque part sur le fleuve, se repose-t-il d'une journée de bataille ou contemple-t-il la lune en songeant à de nouvelles batailles ? Même s'il ne lui en a jamais parlé, elle devine que ses parents sont des paysans qui ne savent ni lire ni écrire. Comment un fils de paysan pourrait-il gagner la guerre contre Heng Xuan, qui descend de ducs et princes illustres ?

Son père Heng Wen, grand chancelier de la dynastie Jin, avait épousé la princesse de la Paix du Sud. On raconte que, fille aînée de la famille impériale et enfant préférée de son père, la princesse de la Paix du Sud aimait les arts martiaux et qu'elle était crainte de ses frères et sœurs. Elle s'était choisi pour époux Heng Wen parce qu'il était le général le plus adroit et le plus musclé de l'Empire. Lorsqu'il conquit le royaume montagneux du Sud-Ouest, il ramena dans son butin de guerre la petite sœur du roi Li et la cacha dans une résidence hors des murs de la capitale. Quand la princesse de la Paix du Sud apprit cette romance secrète, elle prit son sabre, sauta à cheval et se rua à la campagne avec ses servantes habillées pour le combat. Elle neutralisa les soldats qui protégeaient la princesse Li et d'un coup de pied brisa la porte de la chambre. La petite princesse était en train de se coiffer devant son miroir. Sa longue chevelure entourait un visage pâle et délicat, et rampait à ses pieds telle une source noire. Sans se retourner, elle leva son regard vers le reflet de sa rivale qui brandissait un sabre.

« Mon royaume et ma famille sont détruits, depuis ce jour je désire la mort. Grande sœur, n'hésitez pas. Tuez-moi, s'il vous plaît. »

La princesse de la Paix du Sud fut émue par son désespoir. Elle jeta son sabre et la serra dans ses bras.

« Même moi je suis conquise par ta beauté, sans parler du Vieux Sot ! »

La Jeune Mère n'a plus revu son époux depuis le jour où son banquet s'est mué en bain de sang. On dit qu'il a été déclaré commandant général par les gouverneurs qui réclament la tête de Heng Xuan. Si jamais il gagne cette guerre, qui sera son prochain ennemi ?

Les jours s'enroulent, les jours se déroulent. Les jours vécus sont des feuilles peintes, les jours à venir sont encore vierges. Ils tombent du ciel tels les flocons de neige entremêlés de fleurs de prunier et se posent sur les mains ouvertes de la Jeune Mère dont la vie ressemble à un long rouleau de peinture.

Les litchis, fraîchement cueillis des collines du Sud, arrivent par bateaux et parfument son pavillon.

La Jeune Mère fait préparer de l'encre, des pigments et de l'eau claire dans des assiettes et des fioles. Elle étale sur la table basse une feuille de soie, humecte son pinceau dans l'encre et trace les premiers traits. Touche après touche, les vagues surgissent et deviennent torrents. Les torrents se bousculent vers le ciel et tourbillonnent sous la ligne du rivage.

Le fleuve est le commencement, l'enfance. Le fleuve balaie la terre, y laisse une multitude de lacs. Un rempart couleur miel court autour d'une ville sillonnée de canaux et encercle jalousement des étangs recouverts de lotus, des ponts en forme de demi-lunes, des saules qui baignent leur chevelure dans l'eau, des poètes et des courtisanes.

Les banquets somptueux ne connaissent pas de fin mais la brume se lève et des essaims de navires apparaissent. La guerre vient par l'amont du fleuve et par son aval. Une pluie de flèches s'abat sur la ville, laquelle vomit des troupes. Bouclier au poing, lance, marteau et sabre à la main, les soldats se heurtent et se mélangent, laissant derrière eux une terre parsemée de cadavres et d'armes brisées.

Les navires se diluent dans la brume, les navires s'effacent. La ville suffoque dans le silence, toutes les portes demeurent grandes ouvertes. Des hordes de chiens errent dans les rues. Ils mordent les oreilles des mourants baignant dans leur sang, déchirent les bras des femmes qui se sont jetées du haut des pagodes, rognent les orteils des hommes pendus aux arbres. Ils entrent dans les pavillons, font des couches de soie leurs niches et y mettent bas.

La guerre est l'esprit du fleuve. La guerre est la perte de l'innocence. Ses torrents charrient le hennissement des chevaux et l'écho des lances. Au bord du fleuve, la terre est fertile et les hommes se battent pour elle. Quand les batailles cessent, des tertres s'élèvent au coin des rues, au milieu des champs, sous les arbres fleuris. Ce sont les paysans qui vénèrent les héros qui sont devenus des légendes. Ils font des offrandes à leurs âmes, leur demandant la faveur d'un mariage et le miracle de la guérison.

Au bord du fleuve, les héros continuent de vivre. Le changement des dynasties rend leurs noms plus sonores. Leurs images sont peintes ou gravées sur bois, leurs exploits sont inscrits dans les annales. Ils hantent les salons de thé et parlent à travers la bouche de chanteurs aveugles. Ils s'incorporent dans le corps des acrobates itinérants qui miment leurs prouesses aux carrefours des marchés.

Le vent souffle sur le fleuve. Les nuages se changent en pluies diluviennes. Des vagues se fracassent contre la rive, inondent les champs et se retirent, laissant les villages détruits. Indifférent à la misère de l'homme, le fleuve poursuit sa route vers l'océan. Imitant ce perpétuel mouvement, les hommes nés au bord du fleuve reconstruisent les villes ravagées, repiquent dans les rizières inondées. Et la vie refleurit.

Le parfum amer des chrysanthèmes flotte autour des pavillons. L'automne est revenu.

La Jeune Mère écoute le bruissement de la ville et le moindre tapage la fait tressaillir. Elle imagine que son époux a perdu la guerre et que les soldats de Heng Xuan pénètrent dans la ville pour exterminer les partisans et exécuter la famille.

La vie est un songe que la Jeune Mère consigne sur son tableau.

Dans les creux du fleuve, regrets et nostalgie ne sont qu'écume. Quand vient l'âge adulte, le fleuve ralentit. La brume s'effiloche puis s'amoncelle. Les barques semblent naviguer dans le ciel. Des mouettes deviennent des taches noires suspendues dans le gris. La montagne Force du Nord émerge, coupant le fleuve de ses ombres dentelées.

La montagne Force du Nord est dangereuse, disent les serviteurs. Là-bas, le temps change vite et les tempêtes sont imprévisibles. Les sentiers disparaissent dans les cols obscurcis par les nuages où rôdent les tigres et les léopards. Les voyageurs sont souvent attaqués par des hordes de bandits armés. Ce sont les soldats qui ont fui les royaumes du Nord et les paysans qui ont refusé de payer l'impôt à la dynastie du Sud. Ils vivent cachés dans la profondeur de la forêt, dans des villages bâtis sur des hauteurs inaccessibles. Leur présence menaçante ne peut pourtant ternir le rayonnement des sept monastères bouddhistes. Bénéficiant de la protection accordée par les empereurs Jin, la sainteté des moines et des nonnes attire d'innombrables pèlerins.

Depuis peu, la Jeune Mère envoie régulièrement l'aumône à la Grande Compassion, un célèbre monastère de la montagne Force du Nord. Inquiète pour la vie de son époux et l'avenir de sa fille, elle demande aux nonnes de faire des prières spéciales. Un jour, maître-nonne Clarté de Lumière lui a rendu visite pour la remercier. Depuis, à la demande de la Jeune Mère, elle revient souvent et l'aide à étudier les sutras bouddhistes.

Maître Clarté de Lumière n'a pas peur des bandits et des tigres parce qu'elle pratique les arts martiaux. Elle sait manier l'épée mais ne la porte jamais. Elle descend de la montagne les mains vides, le vent dans les manches. À la demande de la Jeune Mère, elle accepte de faire une démonstration. Les soldats armés de lances et de sabres l'encerclent. Elle s'appuie sur la force de leur attaque et virevolte dans l'air. Elle marche sur leurs épaules, piétine leurs têtes, glisse entre les lames. La voyant tourner au-dessus d'elle comme un grand oiseau, la Jeune Mère sourit et devient rêveuse.

La montagne Force du Nord est nuages noirs de la mort et or des statues de Bouddha, lui dit maître Clarté de Lumière. Les hommes qui gravissent ses marches se perdent ou retrouvent l'espoir. Mourir ou guérir, plonger dans l'abîme ou traverser le brouillard et embrasser la lumière, la montagne offre le choix du destin. La Jeune Mère regarde sa fille jouer avec les servantes dans le jardin. À quatre ans, Huiyuang est vive et bruyante. Elle est la chaîne qui l'attache au monde séculier, lui interdisant de devenir nonne.

Sur le tableau, sans fin le fleuve Yangzi s'allonge et la montagne Force du Nord étend ses sommets et ses vallées. Les toits dorés des temples flottent dans les nuages. Sur un sentier abrupt, la Jeune Mère ajoute un jeune homme vêtu d'une tunique blanche. Il porte sur son dos une cithare de la même forme que celle qui appartenait à dame Cai Yan. La montagne est haute et vaste, l'homme paraît minuscule et solitaire. La Jeune Mère lui a donné la silhouette longiligne de son père, l'allure altière de son époux et la mélancolie qui est la sienne.

Soudain, un grand tapage se fait dans la ville. Les cris, répétés en relais par les soldats, les gardes, les valets et les servantes, parviennent à la Jeune Mère qui est en train de peindre :

– Monseigneur victorieux est sur le chemin du retour. Préparez-vous à l'accueillir !

De la chambre à coucher à l'entrée principale, les portes s'ouvrent successivement. Musiques et clameurs s'élèvent. La ville est en liesse, toute la population acclame son époux, vainqueur de la guerre contre l'usurpateur Heng Xuan.

Le sol tremble. Elle a l'impression qu'une armée se rue vers son pavillon. Son époux, pressé de la revoir, arrive à cheval jusqu'à elle.

– Je repars tout de suite, s'écrie-t-il dès qu'il la voit. Heng Xuan est mort mais ses hommes retiennent l'empereur de Jin en otage dans le lointain Sud-Ouest. Je dois y retourner ! En attendant, je veux un fils. Il me le faut !

Le cheval noir de l'amiral Liu piaffe dans l'écurie. Il tambourine nerveusement sur le sol et frappe la porte du box avec ses sabots antérieurs. Tourbillon déteste le calme, le repos, les pailles bien séchées. Il n'aime pas être nu sans le poids de l'homme en cuirasse. Il déteste son front nu sans le masque de bronze. Sans le pompon pourpre qui se dresse haut sur sa tête, il se croit misérable. Il a horreur du manège où on le fait courir en rond et du box nettoyé chaque jour par des jeunes soldats qui n'ont pas encore combattu. Leurs cajoleries l'humilient. Ils lui donnent des carottes, lui caressent la croupe et chuchotent dans ses oreilles. Ils le lavent avec de l'eau tiède. Dès qu'il transpire, ils épongent sa sueur délicatement. Le soir, avant de le quitter, ils mettent sur son dos un tapis de soie brodé de fleurs et d'oiseaux. Debout dans l'obscurité et drapé de la ridicule couverture, Tourbillon rumine de mauvaises pensées. Tantôt il croit qu'il a été mis à la retraite, tantôt il pense qu'un complot se trame autour de lui pour que ses muscles ramollissent, ses jambes tremblent, ses genoux se relâchent. Il donne des coups de sabot et hennit dans la nuit. Il pleure de ne plus entendre les tambours de la guerre, le cliquetis des armes, le grondement de la terre. Il aspire à galoper, sauter dans l'eau, sur l'herbe, sur les landes recouvertes de cailloux, à grimper la haute montagne et à dévaler la pente abrupte. Il aime l'odeur des soldats transpirant au soleil, le brouhaha assourdissant et les cris de la guerre qui font trembler la terre. Tourbillon piaffe lorsqu'il entend le mugissement des cornes et des tambours. Il fonce en avant, se précipite sur les montures ennemies pour les cogner et les mordre. Il y a des chevaux qui se cambrent et jettent leur cavalier à terre. D'autres, plus valeureux, se débattent. Tourbillon sent la volonté de son maître. Leurs corps dans le combat ne font plus qu'un. Il vire, avance, recule, se cabre, rue et botte.

La porte de l'écurie s'ouvre et la lumière du jour l'inonde. Des soldats le font sortir et le harnachent dans la cour. Tourbillon dresse les oreilles et piaffe joyeusement. Le commandant Liu s'approche, saute sur son dos. Sans que son maître lui donne d'ordre, de peur qu'il ne redescende, Tourbillon trotte vers la sortie, la tête haute. Il entend crier la femme qui accompagne son maître. C'est un sanglot à demi étouffé :

– Monseigneur, quand revenez-vous ?

– Bientôt… Après la victoire !

An 405

La trêve a été courte. La guerre a repris. Des échos en parviennent à la Jeune Mère par intermittence. Son époux, nommé commandant suprême, a lancé la marche vers les régions montagneuses du Sud-Ouest. Les mauvaises langues disent que ce ne sont pas les fidèles de Heng Xuan que le commandant suprême prend en chasse, mais tous ceux qui n'acceptent pas son autorité.

La Jeune Mère s'assoit devant un miroir de bronze. L'ovale frotté de mercure reflète son visage à la rondeur de lune. Sa peau, autrefois noircie par le soleil et la poussière des campagnes militaires, a retrouvé sa pâleur délicate. Ses cheveux ont repris leur brillance. Lorsqu'elle sourit, ses lèvres carmin découvrent deux rangées de perles blanches. Depuis le départ de son époux, la Jeune Mère ne met plus de fard. Cependant, sans maquillage, comme une pivoine s'ouvrant au printemps, elle embellit chaque jour. Sa beauté l'afflige et elle est lasse d'entendre les compliments de ses servantes. Une pivoine n'est pas belle lorsqu'elle s'épanouit dans la solitude. Loin du regard de son époux, la floraison d'une épouse est vaine.

L'embellissement de la femme n'annonce-t-elle pas la fin de sa jeunesse ? Bientôt sa chair perdra sa fraîcheur et son front sera couvert de rides. La Jeune Mère ne veut pas être belle, elle veut plaire à son époux et être enceinte. Elle veut être lourde et grosse et donner naissance à un fils. Elle rêve d'accoucher dans une chambre chauffée sur une couche douillette. Elle rêve d'envelopper son nouveau-né dans de la soie tendre et de lui donner du lait en abondance. À mots couverts, ses servantes l'informent que son époux possède une résidence somptueuse dans la capitale Jian Kang. Le sang de la Jeune Mère ne fait qu'un tour. Une résidence est faite pour se remplir de fleurs et de femmes. Le cœur de son époux est certainement prisonnier de concubines plus jeunes et plus désirables qu'elle.

Elle lui écrit puis déchire ses lettres. Il ne saurait comprendre ses allusions littéraires, ses références aux textes anciens, ses citations de vers classiques et ses poèmes utilisant l'élégant style Fu de la dynastie Han.

Elle se tourne vers sa mère, la supplie de la recevoir : « La faonne égarée cherche sa mère dans la forêt des pins, l'oie sauvage aux ailes lourdes de fatigue désire se poser sur la lande natale. » Sa missive lui est retournée. Sa mère demeure silencieuse.

Une invitée inattendue met fin à ses tourments solitaires. Une femme âgée apparaît à sa porte, tenant par la main une fille presque du même âge que la Jeune Mère. Toutes les deux sont habillées comme des paysannes.

– Voici la première épouse de Monseigneur, Épouse Zang, présente l'intendant militaire.

Interloquée, la Jeune Mère se raidit devant « la grande sœur ». Elle ignorait que son époux avait une autre femme.

Elle ignore tout de la vie de son ravisseur avant qu'il ne l'enlève.

L'Épouse Zang a le même âge que son époux. Son visage hâlé porte des rides et des taches brunes. À la manière des serviteurs, elle est revêtue d'une tunique en coton sans teinture, noue ses cheveux en un chignon piqué d'une épingle de bois et coiffé d'un chiffon de chanvre. La Jeune Mère ne sait comment s'adresser à elle : en tant que Haute Porte, la loi lui interdit de se courber devant un roturier ; en tant que deuxième épouse, elle doit faire révérence à la première.

L'Épouse Zang l'examine de la tête aux pieds.

– Ne me salue pas, dit-elle d'une grosse voix. Je ne suis qu'une campagnarde. À genoux, Xing Di, dis bonjour à ta mère. Tu dois lui obéir.

La jeune fille se met à genoux et se prosterne. Sans attendre la réaction de la Jeune Mère, l'Épouse Zang déclare :

– Montre-moi la chambre de Ji Nu, et je ne te dérange plus. Ma fille et moi allons vivre chez lui.

La Jeune Mère couvre le bas de son visage avec son éventail de soie et se mord la lèvre inférieure. Ji Nu, « chose abandonnée », est-ce le nom de lait de son époux ? Était-il un esclave avant de devenir le maître des armées ? Elle se garde de poser la question et conduit la première épouse à la chambre du commandant.

– C'est trop luxueux ! s'écrie l'Épouse Zang dès le premier coup d'œil. Les troupes ont piétiné les champs et vidé les greniers. Partout, les paysans meurent de faim. Comment Ji Nu peut-il accrocher de la soie et du brocart dans sa chambre à coucher comme rideaux ? Décroche-moi tout ça !

La Jeune Mère baisse la tête et cherche à cacher sous sa

longue jupe ses chaussons de soie brodés et cousus de perles.
L'Épouse Zang se tourne vers elle.

– Le bruit a couru jusqu'à la campagne où je garde la
maison et les tombeaux de ses ancêtres. J'ai décidé de venir
le voir et de lui faire entendre mon opinion.

Déconcertée, la Jeune Mère garde le silence.

L'Épouse Zang poursuit :

– Élevé à la dignité de commandant suprême, Ji Nu ne
doit pas oublier d'où il vient. Tu n'es pas la femme d'un riche
marchand, mais l'épouse d'un paysan qui a eu de la chance.
Le luxe et le gaspillage lui ont fait tourner la tête ! Tiens, j'ai
apporté ceci.

Elle retrousse ses manches, arrache son ballot à la servante
et en retire un vêtement plié qu'elle déploie sous les yeux de
la Jeune Mère. Une odeur de graisse se répand. C'est un
manteau d'homme en coton ouaté fait d'un patchwork de
pièces usées.

– Cent fois reprisé par moi, il a été porté par Ji Nu toute
sa jeunesse durant. C'était son unique manteau ! Il ne doit
pas oublier qu'il avait faim et qu'il est dur d'avoir un bol de
riz ! Qu'il cesse de faire la guerre. À la campagne, les paysans vont crever !

À la porte de la chambre, Huiyuang vient saluer la Première Mère. Sans rien comprendre, elle répète les formules
de politesse que la nourrice lui a apprises.

– Encore une fille ! s'exclame l'Épouse Zang en la voyant.
Que s'est-il passé ? Quand ma fille est née, Ji Nu l'a appelée
Xing Di, « celle qui fait venir les frères », pour qu'après il ait
plein de fils. Il est parti à la guerre aussitôt et je ne l'ai plus

revu. Comment se fait-il que ton ventre soit aussi décevant ? Vraiment, je nous plains !...

Leur époux tarde à rentrer. On dit qu'il siège à la Cour impériale et gère les affaires de l'Empire.

En fuyant vers l'ouest, Heng Xuan a emmené dans sa suite l'empereur détrôné de la dynastie Jin. Heng Xuan abattu, l'empereur n'a pas pour autant été libéré. Retenu dans la lointaine province du Sud-Ouest, il est à présent prisonnier du commandant Liu, vainqueur de la guerre. Les méchantes langues disent qu'occupant la capitale Jian Kang sans se soucier de l'absence du Fils du Ciel, le commandant Liu a décidé de suivre l'exemple de Heng Xuan, de monter sur trône et de devenir empereur.

Craignant la rébellion des autres gouverneurs, la ville de Jing Ko garde les portes fermées. Dans les rues, les soldats font des rondes. La protection de la résidence a été doublée. Les deux épouses s'affolent. Unies par l'inquiétude, elles en oublient leur désaccord sur le train de vie du commandant suprême et passent leurs journées ensemble.

L'Épouse Zang a cessé de critiquer la Jeune Mère et celle-ci a accepté d'avoir une sœur roturière. L'Épouse Zang a transformé la chambre de Ji Nu qu'elle occupe. Les tissus de chanvre ont remplacé les tentures de soie et les toiles en coton les draperies de brocart. Venue de la campagne avec des instruments en bois dotés de manches en fer, elle les a posés au milieu de la pièce. Intriguée, la Jeune Mère a demandé à quoi ils servaient.

– Ceci est une houe ! explique l'Épouse Zang. Sans la houe, un paysan ne peut pas cultiver son champ. Elle sert à émietter le sol dur et à éliminer les cailloux. La terre, c'est comme de la pâte. Il faut pétrir la farine avant de faire le pain. La terre doit être préparée avant d'accueillir la semence.

La Jeune Mère a écarquillé les yeux. Elle connaît le nom de cet instrument par l'antique *Livre des Odes*[1] qu'elle a étudié enfant. Elle n'avait aucune idée de son aspect, comme elle n'a aucune idée de la manière dont on fait le pain. Elle saisit la houe et la soulève.

– Pas ici, dans le jardin ! s'écrie l'Épouse Zang.

Avant que son cri ne s'achève, la Jeune Mère titube et la houe s'écrase sur le plancher.

L'Épouse Zang continue à sermonner :

– Et sais-tu ce qu'est une charrue ? Si un paysan est riche, il l'attelle à un bœuf ou à un cheval, s'il est pauvre, c'est sa femme qui sert d'attelage et lui tient le mancheron. La charrue creuse des sillons…

La Jeune Mère a la nostalgie de la villa où elle a grandi. Il y avait aussi des jardins potagers où l'on plantait des légumes et des céréales pour leurs parfums rustiques et leur aspect exotique.

– Ceci est une fourche à bêcher, et ça une fourche à faner… Ce sont des outils dont se servait Ji Nu pour aller au champ. Sa famille était l'une des plus pauvres du village… Ne touche à rien ! Je vais faire dégager une partie du jardin. Je t'apprendrai à planter des légumes !

---

1. *Le Livre des Odes* (詩經) est un recueil d'environ trois cents chansons chinoises antiques, dont la date de composition pourrait s'étaler de la dynastie Zhou occidentaux (1027-771 av. J.-C.) au milieu de la période des Printemps et des Automnes (770-476 av. J.-C.).

Les néfliers sont en fleur. Tandis que les bananes demeurent vertes, les oranges ont jauni. Au sud du fleuve Yangzi, l'hiver est doux comme le lait mais l'Épouse Zang ne s'habitue pas à la douceur de vivre.

Par elle, la Jeune Mère apprend que son époux a perdu sa mère à sa naissance. Son père était si pauvre qu'il ne pouvait pas le nourrir. Fâché contre ce garçon dont la naissance avait fait mourir son épouse, il décida de le noyer. Une cousine apprit son intention. Comme elle venait d'accoucher, elle lui proposa de donner du lait à l'enfant. Depuis, on a surnommé l'orphelin Ji Nu, « chose abandonnée ». À cinq ans à peine, Ji Nu allait aux champs. À douze ans, la jeune fille Zang devint l'épouse de Ji Nu, qui était plus jeune qu'elle. Ce fut elle qui désormais tirait la charrue. Adolescent, Ji Nu était irascible et se querellait souvent avec son père. Il négligeait les travaux des champs pour aller jouer avec les voyous du village qui lui apprirent à se battre au poing et au sabre. Pour que la famille lui pardonne, l'Épouse Zang devait travailler sans relâche. Grâce à l'un de ses amis, Ji Nu obtint un poste dans le bourg et devint le Garde de Porte.

Ensuite, il revint peu à la campagne, ses visites se firent de plus en plus courtes et espacées. Après s'être engagé dans l'armée, il laissa à l'Épouse Zang la charge de son père, de sa belle-mère et de ses deux demi-frères, il envoyait de l'argent de temps à autre, mais on ne le voyait plus.

– Il ne connaît même pas le visage de sa fille, se plaint la Première Épouse. Combien de temps vais-je encore attendre ? Au printemps, je dois retourner à la campagne pour m'occuper des semailles. Ses parents sont vieux. Il n'y a que mes deux mains pour les faire vivre !

Voyant son séjour se prolonger, l'Épouse Zang devient nerveuse. Elle déteste la vie confinée dans cette résidence silencieuse et n'aspire qu'au retour à la campagne.

– Ta vie m'ennuie ! se plaint-elle à la Jeune Mère. Ici, j'ai vieilli de dix ans ! J'ai besoin de faire grincer mes os et de transpirer au soleil. Au village, les portes ne sont jamais fermées et les voisins se parlent du matin au soir. Les enfants et les chiens courent partout et mangent là où un repas est prêt. On entend des rires, des querelles, des chants, des buffles et des coqs. Ici, je vis avec des oiseaux en cage qui ne savent pas voler et des poissons rouges qui ont l'air malades !

Impatiente de finir le trousseau de mariage du petit frère de Ji Nu, l'Épouse Zang fait venir un métier à tisser et se met à l'ouvrage. La Jeune Mère lui tient compagnie et regarde la navette passer entre les fils, fascinée par les gestes vifs de la tisserande.

Inextricables sont les fils de sa pensée.

Heng Xuan était apparenté à la famille impériale. À cinq ans, il avait hérité du titre de duc et à vingt-trois ans il avait été désigné comme le précepteur du prince héritier. Malgré son sang noble, lorsqu'il s'était emparé du trône, le peuple s'était soulevé, l'appelant usurpateur. Son époux est né parmi les hommes les plus humbles de l'Empire. Si jamais il se mettait la couronne du Fils du Ciel sur la tête, il aurait encore plus d'ennemis que Heng Xuan. Les dignitaires et les nobles ne voudraient pas se prosterner devant un homme qui avait couru pieds nus dans les blés. Isolé, méprisé, il devrait faire face aux gouverneurs qui profiteraient de l'indignation populaire pour lui déclarer la guerre.

Le vent souffle. Les nuages sont descendus sur la ville de Jing Ko et l'enveloppent d'une fine brume. La pluie froide tambourine sur le toit. Les bambous et les bananiers frissonnent.

Devant son miroir, la Jeune Mère coiffe ses longs cheveux avec un peigne en bois en forme de libellule. Elle caresse le phénix d'or aux ailes étincelantes de perles blanches offert par son époux puis l'enferme dans son écrin.

An 406

Un matin à l'aurore, habillée d'un manteau rapiécé, l'Épouse Zang se présente avec sa fille devant la Jeune Mère.

– En rêve, je suis retournée au village. Sans moi, les toiles d'araignée pendent du toit et la terre des ancêtres a soif et faim. Mes beaux-parents se plaignent de mon absence. Ils veulent que je revienne pour leur préparer les mets de la fête du Printemps. Mes neveux se disputent. Leurs vestes ne sont plus rapiécées. J'ai demandé que l'on attelle les mules. Il faut que je rentre.

– Restez, supplie la Jeune Mère en larmes. Notre époux sera peut-être de retour pour la fête. Quelle sera sa déception s'il ne vous voit pas.

L'Épouse Zang secoue la tête et tend à la Jeune Mère un balluchon.

– Voici le vieux manteau que portait autrefois Ji Nu. Il lui rappellera sa jeunesse où nous peinions à réunir de quoi vivre. La richesse, le pouvoir, la gloire sont illusoires. Seule la terre qui nourrit les hommes, les bêtes, les champs et les quatre saisons est éternelle. Il ne doit pas oublier les valeurs paysannes.

L'Épouse Zang et sa fille parties, la Jeune Mère retombe dans une torpeur mélancolique. La pluie d'hiver la hante encore, les narcisses du jardin sont déjà en fleur et la fête du Printemps arrive. Serrant Huiyuang dans ses bras, elle écoute sous la fenêtre le bruit des pétards qui résonne dans la ville de Jing Ko. Adolescente, elle allait à cette époque souhaiter longue vie à son grand-père et, sur les canaux, flottaient des lanternes en forme de fleurs et d'animaux.

Au-delà de l'horizon brumeux, son époux écrit une nouvelle page de l'histoire. Il a fait revenir l'empereur de son exil et a restauré la dynastie Jin. Aussitôt sur le trône, l'empereur a nommé son sauveur grand conseiller impérial, grand général des chars et de la cavalerie, commandant suprême en charge de toutes les affaires militaires.

La Jeune Mère est soulagée. Les rumeurs qu'elle a entendues ne sont que calomnies. Son époux est un homme sage, un fin stratège. Il préfère la gloire du conquérant à la pompe d'un empereur éphémère.

Les gongs résonnent. Son époux revient un après-midi ensoleillé au milieu d'une tempête de pétales blancs. Elle s'enveloppe dans une tunique d'apparat et se hâte pour l'accueillir. Il porte le sceau d'or et la ceinture violette, insignes du plus haut rang impérial, il n'a pourtant pas changé, si ce n'est que ses rides sont plus profondes, sa démarche plus lourde qui semble porter le poids de sa pensée. Elle se blottit contre lui et hume le parfum de la paix.

La nuit a été trop courte. Dès l'aube, la résidence s'est remplie de militaires. Les officiers défilent et les réunions se tiennent autour d'une immense carte. À tour de rôle, les hommes prennent la parole et déplacent des pions colorés sur la carte. À la différence du jeu de go où les pions noirs et les pions blancs représentent les deux forces qui s'affrontent, sur le damier de son époux, il y a plus de vingt couleurs représentant la dizaine de royaumes barbares au nord du fleuve Yangzi et la dizaine de gouverneurs indépendants dans le Sud. En guerre entre eux, les Barbares s'unissent dès qu'ils sont menacés par le Sud. Ambitieux et traîtres, à tour de rôle les gouverneurs du Sud se soulèvent. La stratégie de son époux consiste à les affaiblir militairement en les menant à conquérir le Nord, et il doit aussi prendre les royaumes barbares l'un après l'autre tout en les maintenant divisés.

Elle comprend alors pourquoi les cheveux de son époux blanchissent ! Il repart subitement pour Jian Kang où les gouverneurs ont amassé leurs troupes et attendent ses ordres. Il emporte la joie d'une épouse et brise son espoir d'avoir un enfant.

Mais la Jeune Mère n'a pas le temps de s'habituer à la solitude, déjà le commandant suprême est de retour et ses va-et-vient reprennent. Il change les membres de la garde et confie à la Jeune Mère le sceau du gouverneur. Elle l'enferme dans son coffre et attache la clé à sa ceinture. Honorée par cette confiance, elle est joyeuse et triste. Les femmes sont autant de soldats placés aux postes vitaux. À l'Épouse Zang, la campagne, les parents et les tombeaux des ancêtres ; à elle, aussi fragile et insignifiante soit-elle, Jing Ko, la Porte du fleuve Yangzi, le bastion et le foyer.

Son époux reparti, les chambres redeviennent vastes, trop vastes pour elle et Huiyuang. La Jeune Mère reprend son pinceau. Sur le rouleau de soie déployé, le fleuve menace un soleil pâle. Sur la rive sud, les chevaux se bousculent, les chars se mettent en rangs serrés, les bateaux tanguent sur l'eau. Elle ajoute un camp militaire et une tente pourpre entourée de petites tentes blanches. C'est le quartier général de son époux.

La guerre se prépare, mais la guerre tarde.

Son époux revient et s'enferme avec ses plus fidèles, une liste à la main. Tard dans la nuit, il prend le pinceau, entoure des noms d'un cercle rouge et en ajoute d'autres à côté. Puis il vient s'allonger près d'elle. Au lieu de l'attraper dans ses bras, il lui tourne le dos et s'endort. Peu après, elle apprend que des ministres de la Cour impériale ont été exécutés et remplacés.

Son époux quitte Jing Ko, puis revient aussitôt. Errant derrière les portes coulissantes, elle saisit des bribes d'entretien :

– Monseigneur, voici l'arbre généalogique de la famille impériale de la dynastie Han que votre serviteur a sorti des archives impériales. La branche appartenant au roi de Wu, Liu Jiao, a été modifiée. Les noms de vos ancêtres ont été ajoutés. Désormais, personne ne peut contester votre origine impériale.

– J'ai un souci. Ma deuxième épouse est une Haute Porte. Mais j'ai épousé auparavant une femme Zang. Zang est un Petit Nom de la campagne. Je ne veux pas divorcer d'une femme vertueuse et loyale.

– Il y avait à la Cour un secrétaire du palais nommé Zang Wang. Il ne serait point difficile pour votre serviteur de convaincre les descendants de Zang Wang d'allonger leur arbre généalogique.

– Faites-le avant mon départ pour le Nord.

– Monseigneur a le destin du Dragon, cela se lit dans votre thème astrologique. La conquête du Nord vous mène à la couronne.

– Ne me flatte pas. Je suis prudent...

La nuit, la Jeune Mère voit défiler des rêves étranges : les vallées sont envahies de bannières et les champs de céréales transformés en champs de bataille. D'innombrables rois, généraux, stratèges, guerriers, à cheval ou à pied, se profilent sur un ciel bas chargé de nuages. Leurs noms deviennent un long poème, un récit tragique qu'accompagne la plainte profonde de la cithare. Ils hochent la tête, ricanent, grimacent, sourient avec malice, froncent les sourcils, caressent leur barbe, écarquillent les yeux. Ils pâlissent de peur, rougissent de colère, deviennent sombres de tristesse, puis plongent dans l'eau glacée du fleuve, se jettent dans les flammes, dansent sur la lame des sabres et s'abreuvent du sang de leurs ennemis.

La Jeune Mère se réveille en sursaut. Sa chambre est noire comme un tombeau. Sa main tâtonne et trouve le corps immobile de son époux. Est-il mort ? Quelle dynastie se trouvent-ils ? Depuis combien de temps sont-ils enterrés et cloîtrés dans un caveau ? Une frayeur sans nom la saisit. Elle le secoue violemment. Il tressaille et se redresse, un poignard à la main. Même au repos, il demeure vigilant.

– C'est moi, dit-elle.

Il se détend, se penche vers elle et bascule sur elle.

– Un fils, dit-il.

La Jeune Mère gémit et soupire. La mort devient la vie qui crisse sous sa peau, jusqu'au bout de ses doigts. Une musique née de son ventre résonne dans sa poitrine, fait vibrer sa peau et monte par la gorge en une complainte tantôt ardente, tantôt sourde.

À son réveil, son époux est déjà parti. Flotte dans le jardin le parfum amer des chrysanthèmes. Ce sera bientôt la fête de la Lune. Une nouvelle fois, sa mère lui a retourné la lettre qu'elle lui a écrite.

Quatre

An 581, dynastie Chen

Une odeur de cuisine chatouille ses narines et son ventre se met à gargouiller. Shen Feng soulève les paupières. Le feu flambe dans le foyer. Le vieux luthier est de retour et il a cuisiné pendant qu'il dormait. Transporté de joie, Shen Feng saute sur ses pieds. Ses yeux balayent la pièce déserte et il se précipite à la porte. Dehors, le soleil couchant a teint les toits du village d'un camaïeu d'orange. Dans le jardinet abrité d'un treillis en bambou, son maître est en train de dîner.

Shen Feng le salue joyeusement :
— Maître, te voilà !

Aussitôt, il éprouve un vif remords. Sur la table en pierre, il n'y a qu'un bol de légumes salés pour accompagner le riz. La veille, entraîné par Zhu Bao pressé d'ouvrir la tombe, Shen Feng a quitté la ville de Jing Ko sans faire d'achats. Il lève les yeux et trouve au pied du cerisier le couvercle du sarcophage volé.

Il s'assoit à table, scrute le visage de son maître et décide de cacher la triste nouvelle : ils n'ont plus de commandes. Il sourit et jette la bourse donnée par Lu Si sur la table en faisant tinter les sapèques.

– J'ai vendu la cithare, j'irai faire les courses demain !
Veux-tu du vin de riz, du jambon de chez Oncle Song et des
gâteaux au miel de cannelier ? Et si je te faisais tailler une
nouvelle veste ? Celle que tu portes est trouée de partout !
Même si on la donne à la sœurette Fleur pour la recoudre,
elle ne tiendra pas longtemps. Autant en acheter une nouvelle.

Le vieux luthier l'ignore. Gardant la tête baissée, il continue son repas.

– Où es-tu allé ? continue Shen Feng. Cette fois-ci, j'ai
compté, regarde.

Au pied du mur de la maison s'alignent dix petits cailloux.

– Dix jours ! Pendant dix jours je n'ai pas eu de tes nouvelles. Comme il avait plu, j'avais peur que tu aies glissé dans
un ravin... ou que tu aies été attaqué par un tigre...

Le vieux luthier a les traits de quelqu'un qui vient de passer des nuits dans la forêt. Ses joues sont creuses, son dos
voûté. Ses cheveux en désordre sont garnis de brindilles. Au
bout de ses doigts noircis et crevassés, ses ongles sont cassés
et, par endroits, portent des traces brunâtres de sang.

Shen Feng soupire. Puis il s'efforce de sourire à nouveau.

– À la grande cascade, l'eau est encore froide. Après le
dîner, je vais te préparer un bain chaud à la maison, qu'en
dis-tu ?

Le vieux luthier ne répond pas. Son visage brun gravé de
rides profondes demeure impassible. Les rides bougent lorsqu'il mâche. Il est difficile de deviner ses pensées.

Shen Feng se lève, se sert un bol de riz et revient. Il
cherche à relancer la conversation :

– Cette planche là-bas…, combien d'années lui donnes-tu ?

Le vieux luthier garde le silence et ne relève pas la tête.

Les deux hommes continuent à dîner face à face sans rien dire. Puis le vieux luthier se lève, le bol vide à la main, passe devant le cerisier et jette un coup d'œil à la planche. Shen Feng retient son souffle. Son maître est un fervent bouddhiste. Il sera en colère s'il apprend que Shen Feng et Zhu Bao l'ont volée au monastère de la Grande Compassion.

Le vieux luthier se penche, essuie un coin de la planche avec sa manche et ânonne quelques mots confus. Il secoue la tête et rentre dans la maison. Le temps que Shen Feng vide son bol de riz, le vieux luthier ressort, un balluchon sur le dos. La gorge de Shen Feng se serre, il se lève. Pourquoi son maître a-t-il fait son bagage ? Cette fois-ci, disparaîtra-t-il pour quelques jours ou partira-t-il pour toujours ?

Shen Feng lui barre la sortie. D'un ton bourru, il l'interroge :

– Tu viens de disparaître dix jours. Maintenant, où vas-tu ?

Le vieux luthier marmotte, fuyant le regard de Shen Feng.

– Tu n'es pas sourd, je le sais bien ! s'écrie Shen Feng. Ici, c'est ta maison, notre maison, où vas-tu ?

Il lève un bras et cherche à arracher le balluchon. Bien que ses mains tremblent, le vieux luthier peut encore se défendre, c'est lui qui a enseigné à Shen Feng les arts martiaux. Il écarte le bras, glisse sur le côté et fait un pas en avant. Shen Feng saisit son épaule et l'immobilise.

– Même si tu n'es pas mon père, tu m'as sauvé la vie et m'as élevé comme un fils. Chez les Chinois, un père ne peut pas abandonner son fils, un fils doit nourrir son père jusqu'à ce qu'il meure. Il doit enterrer son père avec décence et entretenir sa tombe jusqu'à ce qu'il meure à son tour. Tu as vécu parmi les Chinois, tu n'es plus un Xianbei !

Shen Feng retient ses larmes.

– Quand j'étais un petit garçon, tu m'emmenais partout où tu allais. Nous avons travaillé sur les chantiers, habité en ville et vécu dans la forêt. Nous avons choisi ce village ensemble. Tu m'as appris à façonner la cithare, à bâtir une maison. Où vas-tu maintenant ? Je pars avec toi !

Le vieux luthier fixe le sol, secoue la tête, baisse l'épaule, se libère de Shen Feng et se dirige vers la porte du jardin. Shen Feng s'élance pour l'arrêter, mais le vieux luthier le repousse.

– Maître ! Regarde bien cette maison. Les piliers, les poutres, chaque couche de pisé sur le mur porte notre sueur à tous les deux ! Regarde ce jardin ! Nous l'avons défriché ensemble !

Les larmes brouillent la vue de Shen Feng et il les essuie avec sa manche. Sans jeter un regard vers lui, sans se retourner, le vieux luthier ouvre la porte et descend le sentier bordé des premières fleurs de printemps. La tristesse submerge Shen Feng et le pétrifie. Son maître n'est pas chinois. Dans ses veines coule le sang des Xianbei, une peuplade nomade venue du Nord. Les Xianbei n'ont pas le sens de la famille. Les mères élèvent tous les enfants du clan et les enfants appellent tous les hommes « père ». Contrairement aux Chinois qui sont des sentimentaux, un Xianbei ne s'attache à rien. Il y a vingt ans, alors que son maître errait sur les routes du Sud, il l'a recueilli puis élevé, et maintenant, il le quitte sans explication. Redevenir un homme libre, voyager au loin, toujours plus loin, est peut-être son souhait.

À grandes enjambées, le vieux luthier descend vers le village. Shen Feng serre les dents et étouffe un sanglot. Soudain, il se rappelle que des années auparavant, lorsque son maître avait vu apparaître ses premiers cheveux blancs, il lui avait dit qu'un jour il retournerait dans le Nord pour y mourir. Il avait ajouté : « Je te laisserai cette maison. Elle te suffira, à toi et à ta femme. »

– Emmène-moi dans le Nord ! crie Shen Feng.

Sur le seuil de leur maison, il agite un bras, fait des signes que son maître ne voit plus. Leur maison bâtie sur la hauteur domine le village. Au crépuscule, la fumée du foyer s'échappe des toits en feuilles de bambou et montent tranquillement au ciel. Depuis l'ouest, le soleil jette un dernier rayon sur la forêt. Shen Feng baisse le bras.

Son nom, Shen Feng, « le Vent », vient du nom du vieux luthier, Shen Fèng. Fèng se prononce avec le ton descendant, ce qui donne « le Phénix ». Les deux idéogrammes se ressemblent : tous deux portent le dessin d'un oiseau et une courbe imitant la coupole céleste. Car, dans la nuit des temps, quand les scribes chinois écrivaient sur des écailles de tortue, les deux mots ne faisaient qu'un. Le vent était un oiseau divin.

Infatigable comme le vent et le phénix, du nord au sud, le vieux luthier a parcouru des milliers de *lis* dans sa vie.

Avant de s'appeler Shen Fèng, il se nommait Duo Fèng. Ses ancêtres, chasseurs de loups et éleveurs de chevaux, vivaient dans les steppes du Grand Nord. Des centaines d'années auparavant, suivant le khan, chef de la tribu Xianbei, ils galopèrent vers la Plaine du Milieu, combattant les soldats chinois en tirant des flèches qui ne manquaient jamais leur cible. Le peuple Xianbei fonda plusieurs royaumes sur la terre jadis occupée par les Chinois et disputa la Plaine du Milieu avec quatre autres peuples nomades. Après d'innombrables guerres, un khan Xianbei unifia le Nord et fonda le tout-puissant empire de Wei. L'un de ses descendants adopta le système d'administration chinois, obligeant son peuple à s'habiller comme les Chinois, à utiliser la langue chinoise et à écrire les noms Xianbei en caractères chinois.

Le vieux luthier est né dans la cité de Yo[1], au nord-est de la Plaine du Milieu, son nom de famille transcrit en chinois étant Duo. Là-bas, en hiver, les stalactites de glace pendent sous les auvents et pointent vers la terre recouverte de neige. En été, écrasées par la chaleur, les cigales se lamentent jour et nuit dans les arbres. Un jour, alors qu'il savait à peine marcher, il réussit à franchir le seuil de la maison, rampa dans la cour et roula dans la rue. Soudain, la terre trembla et le vent souffla des rafales de poussière. Devant lui, des ombres filaient à toute vitesse, soulevant cailloux et mottes de terre. Plus tard, on le découvrit au milieu de la rue, étonné qu'il n'eût pas été piétiné par la cavalerie qui allait contrer l'attaque d'une tribu venue du Grand Nord. Son père l'appela alors Fèng, car Fèng est un oiseau qui apporte la chance.

En temps de guerre, les Xianbei sont des soldats ; en temps de paix, ils élèvent le bétail et font du commerce. Depuis

---

1. Près de l'actuel Pékin.

deux générations, la famille fabriquait des pains frits, lesquels étaient devenus célèbres dans la ville de Yo. Duo Fèng grandit dans la poussière de farine. Il dormait et apprenait à parler niché sur le dos de ses sœurs aînées qui tournaient la meule de pierre.

Duo Fèng avait un cousin du nom de Duo Gu. Les hommes du clan décidèrent d'acheter une fonction dans l'administration pour Duo Gu, héritier de la branche aînée, ce qui leur permettrait d'accéder à un rang social supérieur. Il fut aussi décidé que Duo Fèng, héritier de la branche cadette, recevrait la recette du pain frit et que, par lui et par sa descendance, prospérerait le métier familial. Duo Gu fut envoyé dans une école tenue par un lettré chinois. Duo Fèng l'accompagnait. Il devait apprendre le calcul et les caractères nécessaires pour tenir un livre de comptes.

Duo Gu et Duo Fèng s'ennuyaient à l'école et s'échappaient souvent pour aller flâner dans le centre de la ville où se tenait un marché. Un vendeur d'herbes médicinales les prit en affection et leur enseigna à boxer et à manier les armes. Un jour, Duo Gu et Duo Fèng eurent une altercation avec un boucher. Ils se bagarrèrent avec lui et le tuèrent sans le vouloir. Fuyant les sergents et craignant la colère du grand-père, ils quittèrent la ville de Yo. Ils n'avaient que douze et onze ans. Le vendeur d'herbes médicinales les recommanda à son cousin, qui les expédia chez son frère, un forgeron d'une ville de l'Ouest. Ce dernier les garda un an puis les envoya auprès d'un armurier dans une région éloignée. À pied, ils traversèrent la Chine du Nord. Lorsqu'ils avaient faim, ils s'attaquaient aux voyageurs sans défense et leur arrachaient leur bourse. Mais à leur tour, ils étaient agressés et pillés. Ils

rencontrèrent aussi des moines pèlerins, des gardes-cara-
vanes, des acrobates et des bandits qui devenaient un temps
des amis. Les rencontres nouées au gré du hasard leur servant
de guide, ils rejoignirent la frontière nord-ouest.

Sous leurs yeux étonnés, l'horizon s'ouvrait. Les vallons
devenaient une vaste terre plate recouverte d'herbes qui atti-
raient des essaims d'oiseaux blancs et de nuages mouton-
neux. Mais un jour, résonna le hurlement strident des cors.
Surgie de nulle part, une division Xianbei se déploya au
milieu de la steppe et se positionna en une longue ligne face à
des cavaliers Rouran qui arrivaient au galop. Les deux armées
se toisèrent à distance et échangèrent une pluie de flèches
avant de se jeter comme deux vagues houleuses l'une sur
l'autre. Fascinés par la violence du combat et la beauté des
armures, les deux cousins volèrent les sabres et les cuirasses
aux morts et rejoignirent l'armée Xianbei. Ils avaient alors
quinze et quatorze ans.

La division repartit vers l'ouest pour reprendre les villes
aux mains des Tibétains et des Tartares. Ensuite elle fut appelée pour mater la révolte des paysans chinois dans la Plaine
du Milieu. Puis elle galopa vers le nord-est pour contrer
l'invasion des Qidan. À chaque bataille, les deux garçons
pensaient qu'ils n'allaient plus revoir le soleil, mais la chance
était chaque fois avec eux. Ils se remettaient toujours de leurs
blessures.

Bien que les Xianbei aient unifié la Chine du Nord, ils
devaient maintenir leur suprématie par la force des flèches et
des sabres. Chez eux, la noblesse du sang ne vaut pas la bravoure et l'intelligence révélées sur le champ de bataille. Dix
ans passèrent. Malgré leur basse naissance, de simples cava-

liers, les deux cousins furent promus chefs de division, puis' chefs de régiment.

Sur la rive nord du fleuve Yangzi, ils reçurent l'ordre de préparer l'invasion du Sud. Ils entraînaient leurs soldats au combat naval en attendant le signal. Les courriers impériaux n'arrivaient plus ; les rumeurs bruissaient et ne cessaient d'agiter le cœur des soldats. Ils apprirent qu'à la suite des conflits qui opposaient l'Impératrice mère, l'Empereur, le prince héritier et leurs partisans, l'empire Xianbei avait éclaté en deux royaumes rivaux, le Wei de l'Est et de le Wei de l'Ouest, avec deux Empereurs, deux capitales. Les Xianbei devaient choisir leurs nouveaux maîtres et, suivant leur général, Duo Gu et Duo Fèng rejoignirent le camp du Wei de l'Est.

La guerre entre les deux royaumes Xianbei fut plus féroce que les guerres précédentes. Après un violent affrontement avec les Xianbei de l'Ouest, leur compagnie fut anéantie, leur général tué. Seuls survivants de la bataille, ils décidèrent de ne plus combattre que pour eux-mêmes. Longeant la frontière des deux royaumes Wei, telles les nuées noires qui tournaient dans le ciel, ils pillaient bourgs et villages, rejoints parfois par des groupuscules de soldats Xianbei, Xongnu, Qidan et Chinois qui n'appartenaient plus à aucune armée. Les deux royaumes Wei les traquaient tout en leur fournissant armes et chevaux pour attaquer leur rival. Tantôt leur armée grossissait, tantôt ils n'avaient plus d'hommes. Ne sachant s'ils seraient en vie le lendemain, ils festoyaient dès qu'ils avaient à manger et à boire.

Dans le Nord, les soldats ont pour tradition de porter sur eux tous leurs biens personnels, dont la plupart proviennent

des pillages. Les généraux récompensent leurs troupes victo-
rieuses en les autorisant à nettoyer le champ de bataille. Sur
les cadavres, on trouve des cous portant plusieurs chaînes en
or, des bras chargés de bracelets d'argent et de jade, des
vestes cousues de perles dans leurs revers. Il y a aussi
des sabres à la poignée incrustée de pierres précieuses, des
flèches ornées de nacre et de plumes exotiques ayant passé
d'une main à l'autre pendant plusieurs générations de morts
et de vivants. À cette occasion, les soldats renouvellent leurs
habits, armes, armures, selles de cheval. Vivants, les hommes
s'entre-tuent ; morts, ils deviennent les meilleurs fournisseurs
des survivants.

Alors que Duo Fèng n'était encore qu'un simple soldat,
après avoir repoussé une invasion à la frontière ouest, il reçut
l'ordre de nettoyer. Ce matin-là, comme son regard balayait la
terre gelée jonchée de corps, il évaluait, tel un joueur de dés
expérimenté, la richesse potentielle des morts et se dirigea
vers l'un d'eux. Sa coiffure et son habit indiquaient qu'il
appartenait à une tribu nomade de l'Extrême-Nord, dont les
hommes se nourrissent de viande crue de caribou et dont les
soldats sont connus pour porter sur eux des pierres précieuses
comme talismans. En se penchant sur lui, Duo Fèng s'aperçut
que, baignant dans une mare de sang, il respirait encore. Un
sabre avait taillé le bas de son cou, il lui manquait une épaule
et un bras. Une intense lumière roulait dans ses yeux mi-clos,
annonçant la mort imminente. Duo Fèng coupa les lacets de
son armure et il s'apprêtait à fouiller sa veste quand le blessé
le plaqua contre lui en levant une jambe, lui assenant un coup
de poing dans le bas-ventre. Avec son poignard, Duo Fèng lui
trancha le cou. Comme il avait déjà perdu tout son sang,

l'ennemi ne saignait pas. Il expira immédiatement mais ne relâcha pas sa prise. Duo Fèng se débarrassa de son étreinte tout en le maudissant. Il découvrit alors que le soldat ne lui avait pas donné un coup de poing, mais qu'il avait introduit entre ses jambes un paquet enveloppé de toile cirée.

Après cet incident, Duo Fèng n'eut plus envie de continuer sa fouille. Il rentra au campement. Caché dans un coin, il ouvrit le paquet et en retira un livre en peau de mouton recouvert d'une écriture qu'il ne savait pas lire. Après une bataille, peu de corps peuvent être identifiés. Contrairement aux Chinois qui ont l'habitude de broder leurs nom et lieu de naissance au bas de leur tunique, les nomades du Nord ne portent pas de signes d'identité. Sachant qu'il ne pourrait pas reconstituer l'histoire du soldat qu'il venait de piller, Duo Fèng cacha le rouleau à l'intérieur de sa ceinture.

Comme les loups qu'ils idolâtrent, les Xianbei vivent en meute. Duo Fèng, qui avait vécu avec parents, cousins et frères d'armes, ignorait la solitude. L'existence de ce paquet lui révéla le plaisir d'être seul. Il prit l'habitude de s'éloigner de la foule des soldats avant de dérouler son livre. Les signes indéchiffrables lui paraissaient familiers. À force de les contempler, ils devenaient peintures et Duo Fèng y reconnaissait des nuages, la lune suspendue derrière un sommet, un lac entouré de forêts, un champ fleuri, etc. Des chiffres en chinois s'y mêlaient, conféraient un rythme, une cadence. Le bruissement de la vie militaire cessait alors et une musique languissante s'élevait, lui donnant un sentiment mélangé de joie et de tristesse.

Discrètement, il menait son enquête auprès des captifs. Les batailles incessantes lui fournissaient des prisonniers venus de toutes les régions. Mais il lui fallut beaucoup de temps avant de tomber sur un lettré chinois. Du premier coup d'œil, le Chinois lui dit qu'il s'agissait d'une partition pour cithare, dont les notes se composaient de chiffres et de signes chinois.

Duo Fèng avait imaginé que l'étrange écriture indiquait le trésor caché d'un prince ayant perdu sa cité et sa tête. La cithare était un instrument dont il ne connaissait ni le son, ni la forme. Dépité, il voulut jeter le parchemin dans le feu mais finalement le conserva en pensant que si le soldat le lui avait confié, c'est parce qu'il avait de la valeur.

Les saisons passèrent et Duo Fèng monta en grade. Lorsqu'il fut en son pouvoir de dicter sa volonté, il ordonna à ses soldats de lui trouver une cithare et de lui ramener un prisonnier qui sache en jouer. Les soldats rapportaient toutes sortes d'instruments chinois ressemblant à des tubes, des trompes, des chaudrons, des pagodes. Ils étaient en bois, en peau, en roseau, en métal. Fasciné par leur aspect et les sons qu'ils produisaient, dès que Duo Fèng était au repos, il les démontait afin de comprendre comment ils pouvaient émettre de tels sons. Chevilles, volutes, cordiers, tables d'harmonie, fûts, tables de frappe, il apprenait par cœur les structures sans en connaître les noms.

Entre deux batailles, il passait ainsi des instants paisibles et savoureux comme des bols de lait de brebis. Si un soldat Xianbei tourmentait sa flûte face au soleil couchant, un Chinois lui répondait en soufflant dans son xiao, une grosse flûte en bambou jouée verticalement. Ces mélodies auxquelles il ne faisait pas attention auparavant se mirent à remplir son cœur d'émotion. La musique lui faisait oublier la douleur de ses blessures et la fatigue de ses muscles. Elle l'enveloppait et détendait ses jambes et sa tête. La musique était comme le soleil qui tourne dans le ciel, comme le vent qui fleurit les champs, visible et audible à tous ceux qui veulent recevoir ses bienfaits.

Cependant, aucun soldat ne lui rapportait de cithare. Duo Fèng en conclut qu'elle était précieuse et rare et que, pareille à la couleur pourpre réservée aux empereurs et la soie interdite aux roturiers, elle n'était pas accessible au commun des mortels. Alors, la partition inscrite sur la peau de mouton lui devint encore plus chère.

La persévérance est la voie de la chance et le hasard est sa révélation. Après le saccage d'une ville dans un bourg reculé de l'Ouest, les soldats de Duo Fèng lui rapportèrent qu'ils avaient trouvé un Chinois qui vivait dans une maison aux murs tapissés d'instruments de musique. Il se dépêcha de s'y rendre. Les soldats s'étaient gardés de brûler la maison et la rue où le luthier habitait. En attendant leur chef, ils avaient attaché le Chinois à un arbre au milieu de la cour. Duo Fèng fit sortir ses hommes. Il libéra le luthier, l'invita à asseoir et déploya la peau de mouton.

Le Chinois trembla longtemps avant de retrouver son calme. Son regard craintif vacillait entre le livre et Duo Fèng, puis s'arrêtait sur les notes. Il parcourut rapidement la mystérieuse écriture et la relut une seconde fois. Il marmottait et agitait sa main droite pour ponctuer sa parole confuse. Son visage s'illuminait et se crispait au fur à mesure qu'il semblait rencontrer des difficultés dans la lecture.

– Pas possible, murmurait-il en se grattant la tête.

Il regardait en l'air, puis se replongeait dans la lecture, les mains battant le rythme.

– En effet !… Incroyable… Je n'aurais jamais cru !…

Il s'interrompit, les sourcils froncés. Il frappa le sol du pied. Soudain, il se jeta à terre et se prosterna de nombreuses fois devant Duo Fèng.

– Monsieur le général, permettez-moi d'utiliser ma cithare !

Une cithare ! Duo Fèng tressaillit de joie. Le Chinois se précipita dans sa maison et en ressortit avec un instrument en bois qui avait la forme d'une longue feuille de bananier de trois pouces d'épaisseur et de cinq pieds de long. Il serra les sept cordes l'une après l'autre et se mit à jouer tout en lisant la partition.

Duo Fèng oublia les guerres qu'il menait. Les sons amples et graves émis par la cithare le secouaient comme le vent qui souffle dans un arbre et fait frémir toutes les feuilles. Il leva le visage. Un ciel bleu sans nuages se déployait. Il y avait bien longtemps qu'il ne voyait plus la beauté du ciel ! La musique continuait, mais un silence, telle une source chaude, naissait dans son cœur et coulait à travers son corps. Il n'avait jamais écouté le silence auparavant !

Lentement, le soleil roula vers l'ouest. Quand la nuit descendit, une table fut dressée au milieu de la cour. Duo Fèng et le luthier burent comme des amis de longue date.

Duo Fèng raconta comment il avait eu cette partition et demanda au Chinois quelle était cette musique qui y était inscrite. Commençant à être ivre, le luthier s'exclama :

– Une version longue de *La Ballade du sarcophage sacré* ! Je me demande par quel miracle elle a pu échapper aux guerres successives qui ont ravagé la Plaine du Milieu et qui est cet homme qui l'a copiée sur une peau de mouton !

Voyant que Duo Fèng demeurait perplexe, il expliqua :

– Jadis, le poète Ji Kang prétendit qu'une prêtresse fantôme lui avait dicté *La Ballade du sépulcre sacré*. Condamné à mort par l'empereur Sima Zhao de la dynastie Jin de l'Ouest, il joua cet air sur le lieu même de son exécution et s'exclama : « Mon neveu Jiu Ni souhaitait beaucoup l'apprendre, j'ai refusé de la lui enseigner. À présent, elle meurt avec moi ! » Après sa mort, on retrouva plusieurs versions portant le même nom. L'une d'entre elles était gardée par ma famille. Mais elle est loin d'avoir la subtilité et l'élan de celle transcrite sur votre livre !

Duo Fèng apprit que l'art du luthier se transmettait de père en fils, que les ancêtres de Shen Qinglin vivaient à Chang An où ils façonnaient les cithares pour les empereurs. Lorsque la capitale Chang An succomba aux mains des Xongnu, sa famille suivit l'exode chinois et dut traverser le fleuve pour se réfugier dans le Sud. Au bord du fleuve Yangzi, son arrière-arrière-grand-père décida de faire demi-tour. Il dit à ses enfants :

« Les bibliothèques ont brûlé, les lettrés ont été massacrés, les palais sont en ruine. Qui peut être certain que le fleuve Yangzi fera obstacle à l'avancée des armées nomades ? Restons ici et cachons-nous dans un village. Par notre famille, l'art du luthier sera préservé. Quand bientôt il n'y aura plus de livres, plus de poésie, plus de peinture, plus de cithares dans les villes jadis chinoises, nous serons les derniers gardiens. »

La lune s'était levée et les deux hommes ne cessaient de remplir leurs verres. Duo Fèng apprit que des décennies plus tard, la famille Shen était de moins en moins prospère, et que Shen Qinglin avait trois filles, mais pas de fils pour lui enseigner l'art du luthier. Moitié ivre, Duo Fèng s'écria :

– Tu n'as qu'à me prendre comme disciple.

– Vous ?

Shen Qinglin écarquilla les yeux et éclata de rire.

– La cithare est un instrument divin ! Il a été inventé par le dieu Fu Xi pour les hommes bons et paisibles. Les Xianbei pillent, brûlent et massacrent. Au temps de la dynastie Jin de l'Ouest, le gouverneur de la cité de Yo laissa entrer l'armée Xianbei sur la Plaine du Milieu. Les Xianbei raflèrent des milliers de Chinoises, une moitié était pour leur plaisir et l'autre pour se remplir le ventre. Quand le gouverneur s'en aperçut et réclama les huit mille survivantes, ne pouvant les manger toutes à la fois, les Xianbei les noyèrent dans la rivière Yi qui fut bouchée pendant des mois…

Duo Fèng souriait et ne l'interrompait pas. Au sud comme au nord du fleuve, les Xianbei sont craints, haïs, comparés à des monstres et à des bêtes sauvages. Mais les généraux Xianbei ne démentent pas la légende de leur cruauté, qui terrorise les ennemis et les incite à capituler.

Le Chinois continuait :

– Quand Ran Mi détruisit le royaume Zhao du Nord[1] fondé par la tribu Xongnu de l'Ouest, il libéra cinquante mille Chinoises qui servaient de viande à l'armée Xongnu. Ran Mi défait par l'armée Xianbei, les soldats Xianbei se servirent des cinquante mille femmes comme nourriture pour passer l'hiver. On dit qu'au printemps, une montagne

---

1. Royaume Zhao du Nord : 319-351.

d'os fut découverte à l'extérieur de la ville... On raconte aussi que lorsque le khan Tuobuo Shuo leva une armée de trente mille soldats Xianbei pour attaquer le royaume Song du Sud[1], il ne prit aucune disposition de ravitaillement. Son armée vivait du pillage et mangeait des hommes lorsqu'elle ne trouvait pas de céréales...

– Je veux apprendre l'art de la cithare, lui dit Shen Fèng. Si tu refuses, cette rue sera brûlée, toi et tes voisins finirez sur le gril.

Le Chinois pâlit. Il baissa la tête et but d'une traite un grand bol de vin. Le liquide coula de sa bouche et se répandit sur sa poitrine. Il prit sa cithare et désigna du doigt les différentes parties.

– À l'origine, la cithare n'avait que cinq cordes, dit-il. La première corde, *gong*, correspond à la Terre qui nourrit les quatre saisons. Elle comporte quatre-vingt-un fils de soie, c'est la plus grosse des sept cordes. Elle produit un son grave, majestueux, qui représente le roi. La deuxième, *shang*, correspond au métal et à la saison d'automne. Elle comporte soixante-douze fils de soie et sa résonance est claire. Elle symbolise le ministre. La troisième, *jiao*, est le bois et le printemps. Elle comporte soixante-quatre fils de soie. Au printemps, le monde renaît. Comme les gerbes qui sortent de la terre pour grandir, la troisième corde est fragile. Elle frémit dès qu'on l'effleure. Par conséquent, elle représente le peuple. La quatrième corde, *hui*, est le feu et l'été. Elle comporte cinquante-quatre fils de soie. Sa résonance décrit l'exubérance et la prospérité. Elle représente les Éléments. La

---

1. Royaume Song du Sud : 420-479.

cinquième corde, *yu*, est l'eau et l'hiver. En hiver, les feuilles tombent et la terre se dénude. Le monde perd son camouflage et se dévoile. Elle représente les vivants. La sixième corde a été ajoutée par l'empereur Wen de l'antique dynastie Zhou[1]. Et la septième, par l'empereur Wu de Zhou[2].

Le luthier retourna la cithare.

– Les sons proviennent de cette caisse de résonance faite de deux tronçons de bois sculptés et collés l'un contre l'autre. Un luthier travaille sans émotion. Froid et précis, il peut tailler le bois en appliquant les mesures fixées par les ancêtres, réussir le plat, le galbe et la juste proportion qui est à l'origine des bruissements imitant le vent, le tonnerre, la chute de l'eau et le lever des étoiles… Ici, c'est le « lac du dragon », là, le « marécage du phénix ». Dedans, invisible aux yeux, il y a une « colonne céleste » et une « colonne terrestre ». Elles vibrent, soufflent et résonnent tout en produisant un silence perceptible à l'esprit. Avec des oreilles habituées aux tambours de guerre, des mains et des poignets qui ne connaissent que la rapidité du glaive, avec un cœur habité par la soif de la conquête et de la vengeance, un homme n'est pas capable de transformer le bois en cithare.

Il scruta le visage de Duo Fèng et tenta de le décourager :

– Contrairement aux sheng, xiao, di, pipa, ruan, aux autres instruments à vent, à cordes pincées et aux percussions, la cithare ne trouve pas sa place dans un orchestre. Elle fuit la

---

1. L'empereur Wen de Zhou (1099 av. J.-C.-1050 av. J.-C.) est le fondateur de la dynastie Zhou.

2. L'empereur Wu de Zhou (≈ 1087 av. J.-C.-1043 av. J.-C.) a renversé la dynastie Shang et régné sur la Chine.

foule et refuse d'être entendue par le vulgaire. La cithare est le commencement de l'homme et non pas l'ornement de son talent. La cithare ne distrait pas, elle réfléchit. Un lettré joue de la cithare pour lui-même, loin de la société. La cithare façonne la raison, purifie le cœur, raffine le goût, forge le tempérament, change la personnalité. Le plaisir qu'elle procure est modéré, car il est indescriptible et insaisissable. Ce n'est pas l'ivresse du faste, ni l'émotion de la mélodie, ni l'exubérance de la danse, ni la ferveur des prières…

Voyant que Duo Fèng ne réagissait pas à ses paroles, il ajouta :

– La vie est un songe. La cithare réveille l'esprit et dissipe les illusions… Elle n'est pas pour les hommes de guerre. Si vous voulez vous détendre et vous amuser, prenez des femmes…

Pensant qu'il avait réussi à le dissuader, Shen Qinglin ricana :

– L'épée coupe et tue. La cithare pense et respire. La cithare n'est pas l'expansion de la force, elle est la dissolution de la force. Si je vous apprenais l'art du luthier, vous délaisseriez la guerre pour la musique.

– Je ne suis pas un homme de discours, dit Duo Fèng. Ce que j'entends de toi me plaît. Je te donne la soirée pour faire ton bagage. Nous partons. Tu seras mon maître, tu auras de la viande et du vin, et personne ne te fera de mal.

Interloqué, Shen Qinglin garda un moment le silence. Puis il se décida :

– Dans ce cas, je n'ai qu'une condition. L'art de notre famille se transmet de père en fils. Je dois vous adopter, vous devez abandonner votre nom et prendre le mien, Shen. Si vous refusez, je vous suivrai mais je me tuerai dès que je le pourrai.

Les Xianbei ne croient pas à la fatalité mais à la chance. Sachant que la mort frappe plus vite qu'un sabre, ils suivent l'élan de leur âme et ne gaspillent aucun instant. Duo Fèng accepta sur-le-champ la condition de Shen Qinglin.

Trois ans plus tard, dans une escarmouche avec les Xianbei de l'Ouest, Duo Gu fut trahi par ses sous-officiers. Se tenant derrière lui, ils l'abattirent d'une pluie de flèches, lui tranchèrent la tête et l'offrirent au royaume Xianbei de l'Ouest. Lorsque Shen Fèng apprit la mort de son cousin, il échangea sa tenue contre celle d'un garde et s'enfuit dans la nuit avec son maître. Le luthier chinois avait raison. La musique l'avait détourné de la guerre, mais il avait continué pour son cousin. Sa mort le libéra de son engagement. Il reprit sa liberté et décida de partir pour le Sud.

– Le Nord est mon pays, même s'il n'appartient plus aux Chinois, gémit son maître. Pourquoi abandonner notre terre ? Pourquoi aller vivre parmi nos ennemis ? Même si on vante les jardins et les temples fabuleux du Sud, je préfère les tempêtes de neige et le pain farci à la viande de mouton grillée !

Ignorant ses plaintes, Shen Fèng descendit vers le fleuve, où il trouva d'anciens soldats Xianbei devenus pirates. Ils lui expliquèrent qu'ils allaient passer par des eaux si dange-reuses qu'il n'y avait pas de navire garde-frontière du Sud.

La nuit était noire. Les vagues se précipitaient sur un lit rocheux au milieu d'une gorge étroite. Les remous brisaient les jonques surchargées d'hommes qui rêvaient d'une vie nouvelle et Shen Fèng tomba à l'eau.

Lorsqu'il revint à lui, une pluie fine tombait du ciel. Les falaises se penchaient vers lui et semblaient murmurer entre elles. Il erra des jours sur la grève et ne retrouva pas le corps de son maître. Les ancêtres de Shen Qinglin avaient interdit à ses descendants de traverser le fleuve Yangzi. Leurs mânes avaient dû retenir Shen Qinglin dans le Nord. Portant les mains jointes jusqu'à la hauteur des sourcils, Shen Fèng s'inclina profondément en direction du Nord avant de s'enfoncer dans la montagne.

La terre pour laquelle étaient tombés d'innombrables soldats Xianbei dévoila ses forêts de bambous géants et des monts teintés de pourpre par les rhododendrons en fleur. Il marcha des jours durant sur des sentiers qui ne connaissaient que l'ombre et soudain le soleil illumina une vallée. Le versant sud était drapé de carrés de mousseline de différents tons de vert. Il s'agissait d'une plante inconnue de lui, cultivée en terrasses. Shen Fèng apprit plus tard que c'était des rizières.

Dans un bourg, il se fit engager comme garde par un marchand de sel et fit route avec lui. Étrangement, le destin se répétait tel le refrain de la cithare. D'une rencontre hasardeuse à une autre, Shen Fèng voyagea dans le Sud de la même manière qu'adolescent il avait traversé le Nord.

Il rangea ses bottes de cuir et chaussa une paire de sandales en bois. Il dénoua sa coiffure Xianbei et se fit un chignon selon la mode du Sud. Il cachait son accent en se taisant et baissait les yeux car on disait que son regard était cruel. Au Sud, les voix sont suaves et chantantes. Baignés par la brume, hommes et femmes ont la peau plus blanche et plus fine. Ils mangent du riz au lieu du pain et leurs nouilles sont fines comme des cheveux.

Noyées dans les feuillages et les fleurs, les villes portaient pourtant les mêmes cicatrices de guerre que celles du Nord. Temples, canaux, ponts, pavillons glissaient vers Shen Fèng comme les tristes merveilles d'un rêve et soufflaient une mélodie lancinante. De temps à autre, il croisait des Xianbei et des Xongnu qui avaient fui le Nord. Alors que dans son pays les Chinois étaient considérés comme une race inférieure, au Sud, les nomades acceptaient toutes les tâches humiliantes et dangereuses dont les Chinois ne voulaient pas.

Après avoir détrôné son oncle et fait tomber la dynastie Qi, Xiao Yan était l'empereur de la dynastie Liang[1]. Jeune, il était un féroce guerrier qui avait mené les guerres contre les Xianbei de l'empire Wei. Vieux, il négligeait les affaires d'État, n'aimait plus que les arts et le bouddhisme. Sous son règne, la peinture était la métaphore de la poésie et les poèmes, un étalage d'érudition. La cithare était l'instrument préféré de l'empereur devenu contemplatif. Suivant son exemple, les fonctionnaires et les officiers du Sud étudiaient la musique et, à la capitale Jian Kang, les meilleurs luthiers dictaient les lois de l'élégance.

Le nom de Shen Fèng devint fameux car il traitait les bois selon les méthodes anciennes qui s'étaient éteintes dans le Sud. Ses cithares portaient des noms sonores teintés de la nostalgie de la Chine du Nord : « Tonnerre du désert », « Forêt de pins », « Scintillement de la neige », « Galop de dix

---

1. La dynastie Liang : 502-557.

mille chevaux », toutes produisant des sons subtils qui apaisaient les âmes fiévreuses. Flottant et tournoyant, leurs bruissements tranquilles traversèrent le tumulte des rues de Jian Kang et parvinrent aux oreilles de l'Empereur. Étonné qu'un Xianbei puisse être luthier, Xiao Yan l'appela à son palais et discuta avec lui de la futilité du monde des poussières et du sublime de la cithare. Il lui commanda deux cithares, qui portaient les noms d'« Envol de grues blanches » et « Nuages oisifs ».

Le jeune luthier ne se souvient pas de ses parents. Son maître lui a dit que, lorsqu'il l'avait trouvé sur la route, il pleurait sur le corps d'une femme qui avait commencé à se décomposer. Il avait peut-être trois ans. Il frissonnait et avait de la fièvre. La faim lui tordait le ventre et la soif lui brûlait la gorge. Son maître l'avait mis sur son dos, lui interdisant de manger. Il avait fait bouillir des racines, des écorces et des feuilles, et l'avait forcé à avaler des tisanes nauséabondes qui teignaient sa bouche en noir. Il lui avait dit :

– Ton nom est Shen Feng, « le Vent », avec le ton flottant.

Le portant toujours sur son dos, il l'avait emmené à Jian Kang, la capitale impériale. Le tintamarre de la ville effrayait l'enfant sauvage, il pleurait, suffoquait. Dans une auberge, malgré ses hurlements et ses larmes, le luthier l'attacha à une colonne et partit chercher du travail. Le tintement des cloches et le brouhaha des voix le faisaient chaque fois sursauter, Shen Feng sanglotait, mordait la corde pour s'enfuir, criait qu'il voulait retourner dans la montagne, retrouver les singes. Il ne comprenait pas pourquoi les hommes vivaient entre des murs, que la ville n'était que de hautes cloisons où les hommes avaient creusé des trous pour entrer et sortir. Les hommes se pressaient et lui faisaient peur. Surtout les soldats avec leurs têtes plantées de plumes et leurs corps bardés de morceaux de bronze et de cuir. Ils passaient à cheval, renversant les étals, et frappaient de leurs armes tous les passants qui entravaient leur galop.

Dès que Shen Feng se fut habitué aux bruits de la ville, son maître l'emmena avec lui. Il s'était fait engager sur un vaste chantier où il sculptait piliers, balustrades et portes pour les palais de l'Empereur Xiao Yan. Quand les énormes troncs d'arbres millénaires entraient, son maître était de mauvaise humeur. Fendre leurs branches, râper leur écorce afin de les transformer en piliers et en poutres, cela lui faisait de la peine. Shen Feng se souvient qu'à la nuit tombée, avec la complicité des surveillants qui touchaient une part de l'argent de la revente, les artisans volaient des morceaux de bois précieux. Tandis que les autres en faisaient des meubles pour les vendre sur le marché, son maître se mit à façonner un instrument de musique.

Deux ans plus tard, petit Shen Feng habillé en tunique de coton doux trottait près de son maître qui livrait ses cithares aux riches clients. Ils n'habitaient plus une chambre d'auberge mais occupaient une maison avec un jardinet. Shen Feng, l'apprenti, savait déjà raboter le bois, rouler les fils de soie et étaler la laque. Près de son maître qui râpait et frottait, il était autorisé à tailler des cithares de petite taille qui étaient ses jouets. Un jour, il vit entrer en ville des troupes de soldats étrangement vêtus. Il courut appeler son maître qui, à la vue des cavaliers, se figea de joie et de crainte. Il reconnaissait l'habit des soldats Xianbei.

La dynastie Liang fut aussi éphémère que celles qui l'avaient précédée. Fervent bouddhiste, l'Empereur Xiao Yan se rasa la tête et entra au monastère pour devenir moine ; il n'en ressortit que sous la pression de sa Cour. Il accepta d'offrir refuge au général Hou Jing du Nord et ouvrit sa frontière à son armée, croyant qu'en unissant leurs forces, ils pourraient reconquérir le Nord. Mais Hou Jing se retourna contre lui.

Jian Kang était en flammes. Suivant la foule en exode, Shen Feng et son maître échappèrent au massacre perpétré par les soldats Xianbei. Ils vécurent un temps sur le fleuve avec des pirates qui apprirent à Shen Feng leurs chansons tristes.

Hou Jing affama l'Empereur Xiao Yan jusqu'à ce qu'il mourût de faim. Les gouverneurs chinois se soulevèrent contre lui. Hou Jing trouva la mort au cours d'une bataille. Un militaire chinois, Chen Ba, profita du chaos de la guerre civile pour envahir la capitale impériale. Il monta sur le trône et fonda une nouvelle dynastie nommée Chen.

Les luthiers n'avaient plus de foyer et leur métier ne les faisait plus vivre. Shen Feng grandissait dans un monde voilé de ténèbres. Partout où ils passaient, ils ne voyaient que villes brûlées, villages déserts, champs sans récoltes. Le long du fleuve, des hommes coupaient les arbres et creusaient des carrières pour la construction de nouveaux palais.

La nuit touchait à sa fin mais le jour qui se levait était aussi sans espoir.

L'hiver, le froid pétrifiait les pieds de Shen Feng et lui rongeait les jambes. L'été, les puces, les moustiques et les sangsues buvaient son sang. Il trottait avec peine devant et derrière son maître, se frottant et se grattant. Influencé par la culture du Sud, son maître était devenu bouddhiste fervent. Un matin, il lui dit :

– Shen Feng, Bouddha m'est apparu en rêve hier soir. Il m'a dit : « La guerre transforme la vie en mort. Tu dois diffuser ma voix de la paix à travers la musique. Je vais vous trouver un foyer, vous devez recommencer à fabriquer les cithares. »

Trois jours plus tard, ils arrivaient à Jing Ko. Un orage venait de passer, des rayons orange transperçaient le brouillard. Les nuages ondulaient, tourbillonnaient. Des voiles pourpres de bateaux émergeaient du gris du port. À l'horizon, la montagne Force du Nord se dressait tout en hauteur verte et entourée de nuées noires chargées de vapeur et de pluie. Au-dessus, le soleil brillait comme une perle d'or. Son maître s'arrêta et s'extasia :

– Les hommes sont dans le brouillard de l'ignorance. Mais pour moi, la lumière du Bouddha s'est levée. Allons vers cette montagne, nous y bâtirons une maison.

La montagne Force du Nord abrite des villages bâtis par des paysans qui ont fui les guerres et les impôts. Leur vie suit le rythme du soleil, rime avec les saisons, se déroule au ralenti loin de la fureur du fleuve et du tumulte des villes. Déjà, l'apprenti a dépassé son maître d'une demi-tête et l'a égalé dans le travail du bois. Le temps file telle une biche effarouchée. Les deux royaumes Wei se sont effondrés et ils ont été remplacés par deux dynasties nouvelles nommées Zhou et Qi. Le vieux luthier n'a plus de patrie. Shen Feng ne comprend pas pourquoi il devrait retourner dans le Nord.

Le soleil s'est couché derrière l'horizon. Le jeune luthier

sèche ses larmes. Il s'accroupit sous le cerisier devant le couvercle du sarcophage. Il s'aperçoit que son maître y a tracé avec le doigt le mot « *miao* ». Shen Feng prend un chiffon et essuie la planche. Légèrement bombée au centre, elle a un contour gracieux et une masse élégante. Recouverte d'une couche de laque noire de qualité exceptionnelle, elle reflète encore la lumière du couchant. Shen Feng se souvient d'une conversation avec son maître.

« Le bois du cercueil, lui avait dit le vieux luthier, est mauvais lorsqu'il a servi à une personne de nature médiocre.

– Où trouver un cercueil ayant appartenu à une bonne personne ? avait-il rétorqué. Vivant, un homme de raison peut exercer le bien et s'écarter du mal. Mort, décomposé, libéré de la morale et de la loi, dénudé du bien qui lui servait d'habit, n'est-il pas un squelette comme les autres ? »

Shen Feng caresse la planche avec la paume de sa main. Il est surpris de ne pas ressentir le froid d'un bois qui n'a pas vu le soleil depuis plus de trois dynasties. Il tape en son centre, qui renvoie une série de sons éclatants.

Ce bois est vivant. Est-ce le sens du mot *miao* tracé par son maître ? *Miao*, un adjectif qui décrit une femme belle et gracieuse, annonce-t-il une cithare merveilleuse ? Shen Feng a l'habitude de poser des questions et de recevoir des réponses. Il a l'habitude de suivre et de servir. Le silence autour de la maison lui rappelle que le vieux luthier n'est plus là pour le guider.

Il regrette de l'avoir laissé partir. Il aurait dû courir pour le rattraper et le retenir par la force et les larmes.

La nuit tombe, le vent se lève, la tristesse rôde. Le chahut des bambous monte de la vallée.

Cinq

An 406, dynastie Jin de l'Est

Ses mains délicates déroulent le tableau. Les flots perpétuels du fleuve Yangzi coulent entre ses doigts. Des voiliers et des barques circulent dans les deux sens, tandis que villes, villages, temples, ponts, collines, monts leur servent d'écrins. Sur le tableau, seule la prospérité de la rive sud est représentée. La rive nord, bien qu'absente, est pourtant omniprésente. Le fleuve Yangzi faisant frontière, le fabuleux paysage du Sud est capturé par un regard constamment placé sur la terre du Nord.

Le long du fleuve, paix et guerre alternent, tels le frotter lent et le pincement court de la cithare, telles les intempéries qui ponctuent les quatre saisons. Par l'emploi du pinceau en poil de queue d'écureuil, même la guerre est teintée de douceur. Les guerriers, jambes écartées, manches retroussées, barbe hirsute, yeux injectés de sang, sont des figurines minuscules de l'histoire. Parmi les soldats du Sud, des Barbares portent la cuirasse ornée de peaux de tigre et chevauchent des coursiers empanachés de têtes de morts. Au pied d'un rempart, les uns précipitent un bélier contre la porte, les autres creusent un tunnel souterrain qui les mènera directement au centre de la cité. La ville conquise offre un paysage désolant, mais la désolation s'efface quand se déroulent les scènes suivantes : des pêcheurs jettent leurs filets dans le fleuve, des oiseaux prennent leur envol, les vallées fleurissent. Le temps qui passe transforme inexorablement la mort en vie, la tristesse en joie, en reflets lisses le long du rivage.

Une rangée de falaises escarpées se dresse. Les vagues s'élancent vers le ciel et retombent en se fracassant contre les rochers. Par l'agitation du fleuve, on devine que Nord et Sud se sont rapprochés et se toisent à travers une gorge étroite. La gorge traversée, les vagues cessent de se tortiller, les torrents s'aplatissent en une vaste étendue d'eau et ralentissent. Nord et Sud reprennent leurs distances et se contemplent de loin. L'hiver vient par le Nord. L'aquilon, chargé de neige et de frimas, s'échauffe en franchissant le fleuve Yangzi et devient brise en atteignant le rivage opposé. L'été s'engouffre par le Sud. L'interminable pluie de la saison des prunes vertes balaie les rizières, s'évapore au-dessus du fleuve et renonce à conquérir le Nord.

Non loin de la ville de Jing Ko, au pied de la montagne Force du Nord, le fleuve forme une baie où flottent des barques multicolores. Un chemin grimpe à pic dans la montagne et rejoint le monastère de la Grande Compassion dans les nuages. Sur les marches bordées de rochers et d'arbres centenaires, un jeune homme portant une cithare lève les yeux pour contempler la forêt. Peint de profil, tantôt il donne l'impression de gravir la montagne, tantôt l'illusion de la descendre. Où va-t-il ? Est-ce un pèlerin qui se rend au monastère ? Son corps est long et son visage tourné vers la montagne. Bien que son expression soit invisible, la courbe de ses épaules et la raideur de sa nuque expriment ses doutes et sa persévérance. À ses pieds, il y a le vide. Errant entre ciel et terre, il est à la recherche d'un foyer, d'un feu, d'un espoir. La Mère soupire. Son époux est loin et son ambition met leur vie en péril. Comme ce jeune homme figé par le poids d'un avenir inconnu, elle ne sait si elle rejoindra la lumière ou l'abîme.

La Mère continue de dérouler la peinture. Un port aux activités incessantes émerge. Les barques de pêcheurs s'agglutinent autour des navires de guerre et des bateaux de commerçants. Sur le quai, des nuées de porteurs s'affairent. Les chariots et les chevaux se dirigent vers Jing Ko. Ses hauts remparts flambant neufs dominent les environs. Les bannières blanc et rouge brodées du nom « Liu » flottent entre les créneaux et claquent dans le vent. Flanquée de six portes gardées par les soldats, la cité fortifiée a la forme d'une tortue dotée d'une solide carapace. À l'intérieur des murs, dans les rues étroites, une foule animée circule et s'amasse au milieu des carrefours, devant les boutiques et à l'entrée des temples. À pied ou à cheval, ils sont habitants, voyageurs, soldats, pèlerins, mendiants, courtisanes.

La ville de Jing Ko, le célèbre fort militaire, a retrouvé son lustre d'antan. Depuis que son gouverneur accumule les titres de noblesse et les fonctions à la Cour impériale, Jing Ko, la porte du fleuve, est devenue la porte du pouvoir. Tous ceux qui ambitionnent de faire carrière dans l'armée, tous ceux qui veulent se revêtir de tuniques de soie, tous ceux qui rêvent de fortune miraculeuse s'y installent dans l'espoir d'approcher son maître et d'obtenir la faveur de sa maîtresse.

L'agitation de la basse ville cesse et survient le calme solennel de la ville haute. La résidence du gouverneur n'est plus ce lieu désolé aux pavillons en ruine et aux herbes folles. Les jardins ont fleuri là où gisaient les cadavres. Un palais a été construit sur les plans dessinés par la Mère, exhibant les toits imposants qui abritent celui qui dicte sa volonté à la Chine du Sud.

Une maison, disait son grand-père, reflète l'organisation énergétique de ses occupants. Répartis d'après la loi de l'harmonie, les pavillons nourrissent l'homme en inspiration morale et spirituelle. La Mère a voulu que l'entrée de la résidence corresponde à la tête : la porte principale, exclusivement réservée à son époux et à ses officiers, est gardée par deux rangées de lions en albâtre et des soldats vêtus de bleu et jaune. Elle s'ouvre sur deux salles de réception comme les lèvres d'une bouche. Un chemin pavé de pierres sculptées compose le « nez » qui mène aux pavillons d'administration, les « yeux », puis à une vaste cour encerclée de pavillons à étage dont les chambres sont remplies de livres et de dossiers. La bibliothèque est le « front ».

Le quartier du centre est divisé en deux. À la place des « poumons », il y a un terrain d'entraînement et une écurie. À la place du « cœur » se trouve un sanctuaire où son époux vénère les ancêtres et les divinités protectrices. Tandis que partout dans la résidence, il y a des arbres fruitiers, des rocailles et des fleurs, à l'intérieur du sanctuaire il n'y a que des lichens verts et des cyprès centenaires qui diffusent un parfum amer. « Sobre, ample, élégant et respectueux doit être le cœur de l'homme », disait son père.

Un haut mur sépare le quartier officiel et celui réservé à la vie familiale. Le « ventre » se compose de pavillons entourés de bambous et de grenadiers. Une galerie couverte de fresques les relie et serpente à travers des buissons de fleurs pour que l'on puisse s'y promener sans être mouillé par la pluie. S'il arrive à la Mère de sortir, elle ne prend jamais la porte principale. Un carrosse vient la chercher à la porte latérale. Couvert d'une tenture vert-noir, il la véhicule discrètement en ville sans révéler son identité.

La Mère appelle fièrement l'arrière de la demeure les « pieds », parce que les pieds touchent la terre et communiquent au corps la force tellurique. Autour des chambres, elle a arrangé un jardin qui reflète l'immensité de la nature. Des sentiers parsemés de cailloux colorés tirés du fond du fleuve Yangzi encerclent les « monts », empilements ingénieux de rocailles suggérant les falaises abruptes et les sommets escarpés. Le foisonnement des saules pleureurs, aleurites, pruniers, cerisiers, érables nains donne l'illusion d'une forêt luxuriante. Des cascades tombent à pic et deviennent sources. Un pont pourpre surplombe un étang, les tiges élancées des lotus et les étendues de nénuphars, et aboutit à un pavillon de trois étages au toit recourbé.

Discrètement, la Mère s'est dessinée sur le tableau, silhouette à moitié effacée par l'enchevêtrement des contours et par le foisonnement des couleurs. C'est une femme assise au bord de la terrasse du pavillon d'eau, jouant avec son éventail. Son reflet dans l'étang attire un cercle de poissons rouges. Ce n'est qu'en examinant attentivement son image reflétée sur l'eau que l'on découvre un secret. Les plis de sa robe de soie sont tendus par endroits, soulignant le contour d'un ventre arrondi.

La Mère est enceinte ! Tous les médecins qui ont pris son pouls, tous les astrologues qui ont travaillé ses thèmes ont prédit un garçon. Elle a fait son autoportrait pour consigner ce bonheur.

Contrairement à sa fille Huiyuang qui longtemps n'a pas eu de prénom, Yifu, son fils, est nommé par son père avant qu'il soit né. Lové dans son ventre, pressant son estomac, il donne à la Mère la nausée et un joyeux vertige. Une horde de médecins défile chaque jour et la Mère prend une dizaine de remèdes du matin au soir. Les cadeaux des gouverneurs militaires, le compliment de l'Empereur et de l'Impératrice, les sollicitudes des guerriers et les va-et-vient des messagers impériaux incommodent la Mère habituée à la solitude. Portant dans sa chair le futur fils aîné du commandant suprême, elle ne sait où trouver refuge. Yifu est venu au monde pour changer sa vie. Ce sera lui qui fera son bonheur et son chagrin, sa sérénité et son inquiétude.

Sur la table basse, le rouleau est immobilisé par des poids de jade. La Mère respire doucement. Ses cheveux sont noués en un simple chignon. Elle a mis par-dessus sa robe rose une tunique bleue qu'elle porte comme une blouse de travail. Elle serre les lèvres, se penche, ramène sa main gauche vers la droite pour porter son poignet droit. Avec un pinceau d'une extrême finesse, elle commence à brosser sa fille Huiyuang jouant dans le jardin. Le pinceau caresse le papier et y laisse des traces colorées. Les points, les traits s'infusent et deviennent contours du visage, plis de la robe. Le pinceau court encore et fait surgir le nez et les yeux. La Mère commence les sourcils et les cheveux lorsque la voix angoissée de la gouvernante lui parvient derrière son dos :

– Madame, le médecin vous a interdit de peindre. Que faites-vous ?

Le pinceau s'immobilise dans l'air.

– Madame, je vous en supplie, allez vous reposer !… Nous avons une méchante nouvelle.

– Une servante de la chancellerie de Jian Kang est confirmée enceinte, dit un homme.

Elle reconnaît la voix de l'intendant militaire.

– Les médecins ont aussi diagnostiqué un garçon !

La tête lui tourne et la Mère lâche le pinceau.

– Venez, Madame, insiste la gouvernante, ne vous fatiguez pas. Votre ventre est l'avenir de notre maison !

Submergée par un sentiment de tristesse mêlé de désespoir et de rancœur, elle ne bouge pas.

Une servante se présente et sa voix détend l'atmosphère :

– Mademoiselle est sortie de la classe. Elle vous cherche !

Elle lève la tête. Dissimulant son émotion, elle répond :

– Très bien. Prépare le thé et les gâteaux au pavillon d'Eau. Je viens.

Elle se lève et ordonne aux servantes qui attendent à la porte de nettoyer les assiettes de couleur.

Appuyée sur le bras de la gouvernante, la Mère marche lentement sur le sentier pavé de mosaïque. Le printemps est revenu, les abeilles et les papillons tourmentent les pêchers roses et les poiriers blancs. Le soleil verse sur son visage des taches d'or. Éblouie, elle garde les yeux mi-clos. Sur l'étang, un couple de canards mandarins se débarbouille. La voyant, ils se dressent et nagent vers elle en battant des ailes. Les servantes ont retiré les panneaux entre les colonnes du pavillon qui devient une terrasse ouverte offrant une vue circulaire sur le jardin. La salle est ornée simplement de deux tables basses laquées de noir, d'un paravent peint que la Mère change selon les saisons et d'un long vase au col fin qui porte toujours une seule fleur. La veille, elle a fait changer l'eau pour y mettre une branche de poirier. Déjà, des pétales blancs se sont répandus sur le sol.

Elle s'allonge sur le tapis de soie, pose son ventre sur un coussin, appuie son coude sur une table spécialement fabriquée pour elle et pose la tête dans le creux de sa main. Sur le perron, un petit fourneau a été dressé. Une servante souffle sur les braises pour chauffer l'eau de source, une autre broie le thé en poudre. Toutes deux sont habillées de vert sombre et leurs profils se fondent aux bambous du jardin.

La Mère est lasse de tant de beauté. Fleurs et arbres concourent à lui plaire, soufflant des parfums subtils. Elle les contemple avec un pincement au cœur. La beauté lui rappelle que les jours s'enfuient, que son printemps s'achève. Mais l'éternel printemps fait que d'autres beautés la remplacent, plus fraîches, plus parfumées, plus sensuelles. Printemps après printemps, elle n'est plus la même femme. Le cœur moins naïf, les yeux plus ouverts, elle subit le destin imposé par son époux comme un papillon épinglé sur le mur.

– Maman, maman !

La Mère lève les yeux et son visage s'illumine. Au loin, sur le sentier couvert de mousse et de pétales de rose, sa fille Huiyuang marche en sautillant. Elle court presque. Sa gouvernante lui tient fermement la main et ne cesse de l'attirer contre elle. Le vent diffuse sa voix qui gronde :

– Madame est très fatiguée. Ne vous jetez pas sur elle. Vous allez lui faire mal…

Accrochée à son bras, Huiyuang se balance comme un singe. Soudain, elle lui échappe et s'élance sur le pont en criant :

– Maman ! J'ai fait quarante caractères aujourd'hui ! Le maître a dit qu'ils étaient parfaits !

La gouvernante court derrière elle.

– Arrêtez, Mademoiselle. Venez par ici !

– Maman, maman !

Les cris de Huiyuang lui paraissent plus mélodieux que le chant du loriot. La Mère sourit enfin et ouvre les bras. Elle éprouve une envie impétueuse de sentir la chaleur de ce petit corps.

Déjà, Huiyuang est sur elle.

– Maman, tu m'as manqué !

La Mère la serre fort contre elle et hume son odeur de jeune faon. Quand un enfant se blottit contre sa mère, c'est pour s'enivrer de sa tendresse protectrice. Quand une mère prend son enfant dans ses bras, elle embrasse la vie qui bondit dans ses veines et boit dans son regard l'innocence qui lui fait oublier tous les chagrins terrestres. Huiyuang est un miracle et la Mère a toujours du mal à y croire. Née dans une étable au milieu d'un massacre, elle a survécu à la guerre, à la faim, aux maladies. Elle est devenue une petite fille joufflue, avec des dents et des jambes solides, qui ressemble davantage à son père. Elle a sa peau couleur de bronze, ses yeux étirés, sa bouche et son caractère. Huiyuang est une boule de feu qui pétille et embrase.

– Où est parti papa ? s'écrie-t-elle. Quand revient-il ?

– Ton père est un héros qui doit accomplir de grands exploits. Il reviendra après une nouvelle victoire.

– Papa m'a donné ça !

Huiyuang ouvre la main et montre une minuscule tortue en jade. La Mère la saisit et la porte à la lumière.

– C'est pour te dire que la campagne finira bientôt et qu'il rentrera avec plein de cadeaux.

– Je ne veux pas la tortue, je veux monter à cheval avec mon papa !

La Mère fait asseoir sa fille, lui donne du thé, du gâteau et lui pose des questions sur ses études.

Huiyuang toise le ventre de sa mère et devient sombre. Elle tourne le dos et baisse la tête.

– Pourquoi Yifu se cache-t-il ? Pourquoi ne joue-t-il pas avec moi ?

Puis elle se retourne.

– Maman, je veux une petite sœur !

An 410

La Mère ouvre sa robe et donne le sein. Yifu tète et la regarde fixement sans cligner des yeux. La Mère est folle de ce moment où le monde n'existe plus, où il n'y a qu'elle et Yifu, une même respiration. Pour cette raison, elle n'a jamais voulu confier son fils aux nourrices. Il a quatre ans et elle continue de l'allaiter comme s'il était un bébé.

N'est-ce pas les dieux qui soufflent la vitalité de la mère dans le corps de son enfant ? N'est-ce pas qu'elle vieillit pour que son fils grandisse ? Yifu est le deuxième miracle de sa vie. Il a la peau blanche, le nez long et plat, les yeux en amande, le visage en forme de pleine lune, tous les nobles traits de l'aristocratie de la Plaine du Milieu. Venu sur terre pour la gloire et la fortune de son père, il fait le malheur et la fierté de sa mère.

Yifu est né dans la ville de Jing Ko quarante et un jours avant son frère Yizhen, fils d'une concubine attachée à la chancellerie de la ville impériale de Jian Kang. Depuis, les concubines ont formé un clan rival qui conspire contre elle et la Première Épouse Zang qui ne vivent pas dans la capitale. Jeunes, belles et ambitieuses, elles appellent avec dédain les

deux dames les « paysannes de Jing Ko ». Elles contestent la
légitimité de Yifu, accusent la Mère d'avoir triché en faisant
un enfant avec un soldat de la garde. Elles se sont moquées de
l'Épouse Zang lorsqu'elle s'est rendue à Jian Kang pour les
audiences impériales, lui ont servi des plats froids et lui ont
mis des rats dans sa chambre. Il y a un an, l'Épouse Zang a
quitté le monde terrestre avec rancœur et colère, et la Mère a
perdu la seule alliée auprès de son époux qui ne comprend
rien aux disputes des femmes. Suite à ce décès, elle s'est vue
élevée à la dignité de Première Épouse et jouit désormais des
faveurs impériales. Yifu est désigné comme l'héritier du
grand chancelier. À cause de lui, la Mère est plus que jamais
exposée à la jalousie.

À la ville de Jing Ko, assiégée par les froufrous des tuniques
et les salutations flatteuses, la Mère aspire à la solitude et au
silence. Bien qu'elle refuse de se mêler de la politique, elle est
assaillie par les intendants et les officiers qui s'inquiètent des
manœuvres du clan de Jian Kang. Ces loyaux serviteurs se
prosternent humblement à ses pieds et lui rapportent tous les
ragots collectés à la capitale. Leurs paroles, lentement énon-
cées, sont pareilles à des gorgées de poison qui lui coulent le
long du corps et lui paralysent les membres.

En tant que Première Épouse et mère de l'héritier du
grand chancelier, elle doit se rendre avec ses enfants à la
capitale à chaque fête impériale. Ne cachant pas leur hostilité,
les concubines l'examinent, la jaugent, critiquent ses robes,
ses bijoux et sa démarche devant un parterre de servantes. La
Mère doit garder le sourire et ne peut pleurer que tard dans
la nuit. À la Cour, l'Empereur et l'Impératrice la comblent
d'honneurs et de cadeaux. Ces grâces font son malheur :

dépitées et aigries, les concubines veulent sa mort. Elle doit désormais surveiller la nourriture afin d'éviter l'empoisonne-ment. Elle se réveille au milieu de la nuit, croyant voir dans sa chambre des assassins…

Yifu a fini de prendre son lait. Il pose la tête sur les cuisses de la Mère et s'endort.

– Maman ! Maman !

Huiyuang soulève le rideau et bondit dans la chambre. En voyant Yifu, elle s'immobilise, puis se jette dans les bras de sa mère. Elle secoue son frère avec dédain.

– Réveille-toi, petit paresseux, c'est l'heure de la leçon de cithare.

Les servantes disposent les tables basses et installent devant Huiyuang et Yifu deux cithares spécialement façon-nées pour eux.

La Mère commence la leçon par une longue prière. L'imi-tant, Yifu et Huiyuang joignent leurs petites mains. Un jour peut-être, elle leur expliquera que cette prière spéciale implore le pardon pour tous les innocents qui ont été tués par son époux, leur père.

Un mince filet d'encens s'échappe d'un pot ciselé d'or. La volute monte en une courbe contorsionnée, prend la forme d'une déesse vêtue d'une robe à longue traîne, se change en une armée de chevaux galopants qui deviennent des rou-leaux de nuages et se dispersent en un essaim d'oies sau-vages. L'encens est l'écriture de l'âme qui prend son envol entre visible et invisible. Son parfum tranquille est le plaisir de la solitude. Comme l'encens, la musique est la libre méta-morphose, dit la Mère à ses enfants. Elle accompagne l'âme dans son ascension vers le ciel.

Yifu et Huiyuang commencent à accorder leurs instruments. Les cordes sont pincées par deux. Une corde est accordée lorsqu'elle résonne en harmonie avec son opposée. Dès que Yifu a atteint l'âge de trois ans, la Mère l'a initié à la cithare pour modeler son caractère selon les préceptes des sages anciens. Consciente qu'il recevra en héritage les titres de son père, elle veut faire de lui un seigneur juste et paisible.

– *Qin*, la cithare à sept cordes, est aussi *Jin*, l'interdit, dit-elle aux enfants. Un homme est pareil à une cithare dont les sept cordes de soie se relâchent chaque jour. La cithare doit être accordée ; l'homme s'examine et se corrige. *Jin*, l'interdit, est la connaissance du non. En s'interdisant les idées fausses, les désirs superflus et les actions mauvaises, l'homme accède à la voie du Bien par la connaissance de la voie du Mal…

Dehors, le printemps a explosé en vert, rose, vermillon, bleu et violet. Dedans, l'ombre des bambous vacille sur le plancher où palpitent des taches de soleil. Le vent souffle et dépose sur leurs vêtements des pétales multicolores. Huiyuang a huit ans. De taille élancée, elle paraît en avoir dix et porte déjà les traits altiers de son père.

– *Qin*, est-ce *Qing*, la pureté ? demande-t-elle.

La Mère l'encourage à exprimer son point de vue. Huiyuang imite l'intonation de son père lorsqu'il fait un discours militaire :

– Quand un esprit est impur comme un étang aux eaux boueuses, l'ouïe devient *Zhuo* et n'entend pas le son subtil de la cithare. Quand l'esprit demeure ferme et immobile, l'ouïe est un étang limpide qui reflète tous les mouvements de la nature. C'est pourquoi un joueur de cithare se met au calme, se lave les mains, brûle de l'encens et médite avant de toucher les sept cordes.

La Mère hoche légèrement la tête pour montrer son approbation. Elle est très contente. Huiyuang est une enfant surdouée qui récite par cœur les *Entretiens* de Confucius depuis son plus jeune âge. Pas une seule fois, son époux n'a exprimé le regret qu'elle ne soit pas un garçon pour hériter de son titre. Près de sa sœur, Yifu retrousse les lèvres et fait un sourire béat. Il l'admire et a peur d'elle. Huiyuang prend soin de son petit frère tout en se moquant de sa mollesse. Elle cherche à briller lorsqu'ils sont tous deux autour de la Mère.

Huiyuang et Yifu sont deux plantes qui s'épanouissent chaque jour. Huiyuang est musclée et vigoureuse comme un petit arbre, tandis que Yifu, délicat et fragile, ressemble à une pivoine. La Mère a si peur qu'ils soient fauchés par une bourrasque ! Elle veille sur leurs repas et leur sommeil. Elle prend garde qu'ils ne prennent ni froid, ni chaud, ni soleil, ni pluie. Elle sait qu'un jour Huiyuang sera fiancée et la quittera pour une autre famille, que Yifu devra accompagner son père dans les conquêtes périlleuses. Ces heures tranquilles de la leçon de cithare sont peut-être les derniers moments heureux qu'elle passe avec ses enfants. Bientôt, ils seront adultes, ils seront loin, inatteignables.

La Mère détourne son visage et essuie secrètement ses larmes. Puis elle reprend son enseignement :

– Je vous apprends aujourd'hui *L'Orchidée de la vallée*, un air composé par le vénérable maître Confucius. Autrefois, chassé de son royaume natal, maître Confucius errait de pays en pays avec ses disciples à la recherche d'un roi sage qui adopterait ses conseils. Nul n'était intéressé par ses discours. Un jour, traversant une vallée, il découvrit une orchidée qui avait fleuri au milieu des buissons. Il s'arrêta, joua un air de cithare devant la fleur. D'après vous, pourquoi a-t-il composé cet air ?

Profitant du cours de cithare, la Mère apprend à ses enfants la poésie ancienne, la morale confucéenne, les principes taoïstes et les prières bouddhistes. Ses deux enfants sont le rouleau de soie vierge sur lequel elle veut peindre les plus beaux tableaux de sa vie.

Yifu ouvre grands ses yeux. Huiyuang répond spontanément :

– Pareil à la noble orchidée qui s'épanouit dans une vallée sauvage, rejeté par les rois, Confucius continue pourtant à diffuser sa sagesse parmi le peuple.

– C'est une très belle réponse !

La Mère ne cache pas sa joie.

Elle joue l'air deux fois et demande aux enfants de répéter.

Huiyuang commence et Yifu la suit. Leurs deux cithares résonnent comme deux jeunes faons galopant dans les sous-bois.

Les sons clairs décrivent les arbres luxuriants de la vallée.

Avec le silence, se dressent les falaises abruptes.

Les sons flottants peignent la brume errante qui hante les grottes.

Les sons crispés évoquent les ruisseaux qui zigzaguent à travers la forêt.

Les notes s'éparpillent comme la cascade dans le vent.

Les sons « arrêtés » vibrent et deviennent les feuilles sveltes de l'orchidée.

La Mère détourne le visage et essuie à nouveau ses larmes.

Les cauchemars de la guerre se sont effacés. La résidence est un jardin fleuri. Son fils sera un seigneur à l'allure gracieuse et au cœur noble. Ce bonheur lui fait tant de peine !

An 416

Des colonnes de fumée montent vers le ciel telle la chevelure d'une femme dressée dans le vent.

Des rubans rouges ondulent, se tordent. Ce sont les flammes qui escaladent le ciel pour ronger les nuages.

Derrière le rideau de gaze, elle épie une femme qui se lave les cheveux. Assise devant un petit miroir, la femme est simplement habillée d'une tunique d'intérieur blanche. De son visage sans maquillage émane la douce lumière d'un céladon ancien. Ses yeux sont comme peints pour rehausser l'ovale du visage, ses lèvres, deux pétales de cerisier qui n'ont jamais connu la tempête. Ses doigts fins ôtent l'une après l'autre les piques ornées de perles et les peignes en or garnis de jade, et les posent sur un plateau recouvert de velours. La tour du chignon se penche et s'effondre. La noire chevelure se déroule sur la nuque, serpente le long du dos et dégringole jusqu'à terre. La femme s'étend, appuie sa tête sur un oreiller en ivoire et ferme les yeux. Un bassin d'argent rempli d'eau chaude et de pétales de roses est avancé. Une servante place les cheveux dans le bassin et les frotte. Prenant un petit récipient, une deuxième servante verse de l'eau sur le front de la femme. Une troisième servante débouche un flacon d'huile de jasmin qu'elle a préparé pour le lissage. Encore mouillés, les cheveux sont peignés mèche par mèche avec cette huile. Ceux qui tombent sont ramassés un à un, rassemblés en natte puis glissés dans une pochette. Les cheveux sont aussi membres du corps, un don des dieux.

La Mère gémit et se réveille. Elle s'aperçoit que la femme est sa mère et que le rêve est un souvenir d'enfance.

L'inlassable printemps est revenu dans la ville de Jing Ko et la nuit est hantée par des murmures de toutes sortes. Ce sont les pousses de bambou qui s'étirent, les bourgeons qui se crispent et les feuilles de lotus qui se défroissent sur l'eau. La Mère se blottit. Malgré trois couches de soie ouatée, le froid humide la retrouve. Elle tousse.

Aussitôt, la voix d'une servante s'élève à la porte :

– Êtes-vous réveillée, Madame ? Doit-on changer le brasero ?

– Venez, répond-elle.

Quelques instants plus tard, la porte coulissante s'écarte. Cinq servantes entrent silencieusement. L'une enlève le brasero froid avec une longue pince en bronze, une autre dépose devant sa couche un nouveau brasero dans lequel les braises clignotent et rougeoient, la troisième apporte sur un plateau un petit chauffe-pieds en argent et deux tasses de tisane, la quatrième lui présente un bassin rempli d'eau tiède parfumée à l'essence de chèvrefeuille, la cinquième lui tend des serviettes et un crachoir. Elle trempe une serviette dans l'eau, s'essuie le visage et les mains, et en utilise une autre pour se sécher. Elle se rince la bouche avec la première tasse de tisane, crache dans le crachoir et prend la deuxième tasse pour la boire. Elle saisit le chauffe-pieds et se recouche. Dehors, le gardien qui fait sa ronde sonne la cloche qui annonce l'heure du tigre. L'aube va poindre. Malgré la chaufferette placée sous ses pieds, elle ne peut se débarrasser de cette sensation de froid. Elle tire les couvertures jusqu'au menton.

La veille, elle a eu la visite-surprise de son frère cadet. Quand ils se sont quittés seize ans auparavant, il était un petit garçon. À présent, il porte une moustache, il est devenu un homme, un inconnu. Il lui a appris que leur mère avait quitté ce monde de poussière pour rejoindre ses ancêtres glorieux. Que la famille n'avait jamais reçu ses courriers et n'avait jamais cessé de la chercher. Ignorant le nom du militaire qui l'avait emportée, on la croyait morte jusqu'au jour où on avait découvert qu'elle était devenue l'épouse du grand chancelier, la Dame du premier rang impérial, la femme la plus vénérée de l'empire après l'Impératrice.

Les retrouvailles entre le frère et la sœur ont été un bouleversement si amer qu'il n'y a eu ni soupirs ni larmes. Le récit de son frère, chant monotone retraçant leurs longues années de séparation, lui a glacé tout le corps. Elle l'a congédié d'un geste désespéré pour rester seule avec sa douleur.

Pourquoi les messagers lui ont-ils menti ? Pourquoi son époux l'a-t-il tenue cachée ? Sans le savoir, elle a été sa prisonnière.

Seize ans, il est long d'en compter les jours, pourtant ce n'est qu'un instant dans la vie d'une femme. En rêve, elle est toujours une adolescente qui ignore la cruauté du monde ; au réveil, elle est mère, une dame de Cour lasse des complots qui se trament autour d'elle. Hier, coiffée de deux chignons en forme de fleur de camélia, elle bondissait, courait, chantait et criait. Aujourd'hui, elle se déplace avec un essaim de servantes et de serviteurs et le protocole de Cour l'oblige à prendre la chaise à porteurs et le char orné de feuilles d'or. Elle n'est plus libre de ses gestes ; elle est le manteau d'apparat de son époux et de son fils, l'accessoire de leur puissance.

Devant sa chambre, un crissement de robes se fait entendre. Ce sont les servantes qui se relaient pour la veiller. Le service de jour arrive pour remplacer le service de nuit. Elle tousse et aussitôt la porte s'écarte en grand et un groupe de jeunes filles se glissent à l'intérieur. Elles se tiennent sur trois rangs et se prosternent devant sa couche, clamant en chœur :

– Esclave salue Madame ! Que Madame vive des centaines d'années de printemps !

Elle se laisse laver et habiller par les servantes. Les unes lui apportent des tisanes pour l'éveil du matin, les autres s'affairent à la coiffer et à la maquiller. Par la porte ouverte, elle voit le jour venir. Les bambous et les pavillons aux poutres peintes émergent de l'obscurité.

Mèche par mèche, la coiffeuse relève ses cheveux et les enroule autour de faux cheveux en une haute tour afin d'y piquer les parures correspondant à son rang. Les servantes appliquent sur son visage une huile parfumée. Après avoir lissé son cou, massé ses joues, le contour de ses yeux et de ses tempes, elles étalent sur sa peau une pâte à base de lait et de plantes.

Lorsqu'elle finit de s'habiller, le soleil déverse déjà sa lumière dorée sur le jardin ; ignorant les peines et les misères humaines, les oiseaux chantent gaiement.

Dans la salle de séjour, les servantes lui apportent une dizaine de plateaux couverts des mets du petit déjeuner, mais elle ne peut avaler qu'une tasse de thé.

– Maman ! Maman !

Elle tressaille. Sur le perron, Huiyuang et Yifu se prosternent pour la saluer. Elle fait un geste pour qu'ils entrent. Portant une tunique de brocart et un chignon imposant en forme de coque, Huiyuang se raidit sur son siège, le visage fermé.

Yifu a dix ans. C'est un beau garçon coiffé d'un chignon du style mélèze penché. Comme un Haute Porte, il a revêtu une tunique aux manches amples brodées de perles et chaussé des sandales à hauts talons en bois précieux. Yifu s'assoit à côté de Huiyuang. Soudain, il cache son visage derrière sa manche et se met à sangloter.

La Mère retient ses larmes. Elle aurait souhaité pour sa fille le bonheur qu'elle n'a pas connu : un beau mariage avec un descendant des Hautes Portes de la Plaine du Milieu. Mais, à son insu, son époux a manœuvré pour que Huiyuang soit choisie par le gynécée impérial. Il a préféré se servir de sa fille à des fins politiques. Devenue concubine impériale, Huiyuang sera le pion placé auprès de l'Empereur. Si jamais elle donne naissance à un prince, son fils sera désigné comme l'héritier du trône. Quand l'Empereur actuel sera poussé à abdiquer, le petit garçon deviendra le Fils du Ciel. En tant que grand-père, le grand chancelier Liu sera régent et régnera légitimement sur l'empire du Sud.

Les servantes se prosternent sur le perron.

– Madame, les chariots impériaux viennent d'arriver. Les serviteurs de la Cour ont pénétré dans la résidence. Veuillez aller au-devant d'eux !

Serrant son frère dans ses bras, Huiyuang s'effondre en larmes. Les mains autour du cou de sa sœur, Yifu crie à s'en étouffer. La Mère se lève en chancelant. Elle s'appuie sur le bras d'une servante pour ne pas tomber. Elle sait que toute jeune fille qui entre dans la Cité interdite ne revoit plus ses parents et doit souffrir en silence. Se disputant les faveurs de l'Empereur avec dix mille autres concubines, elle n'a à mourir de chagrin, d'empoisonnement ou d'oubli.

La Mère passe devant ses enfants sans les regarder. Dehors, le soleil l'éblouit. Elle revoit la robe de mariée qu'elle avait abandonnée quand elle avait dû fuir la guerre. Des myriades de petits points de broderie dessinaient des pivoines, des papillons, des oiseaux, des arbres, des nuages. Pourquoi ce bonheur simple est-il aussi interdit à sa fille ?

Elle essuie ses larmes et ordonne à la maquilleuse de repoudrer son visage, ainsi que celui de sa fille. Elle lève le menton et prend l'expression hautaine et froide de la Dame du premier rang impérial. D'un coup brusque, elle tire sur sa robe et descend le perron pour accueillir les serviteurs impériaux qui viennent chercher Huiyuang. Conformément au protocole, l'allée centrale de la résidence est couverte d'un long tapis de soie et de cachemire cramoisi. Sous ses pieds chaussés de souliers d'or à la pointe recourbée, elle sent couler un fleuve de sang.

An 417

Douze mois se sont écoulés sans que la Mère puisse sortir de la torpeur qui l'emprisonne, la rendant insensible à la douleur et indifférente aux événements.

À la montagne Force du Nord, le monastère de la Grande Compassion flotte dans les nuages. La Mère refuse la chaise à porteurs et gravit les trois mille marches à pied pour témoigner de sa ferveur religieuse. Lorsqu'elle se présente au portail d'entrée, maître Clarté de Lumière l'accueille avec étonnement.

– Ne me refusez pas, lui dit la Mère. Je viens faire une retraite. Installez-moi dans l'une de vos cellules comme une femme ordinaire qui trouve refuge dans le domaine du Bouddha.

Au monastère, les nonnes se lèvent avant l'aube et prennent seulement deux repas maigres par jour. Ayant abandonné ses robes de soie et ses parures d'or, la Mère revêt une bure de chanvre et suit le régime monacal consistant en un bol de soupe claire, une poignée de céréales et quelques tiges de légumes. Ses joues charnues, son corps plantureux, ses cheveux touffus et brillants contrastent avec les bras osseux et le teint blafard des moniales. Sombres et asséchées, les nonnes ressemblent aux arbres effeuillés de l'hiver. Elles marchent en groupe avec lenteur, se dispersent sans bruit dans les cellules et se rejoignent pour prier. Elles parlent peu, ne bavardent pas, ne rient jamais. Nulle ne demande à la Mère pourquoi elle vient séjourner parmi elles. Leurs visages n'ont aucune expression. La vacuité religieuse, lui dit maître Clarté de Lumière, c'est l'extinction des désirs et des émotions. On doit abandonner son ego et accepter d'être un trait noir. L'ensemble des traits compose la calligraphie tracée par le Divin.

Sur le seuil du monastère, lorsqu'il fait beau, la Mère embrasse d'un coup d'œil la forêt qui s'étend à ses pieds et contemple le fleuve Yangzi. Autour d'elle, les sommets se teintent de rose quand le soleil se couche. Lorsqu'il fait mauvais, les nuages les encerclent, le brouillard monte de la profondeur de la terre, les arbres disparaissent, le sentier menant au monastère s'efface, et l'univers devient une boule opaque, donnant l'impression que la route entre le monde extérieur et celui du monastère est rompu à jamais.

Dans la salle des Trois Bouddhas, elle prie jusqu'à ce qu'elle sente la fièvre l'embraser et son esprit quitter son corps pour rejoindre les colonnes d'encens. Elle supplie les Bouddhas de pardonner à son époux qui, en expédition dans le Nord, lors de la prise du royaume de Yan fondé par une tribu Xianbei, a fait exécuter en public trois mille fonctionnaires. Elle prie pour que les Bouddhas protègent ses enfants dont l'innocence ne doit pas subir le retour du mauvais sort.

Sâkyamuni, Bhaisajyaguru et Amitabha, les maîtres du Présent, du Passé et du Futur, l'écoutent en souriant.

– Madame ! Madame !

Les cris affolés des femmes interrompent sa méditation. Elle reconnaît les voix de ses servantes :

– Madame, grand malheur ! Veuillez nous suivre immédiatement. Nous avons appris que le jeune seigneur doit quitter la ville de Jing Ko et rejoindre le grand chancelier sur le front du Nord !

La Mère lève la tête vers les Bouddhas. Front baissé, yeux mi-clos, vague sourire au coin des lèvres, ils lui montrent la voie de l'extase.

Les servantes pénètrent dans la salle et se jettent à genoux.

– Venez, Madame. Vous seule pouvez déjouer le complot qui se trame autour du jeune maître. Votre chaise est prête. Elle vous attend à la porte !

Elle soupire et se redresse. Jing Ko vient lui rappeler sa fonction et son devoir. Sans émettre de commentaire, maître Clarté de Lumière l'accompagne jusqu'à la sortie du monastère. Mains jointes, elle s'incline pour la saluer. La Mère lui rend son salut et ses yeux se posent sur le crâne rasé de la moniale. Quand les cheveux de la Mère sont lavés et relâchés, ils l'enlacent et la bercent et elle a l'impression de retourner à l'enfance. D'où maître Clarté de Lumière a-t-elle tiré le courage de renoncer à cette partie du corps qui fait la douce intimité d'une femme ?

Redescendant vers la ville, la Mère apprend que Chang An, cœur de la Plaine du Milieu, antique capitale des dynasties chinoises, terre parsemée des tombeaux de ses ancêtres, a été libérée par son époux ; les habitants de Chang An ont accueilli le grand chancelier comme le sauveur de la Chine et l'ont acclamé maître du monde. Mais, pressé de retourner dans le Sud où il flaire un complot contre lui, son époux a suivi le conseil de son entourage et décidé de faire venir Yifu dans le Nord pour gouverner à sa place.

Dans le port de Jing Ko, la lumière s'est assombrie et le brouillard épaissi. Les voiliers perdent le pointu de leurs mâts ou le massif de leurs coques. Ils deviennent des courbes discontinues, des traits disloqués.

Enfant, elle a appris qu'à l'est, le fleuve s'élargit et devient océan. Là-bas, il existe des îlots qui flottent au gré des vagues, les arbres demeurent verts toute l'année et portent des fruits parfumés, des cascades vaporeuses rejoignent des lacs de sources chaudes. Habillés de robes cousues de nuages et de reflets, des êtres immortels y mènent une vie de plaisir et d'insouciance. Le Premier Empereur, Shi Huang Di, avait fait construire un bateau géant rutilant de dorure et de pierres précieuses. Cinq cents jeunes garçons et cinq cents jeunes filles avaient été désignés pour naviguer jusqu'au bout du monde à la recherche de ces îlots où se trouve le secret de l'immortalité. Maître des royaumes dont il avait démoli les remparts, maître des armées qui avançaient sous la pluie et sous la neige, l'Empereur Shi Huang Di n'avait pas été élu par les Immortels. Le bateau n'était jamais revenu.

Sur le quai, à la tête du cortège, la Mère attend. Derrière elle, Yifu tremble de froid et veut retourner à la maison. Elle l'oblige à rester et à garder les yeux grands ouverts. Une ombre se profile. La gueule béante d'un fauve émerge du brouillard, tirant son corps monstrueux où les rames sont autant de pattes se mouvant à l'unisson, soulevant des vagues. Elle se retourne pour vérifier que Yifu porte les mains jointes à hauteur des sourcils et qu'il s'incline profondément pour saluer le bateau de son père.

Une barque légère rejoint le quai. Dans un cliquetis d'armes, une troupe de soldats en jaillit et s'écarte sur deux rangs. En dernier, apparaît un proche conseiller de son époux. Déçue et agacée, la Mère se redresse. Il y a bien longtemps qu'elle n'a plus revu son époux et qu'ils se parlent à travers la voix des messagers. Le conseiller accélère le pas et se jette à genoux devant la Mère. Il sort de sa manche un rouleau et le porte des deux mains au-dessus de sa tête.

– Madame, Monseigneur le grand chancelier, grand maréchal pour la paix du Nord, Seigneur impérial du premier rang, attend impatiemment le jeune seigneur à Chang An. Il m'a envoyé pour l'escorter dans son voyage vers le Nord.

Les yeux de la Mère parcourent la lettre d'une traite. Elle se raidit, lève le menton et déclare solennellement :

– En tant qu'héritier du clan Liu, mon fils Yifu ne voyagera pas dans le Nord. Il ne quittera pas la ville de Jing Ko. Retournez d'où vous êtes venu.

Le vent répand sa voix forte. Saisi de stupeur, le conseiller baisse la tête et s'incline, les bras le long des cuisses.

– Madame, ceci est un ordre.

D'un geste preste, elle déchire le rouleau où est inscrit l'ordre de son époux et apposé le sceau du grand chancelier et le jette à terre. Officiers et soldats poussent un cri d'effroi et se tiennent au garde-à-vous. Elle se retourne, soulagée d'avoir dit non à son époux pour la première fois.

– Viens, nous rentrons ! dit-elle à Yifu pétrifié.

Elle le prend par la main et l'entraîne vers leur carrosse. Les serviteurs la suivent, ainsi que l'armée attachée à sa protection. Le cortège quitte le quai, laissant derrière lui les messagers du Nord.

Quelques jours plus tard, Yizhen, le deuxième fils de son époux, né un mois après Yifu, traverse le fleuve Yangzi pour rejoindre la ville de Chang An. Comme Yifu, il n'a que onze ans.

Par ses serviteurs fidèles, la Mère apprend que dans le huis clos de la Cité interdite, se sentant menacé par la renommée du grand chancelier, l'Empereur refuse d'honorer sa fille Huiyuang et que l'Impératrice l'humilie publiquement. Les lettres de Huiyuang sont rares. Elles sont faites de formules de politesse protocolaires. La Mère lit à travers ces mots froids et élégants la rancœur à l'encontre d'une mère incapable de la défendre. Elle se lève la nuit, croyant entendre la voix de Huiyuang, seulement pour prendre conscience qu'elle est à jamais privée de sa fille.

An 418

Un printemps froid est arrivé. À travers le rideau de son carrosse, la Mère ne voit que vieillards et femmes dans le brouillard. Les rares hommes portent cuirasse et casque, carquois et sabre. Au port, les navires abordent le rivage pour repartir aussitôt, déchargeant les blessés et chargeant les renforts. Devant les marmites que la Mère a fait installer, les soldats boiteux, manchots, aveugles, loqueteux et gémissants font la queue pour un bol de soupe chaude. Ils sont ensuite évacués et répartis dans des camps où ils seront soignés puis renvoyés dans le Nord.

Où est son époux ? La Mère a renoncé à le savoir. Elle contemple le fleuve Yangzi et ne voit qu'un rideau gris fait de brume et de vapeur reliant le ciel et la terre. Six mois auparavant, son époux est revenu à Jing Ko sans prévenir. À peine arrivé, il a reçu les gouverneurs militaires, les officiers de la garde, les guerriers mercenaires. Leurs voix tantôt monotones, tantôt exaltées s'échappaient des portes coulissantes. La Mère l'a attendu dans sa chambre en vain. Tard dans la nuit, lorsqu'elle vint le voir, tous les chandeliers étaient allumés et elle le trouva endormi au milieu de la salle de réception sans qu'il ait pris la peine de se débarrasser de sa cuirasse. Assis sur un siège, un bras sur le ventre, il avait posé la tête sur l'autre bras qui s'appuyait sur une table basse près de son casque. À la clarté des bougies, elle découvrit que tous ses cheveux avaient blanchi. Elle se retira sans le réveiller. Le lendemain, lorsqu'elle revint, on lui apprit qu'il était reparti.

Plusieurs nuits durant, les soldats viennent la hanter. En rêve, ils montrent leurs corps flétris, leurs plaies béantes et pleurent les femmes et les enfants qu'ils ont dû abandonner. La Mère ordonne que la grande cuisine où les cuisiniers aux bras poilus peuvent découper un cochon entier à la hache préparent désormais des repas pour les blessés. Elle fait établir une petite cuisine près de son pavillon et impose à son fils Yifu des menus spéciaux pour le développement de son corps, qu'elle juge fragilisé par la puberté. Des jeunes filles aux mains blanches et aux doigts délicats façonnent raviolis, crêpes et boulettes, servent des soupes dans des tasses faites d'aubergine, de concombre, ou de citrouille. Elles mélangent des feuilles de thé au gingembre, des racines de bambou aux épices de l'Ouest, font mariner les poissons avant de les envelopper dans des feuilles de bananier et de les passer à la vapeur. Elles placent des morceaux de corne de cerf dans un pot et l'enterrent avant de les ressortir pour les cuire. Assise près de Yifu lorsqu'il prend ses repas, la Mère suit des yeux le mouvement de son bras et de ses mâchoires.

Nommé grand gouverneur de la ville de Chang An, Yizhen, le second fils de son époux, ne sait pas gouverner. Autour de ce jeune seigneur qui n'a que douze ans, les officiers s'entre-tuent pour commander à sa place. Leurs rivalités n'échappent pas à leurs voisins. Le royaume de Xia lève une armée de Barbares et assiège Chang An. Pris de panique, Yizhen abandonne la ville et se replie vers le Sud. Sur le chemin du retour, il ne sait empêcher ses soldats de piller et d'enlever les femmes. Alourdie par le butin des pillages, son armée est rattrapée par les soldats du royaume de Xia.

Si Yizhen meurt dans le Nord, pense la Mère, son fils Yifu verra sa légitimité consolidée et n'aura plus de rival pour contester sa succession. Horrifiée d'avoir pu émettre un souhait aussi immoral, elle se jette aux pieds du Bouddha et prie pour Yizhen. Quelques jours plus tard, elle apprend que parmi les cent mille soldats, seuls Yizhen et quelques centaines de gardes ont pu échapper au massacre des Xia et revenir dans le Sud.

La perte de la ville de Chang An et la retraite de Yizhen du Nord précipitent les événements à la Cour impériale. Soudain parvient à l'oreille de la Mère le décès brutal de l'Empereur suite à un malaise intestinal. Devant le parterre des serviteurs, elle garde un visage impassible et fait semblant d'ignorer leurs pensées. Qui ne soupçonnerait pas son époux d'avoir commandité un empoisonnement ? Un nouvel empereur monte sur le trône, la Mère sait qu'il a été choisi parce qu'il est le plus docile des princes. À dix-huit ans, Huiyuang n'a toujours pas connu la joie de la femme et déjà elle est veuve impériale. Elle doit garder son veuvage jusqu'à la fin de sa vie et a le choix entre devenir nonne dans un monastère ou rester dans les palais intérieurs pour observer le deuil. La Mère se dépêche d'écrire à son époux pour le supplier de libérer Huiyuang de sa prison. Elle n'obtient aucune réponse.

Une nuit, elle est réveillée par un mouvement devant sa chambre. Des lanternes voltigent le long des panneaux coulissants et éclairent la silhouette d'un officier en cuirasse qui tombe à genoux devant elle.

– Madame, Monseigneur le grand chancelier m'a dépêché à Jing Ko. Je dois vous escorter secrètement avec le jeune seigneur vers la capitale Jian Kang. Veuillez vous lever et vous préparer. Nous partons tout de suite.

Elle s'habille et monte dans un carrosse couvert d'une tenture bleue brodée de coraux pourpres, ornée de feuilles d'or et plantée des bannières rouge et blanc de son époux. Le jour n'est pas encore levé, elle écoute les sabots des chevaux frappant les pavés de la ville. La voix basse des hommes, le cliquetis des armes, le hennissement des chevaux s'élèvent. Elle comprend que tout un régiment s'est mis en route pour l'escorter vers la Ville impériale et cherche la main de son fils dans le noir. Heureux de son geste, il se penche vers elle et pose sa tête sur ses genoux.

– Dors, lui dit-elle, en caressant ses cheveux. La route est longue.

Dix-huit ans auparavant, dans un chariot tiré par un mulet, elle serrait son gros ventre et roulait dans la nuit noire, ne sachant vers où elle se dirigeait, ni si, au bout du voyage, il y aurait la vie ou la mort. Qui est-ce qui les attend à la capitale ? L'ordre de se rendre à Jian Kang vient-il vraiment du grand chancelier ? ou bien des comploteurs ont-ils emprisonné son époux et tendu un piège à Yifu, son héritier ? Que leur réserve le destin ? Prenant la tête de Yifu entre ses mains, elle se met à lui chanter une chanson de Mama Liu.

Deux jours plus tard, elle entre à la chancellerie par la porte principale. Tous les fonctionnaires, officiers, gardes, scribes, sur les deux côtés de l'allée centrale, se prosternent pour la saluer. Elle s'inquiète pour son époux quand elle apprend qu'il l'attend dans le quartier intérieur. Passé le haut mur qui sépare le monde des hommes et celui des femmes, elle est étonnée de l'accueil qu'il lui fait. Concubines, gouvernantes et servantes se tiennent sur deux rangs, elles aussi font la grande révérence à son passage.

Son époux est debout sur le perron de son pavillon. Elle monte les marches. Derrière elle, Yifu la suit docilement. Le grand chancelier n'attend pas que mère et fils finissent leur salutation, il annonce :

– L'Empereur des Jin a décidé de me céder le trône. L'édit sera annoncé demain à l'audience. J'ai consulté les astrologues. La nouvelle dynastie que je vais inaugurer s'appellera Song. Toutes ces années de guerre, tu m'as suivi et soutenu silencieusement. Tu m'as donné un héritier et tu as accepté notre séparation quand j'avais besoin de toi pour garder la ville de Jing Ko. Toutes les peines que tu as endurées sont à présent révolues. Tu dois en être remerciée. Tu seras mon impératrice.

Elle recule d'un pas et regarde autour d'elle. Toutes les femmes sont à genoux, elle seule est debout. Depuis vingt ans, le monde jacasse sur l'ambition cachée de son époux et elle n'a jamais cru à ces calomnies. Aujourd'hui, décidé à transgresser la loi divine, il lui impose son intention criminelle et l'associe à ses manœuvres.

Elle a honte et peur. Elle se voûte, jette un regard à Yifu pour puiser de la force en lui, puis se redresse. Une voix, une sorte de miaulement, s'échappe de sa gorge :

– Non, Monseigneur. Je refuse !

– Quoi ?!

Le ton courroucé de son époux la fait tressaillir. Elle sent glisser sur elle son ombre furibonde. Elle prend soudain conscience qu'elle vient publiquement de dénoncer son illégitimité et de le qualifier d'usurpateur.

Elle lève la tête et son regard balaie timidement l'assemblée des témoins.

– L'Épouse Zang, bien que décédée, est la seule femme digne de porter le titre suprême. Car c'est elle qui a partagé le dénuement et les peines de votre jeunesse sans jamais se plaindre. Appelée trop tôt à se rendre à la terre pure du Bouddha, elle n'a pu partager vos richesses et votre gloire. Mais son âme continue de veiller sur vous, de prier pour vous. Votre servante n'a pas de mérite particulier et vous prie d'honorer la défunte Épouse Zang en tant qu'impératrice.

An 420, dynastie Song

Se tenant un pas derrière l'Empereur, la Mère est drapée de sept couches de manteaux brodés des neuf symboles impériaux et coiffée d'un haut chignon couvert de pierres précieuses. Du haut de la Porte de Lumière pourpre, elle contemple la Cité interdite qui est désormais sa nouvelle résidence. Dix mille musiciens impériaux, répartis sous l'auvent des palais latéraux, frappent les cloches géantes et jouent le grand air rituel de la Salutation impériale.

Des centaines de pieds plus bas, devant la Porte de Lumière pourpre, princes, ducs, ambassadeurs, fonctionnaires de Cour, généraux et officiers habillés de différentes couleurs selon leur position dans la hiérarchie impériale se tiennent prosternés.

Le tintement solennel des cloches retentit à nouveau.

– Dix mille ans de félicité à l'Empereur… Cent mille ans de félicité à l'Empereur…

Les acclamations s'élèvent et s'apaisent.

La terre tremble, les cieux s'inclinent, les nuages, lourdes mamelles gonflées de pluie, viennent frôler les toits d'or des palais. La Mère a trente-six ans. Ayant passé tant d'années dans l'ombre de la résidence de Jing Ko, sa peau est d'une blancheur immaculée. Elle se sert de cette blancheur sans tache comme d'un masque pour dissimuler son désarroi. Promise au fils du clan Wang, enlevée par le capitaine Liu, elle avait accepté sa déchéance et s'était résignée à être la femme d'un paysan devenu militaire, et elle est maintenant l'épouse d'un usurpateur.

Quelques pas plus loin, le nouveau Fils du Ciel, le visage hâlé marqué de rides, les cheveux blancs cachés par une haute toque tressée de fils d'or, porte des manteaux chargés de broderies superposées. Malgré la magnificence de ses habits impériaux, il paraît frêle et fatigué. La Mère sait que, habitué au galop, à la cuirasse et au langage brut des soldats, il est incommodé par le protocole fastidieux du couronnement et gêné par le port de vêtements trop raffinés. Mais, comme il a lui-même manipulé le cours des astres pour recevoir la bénédiction du Ciel, il accepte les contraintes avec patience. Sourcils légèrement froncés, lèvres pincées, il affiche un air songeur, une joie contenue.

À côté de la Mère se tient le jeune prince héritier. À quatorze ans, Yifu est gracieusement élancé et porte élégamment son manteau d'héritier impérial et la toque en lin noir laqué traversée d'une longue tige en jade blanc. La Mère le surprend à cligner fort des yeux et à étirer les lèvres. Il grimace pour détendre son visage crispé par l'air solennel qu'il doit se composer. Elle sait qu'il est étourdi par la clameur, effaré par les devoirs filiaux qui l'attendent. Un sentiment de regret l'envahit. Yifu a été élevé par elle. Toutes ces années passées, elle l'a tenu cloîtré à la résidence de Jing Ko, loin de la corruption du pouvoir et de la cruauté de la guerre. Il n'a connu que l'oisiveté tranquille des Hautes Portes. Elle l'a éduqué selon la mode de l'antique aristocratie chinoise, pour qu'il devienne un savant lettré aux manières suaves et aux goûts raffinés. À aucun moment, elle n'a songé à faire de lui un prince héritier, un empereur.

Son époux se tourne vers elle. La nouvelle famille impériale doit se rendre au banquet où cinq mille couverts sont dressés. Lorsqu'il passe devant Yifu, il s'arrête et murmure à son oreille. Yifu a un léger mouvement de recul.

Bien qu'elle ne porte pas la couronne de l'Impératrice, la Mère est placée dans la salle du banquet comme la maîtresse de l'Empire. Assise entre son époux et son fils, elle reçoit à nouveau la prosternation des dignitaires de la Cour. Une longue file s'étend jusqu'aux pavillons extérieurs. L'homme qui, en premier, s'avance, se met à genoux, souhaite dix mille années de longévité à son époux, est l'Empereur de l'ancienne dynastie Jin, déchu en homme ordinaire. Il rejoint ensuite sa place en reculant humblement sur les talons, les bras le long du corps.

Princes, seigneurs héréditaires, ministres, généraux, officiers se succèdent, s'agenouillent, se prosternent. Ils ont perdu visage et corps pour devenir de simples silhouettes qui défilent à ses pieds. Au bas de l'estrade, dans la pénombre, la marée des sujets continue d'affluer. Elle se tourne vers Yifu qui a fermé les yeux. Elle sourit, avance la main discrètement et lui pince la cuisse. Il tressaille. Sans bouger la tête, elle demande :

– Qu'a dit ton père tout à l'heure ?

Il articule d'une voix plaintive :

– On va m'initier aux affaires d'État…

Elle tourne les yeux vers son époux. Son profil se détache sur les poutres dorées, les jarres et les chandeliers monumentaux. Immobile, il ressemble à un rocher solitaire au milieu des vagues déchaînées du fleuve Yangzi.

Les portes impériales plaquées de bronze, d'une hauteur vertigineuse, s'ouvrent devant elle successivement. Une allée en albâtre ornée de dragons et de phénix en bas-reliefs s'étire et la conduit aux palais intérieurs, le lieu interdit au commun des mortels. Les murs pourpres ne font plus obstacle ; elle a fait lever les verrous, retirer les chaînes. Au fur et à mesure qu'elle pénètre dans le gynécée impérial, des nuées de femmes, minces, pâles, maladives, se sont fardées pour accueillir la nouvelle maîtresse et lui souhaiter mille ans de longévité. Quelle n'est pas sa douleur de revoir Huiyuang dans le quartier des veuves. Si les eunuques ne la lui avaient pas présentée, elle ne l'aurait pas reconnue. En quelques années, elle a perdu ses joues et ses moues radieuses de petite fille. À l'ombre du sanctuaire impérial, elle est devenue une femme squelettique au visage émacié, ayant amassé dans son corps fluet une étrange force masculine. Face à sa mère qui cherche à lui manifester sa joie et sa tendresse, elle demeure muette et froide. Après les maintes salutations protocolaires, elle demande la permission de se retirer. La Mère apprend alors que depuis bien longtemps, sa fille ne prend plus que des repas végétariens et observe le règlement des religieuses bouddhistes. Elle ne participe plus aux festivités du palais et vit dans le silence de son pavillon transformé en sanctuaire.

La Mère s'effondre aux pieds de l'Empereur et verse un torrent de larmes. Un mois plus tard, après plusieurs séances de débat à la Cour entre les hauts fonctionnaires, la chancellerie approuve le décret formulé par le secrétariat impérial : Huiyuang, concubine impériale de la précédente dynastie, voit son titre changé et devient princesse impériale. Comme la Mère continue à hanter le palais de son époux de ses plaintes et de ses larmes, par un second décret impérial, l'Empereur lève le terme de son veuvage et l'autorise à se remarier.

Mais la nouvelle arrive trop tard dans une vie déjà brisée. Huiyuang reçoit avec indifférence sa liberté. Dès qu'elle a la permission de sortir de la Cité interdite, elle quitte ses parents et s'installe dans son palais. La Mère s'active à lui trouver un époux. Elle reçoit les entremetteuses envoyées par les plus nobles familles et demande des rapports sur chaque prétendant. Elle fait le siège de l'Empereur afin qu'il renonce à se servir de Huiyuang pour nouer une nouvelle alliance politique. Lorsqu'elle apprend qu'il a entamé des pourparlers avec un roi barbare du Nord, poussant Yifu le prince héritier en avant, elle enlace les jambes de son époux et menace de se suicider si jamais Huiyuang traverse le fleuve Yangzi pour vivre à la Cour des Xianbei ou celle des Yongnu.

La Mère a fait un si grand tapage que même Huiyuang, du fond de son palais, en a entendu le bruit. Elle envoie alors une longue lettre à son père lui annonçant sa volonté de devenir nonne. Convoquée par l'Empereur qui lui remet la lettre, la Mère est atterrée par ce qu'elle lit. Comme un naufragé qui cherche désespérément du bois flottant, elle dirige son regard embué de larmes vers son époux courroucé. En un instant, elle comprend que, vainqueur des Barbares du Nord et des gouverneurs du Sud, il n'est plus sensible aux sentiments.

– Inutile de pleurer. Ma décision est prise. J'ai besoin de Huiyuang pour réaliser l'unification Nord-Sud. Le grand destin que je conçois pour le peuple chinois est plus important que le sort d'une princesse. Va la faire changer d'avis.

Entre les Barbares et le couvent, la Mère préfère les premiers pour sa fille. Pour convaincre Huiyuang, qui est aussi têtue que son père, elle décide de faire appel à la piété filiale que le sage Confucius enseignait dans ses *Entretiens*. Elle veut lui conter la joie de la femme, celle de concevoir et de donner la vie. Au cas où tous ses arguments échoueraient, elle est déterminée à la ramener à la Cité interdite et à vivre un temps avec elle.

La Mère fait atteler son char impérial et se rend au palais de la princesse. D'une traite, elle traverse les cours, les corridors, les jardins, les pavillons. La chambre de Huiyuang est fermée. À ses appels répétés, sa fille ne répond pas. Elle fait briser la porte à coups de hache par ses eunuques. Lorsqu'elle pénètre à l'intérieur, son sang se vide de son corps. Des centaines de lampes à l'huile clignotent dans l'obscurité. Une statue de Bouddha s'élève au milieu de la pièce. À ses pieds, Huiyuang coupe ses longs cheveux et les répand autour d'elle. Quand elle voit sa mère approcher, elle retourne les ciseaux et appuie leurs pointes sur sa gorge. Ses yeux étincellent et lancent des regards furieux.

– Bouddha m'a prise sous sa protection ! crie Huiyuang d'une voix rauque. Si vous ne m'accordez pas la permission de rentrer en religion, je me tue immédiatement !

La route boueuse pétrie par les roues et les sabots s'étire le long du fleuve Yangzi. Un char tiré par des mulets s'éloigne dans la brume pourpre du crépuscule. Il emporte Huiyuang qui retourne à Jing Ko pour rejoindre maître Clarté de Lumière au monastère de la Grande Compassion à la montagne Force du Nord.

Il a plu la veille. Les feuilles d'automne voltigent et flottent sur l'eau sombre. Assise au centre du kiosque à musique où elle a imposé à sa fille le dernier repas familial, la Mère sent qu'elle commence à vieillir. Le soupir de son époux l'arrache à sa torpeur :

– J'ai pris ta cithare avec moi. Veux-tu me jouer un air ? Cela fait des années que nous ne dînons plus en famille. Ta musique m'a manqué.

La cithare ? La Mère tressaille. Il y a bien longtemps qu'elle n'en a pas joué et Huiyuang est une musique qui vient de se taire.

Sur un geste de l'Empereur, les eunuques dressent une table basse, déposent une cithare et se retirent en reculant sur les talons. Le regard de la Mère balaie lentement l'espace autour d'elle. Dans le kiosque, il n'y a que son époux et son fils Yifu, tous deux coiffés de la toque des lettrés en lin noir et habillés d'une simple tunique de soie sans ornements particuliers. Sacrés et vénérés par tout un empire, ce soir-là, ils ne sont que le père affligé et le fils éploré d'une famille ordinaire. En cherchant dans sa mémoire, elle s'aperçoit qu'elle n'a jamais joué de la cithare en même temps pour son fils, sa fille et son époux. Il y a toujours eu un absent.

Des cris montent du fleuve, un essaim d'oies sauvages traverse le crépuscule et descend sur la grève.

– Je vais jouer l'air des *Oies sauvages sur la grève déserte*, dit-elle. Je voulais tant l'enseigner à Huiyuang quand elle serait grande...

Des battements d'ailes glissent de ses doigts. Quand résonne la première strophe, elle oublie le goût amer du vin dont elle est légèrement ivre. À la deuxième et à la troisième strophe surgit la villa familiale de son enfance, entourée de champs et de jardins. La quatrième décrit le remous des ombres et le vacillement des reflets. La cinquième et la sixième strophe chantent l'élégance des oies sauvages à la tête verte, aux ailes brunes et tachetées. Voyageuses infatigables et migrantes solitaires, elles survolent la Chine du nord au sud, à la poursuite du soleil. La septième strophe, un son aigu suivi d'une série de notes qui crépitent. C'est le fleuve Yangzi qui coule vers l'est, vers l'océan, en emportant dans le creux de son lit les regrets et les peines.

An 422

Sans en porter le titre, elle est vénérée comme une impératrice. Lorsqu'elle se réveille, une armée de servantes s'aplatissent au sol pour marquer leur révérence. À chacune de ses demandes, un chœur de voix lui répond. D'innombrables cérémonies, banquets, fêtes requièrent sa présence, elle ne peut se déplacer sans une parade qui la précède et la suit. La Mère subit les devoirs impériaux sans se plaindre. La nuit devient son refuge et sa couche froide sa seule amie et confidente. Laissant tomber sa nuque sur l'oreiller de jade, elle allonge les jambes, détend son dos fatigué par le port des manteaux rigides et des parures d'or, pose ses mains sur sa poitrine avec un soupir de soulagement. En vain, elle guette le frissonnement des bambous et le murmure des insectes. Un silence de mort rôde dans son palais aux volets et aux portes plaqués de bronze. Elle récite des sutras jusqu'à ce qu'elle s'endorme.

Son époux et elle vivent pour la première fois dans la même ville, partageant le même toit. Mais elle se sent encore plus éloignée de lui. Depuis le départ de Huiyuang, tous les accès à l'Empereur sont gardés ; pour le voir, elle doit déposer une requête auprès de l'eunuque chef chambellan. Attelé à la gestion de l'Empire comme un bœuf à son moulin de pierre, son époux n'a pas le temps de lui rendre visite. Deux fois par jour, des officiers eunuques au pas lent apparaissent sur le perron de son palais. Le matin, ils crient : « Sa Majesté l'Empereur demande si Madame s'est bien reposée » ; le soir, ils sifflent : « Sa Majesté l'Empereur demande si Madame a passé une bonne journée. »

L'épouse et l'époux se rencontrent aux cérémonies officielles, chacun venant d'une aile différente des palais intérieurs, entouré d'intendants, gouvernantes, eunuques et servantes. Les deux cortèges se rejoignent pour progresser solennellement en parallèle. L'Empereur a le dos courbé et paraît préoccupé. La Mère se compose un air serein et un sourire tranquille. Elle lui murmure : « Votre Majesté devrait travailler moins et prendre soin de son corps… » L'Empereur réplique : « Notre dynastie est encore fragile. Je veux laisser à Yifu un grand empire… » Elle décèle dans sa voix de l'accablement. Ses rides, autrefois vives et farouches, se sont relâchées et nouent sur son front, autour de ses yeux, une toile de soucis inextricables.

Les flammes des torches serpentent sur le lac impérial. La Mère joue de la cithare les soirs d'insomnie. Devenue nonne, Huiyuang n'est plus sa fille. Nommé prince héritier, Yifu l'a quittée pour vivre hors de la Cité interdite avec ses gardes, ses tuteurs et ses courtisans. La Mère habite le plus beau palais, possède le plus vaste jardin, elle peut octroyer la vie et donner la mort, mais sa cithare conte l'amertume d'une femme abandonnée.

Son époux est tombé malade. Loin des marches et des batailles, il est vaincu par la musique lente, l'air embaumé,

les soieries tendres et les festivités. Le confort et le ralentis-
sement de son rythme de vie ont ramolli son corps habitué
à la faim et à la tension. En peu de temps, la Cité interdite
a affaibli le conquérant. Deux ans après son intronisation, il
quitte ce monde de poussière et rejoint ses ancêtres dans les
cieux.

La Mère n'a pas le temps de faire le deuil. À dix-sept ans,
son fils Yifu monte sur le trône et devient le Deuxième Empereur de la dynastie Song. La Cour des dignitaires réclame un
statut officiel pour la mère du nouveau Fils du Ciel. Elle est
obligée d'accepter le sceau et le titre pompeux d'Impératrice
suprême. Des conspirations émergent de tous côtés. Le
trône, usurpé par son époux, est à son tour la proie des usur-
pateurs. Les ministres font alliance avec les gouverneurs militaires et se disputent le pouvoir de la régence. Ils trouvent
appui auprès des deux concubines impériales, mères des
deux princes cadets, qui depuis toujours contestent la légitimité de Yifu. En vain, la Mère cherche un dignitaire loyal
pour défendre l'intérêt de son fils. Ils abusent de sa confiance
et ne travaillent que pour accroître leur influence.

Yifu se détourne des soucis quotidiens en se réfugiant dans
les réjouissances. Il raccourcit le temps d'audience pour rentrer plus vite aux palais intérieurs où des jeunes filles peintres,
musiciennes et poétesses le cajolent et le distraient. L'encre
colorée qui court sur le papier de riz, les sons cristallins qui
s'échappent des instruments de musique lui font oublier les
dossiers qui s'accumulent sur sa table de travail. Affolée et
désemparée, la Mère vaque à concilier les oppositions et à
débusquer les complots. Ayant vécu loin de son époux, elle
n'a jamais appris de lui la tactique de l'autorité et les ruses du

pouvoir. Elle est obligée de prendre comme conseillers ses eunuques intrigants et ses servantes rusées.

Le royaume de Wei attaque le Sud. La Mère est convaincue que le roi Xianbei a fait alliance avec ses ennemis intérieurs et négocie la paix en secret, offrant terres et cités. Prisonnière de la Cité interdite, elle ne rencontre les fonctionnaires qu'à l'occasion des banquets officiels. Sa communication avec le monde des hommes obéit au protocole. Ses messages sont portés par des eunuques dont elle doute de la fidélité. Malgré ses efforts, elle sent le pouvoir lui glisser des mains, son fils est de plus en plus isolé.

Insouciant, Yifu se moque de ses inquiétudes. Il bâille lorsqu'elle le rappelle à son devoir. Lui aussi devient inaccessible. Pour le voir, elle doit solliciter une autorisation à l'eunuque chef chambellan.

Le vent se lève et répand dans la Cité interdite la musique des concerts et les rires des jeunes filles.

An 423

Elle a vu en songe venir des cieux un grand malheur telles des nuées noires chargées de foudre. Un froid glacial la saisit et la cloue sur sa couche. Les portes coulissantes s'écartent brutalement. Des silhouettes épaisses entrent sans se faire annoncer et se mettent à genoux en faisant claquer leurs cuirasses. Elle se pince fort la cuisse. Ce n'est pas un cauchemar.

Une ombre prononce :

– Majesté, veuillez vous réveiller ! Votre fils Yifu a failli à son mandat céleste. Il doit céder le trône à son frère cadet. Nous avons confisqué le sceau impérial que voici.

Qui parle ? La Mère connaît cette voix. C'est sûrement un ministre qu'elle a déjà rencontré.

Un eunuque apporte des bougies qui éclairent la rangée d'hommes à genoux devant elle. Les plumes qui ornent la crête de leurs casques oscillent. Une forte odeur de cuir et de sang émane de leurs armures. Ils ont posé sur un plateau le sceau impérial sculpté de dragons.

Un coup d'État ! Une douleur lui broie la tête et martèle son ventre. Ont-ils pénétré dans la Cité interdite avec une armée ? Où sont les gardes impériaux ? Comment se sont-ils emparés de ce sceau enfermé dans la chambre forte du palais de l'Empereur ? Où est Yifu ? L'ont-ils blessé, torturé, assassiné ? Elle voudrait poser des questions mais sa langue se raidit et sa gorge se dessèche.

Cachant son visage, l'un des conjurés parle :

– Majesté, veuillez vous habiller. En tant qu'Impératrice suprême, vous avez reçu des mains de l'Empereur défunt le plein pouvoir de la régence. Vous avez le droit de déposer un empereur et de désigner son successeur. Nous avons préparé un édit annonçant la déposition. Vous n'avez qu'à le signer et y apposer ce sceau.

– Je dois voir mon fils, prononce-t-elle enfin.

– Madame, l'Empereur est entre nos mains. Si vous ne signez pas l'édit, il mourra et le trône passera à son frère, insiste un autre homme.

– Mon époux vous a donné fortune et gloire. Un an seulement après sa disparition, vous osez trahir sa veuve et son orphelin.

– Madame, ne cherchez pas à gagner du temps, réplique une voix nerveuse. Levez-vous. Nous vous attendons à l'extérieur de votre chambre.

Les conjurés se retirent et les servantes se jettent à terre en sanglotant. Devant son miroir, la Mère se regarde. L'ovale de bronze reflète un visage pâle et des yeux noirs. Comment ce visage a-t-il pu traverser tant de turbulences ? Comment se fait-il qu'elle continue à respirer, à vivre ? Est-ce le dessein des dieux qu'elle soit au centre de tels tourments terrestres ? Pourquoi les hommes la prennent-ils par force comme témoin et complice de leurs guerres, de leurs conjurations ? En pleurant, la coiffeuse ramène ses longs cheveux mèche par mèche sur le sommet de son crâne. Peu à peu, un chignon en forme de pivoine apparaît.

Le vacarme a envahi son palais. Des soldats forcent et fouillent tous les coffres. Les conjurés la pressent. Ils lui apprennent que Yifu est enfermé dans un pavillon, mais qu'après avoir signé sa déposition, elle pourra quitter la Cité interdite avec lui. Ils menacent, si elle refuse, de les exécuter tous deux sur-le-champ. Devinant qu'ils veulent annoncer sa « décision » à l'audience du matin, elle prolonge leur attente en prétextant que pour signer l'édit impérial, il lui faut son habit solennel et ses parures d'Impératrice suprême. Lorsqu'elle achève sa grande toilette, le soleil a déjà atteint le zénith. Ignorant les va-et-vient menaçants des soldats, elle déroule le document qu'on lui a soumis. Les mots, tournés avec élégance, égrènent une longue accusation en son nom :

« Malheur à la famille impériale, l'infortune céleste échoit sur terre. L'Empereur précédent s'étant détourné des vanités des mortels pour rejoindre les astres de l'éternité, laissant inachevée sa grande carrière, Yifu, mon fils, devait perpétuer sa gloire divine. Mais le sort m'inflige la misère et la peine de sa conduite. Durant le grand deuil, la tristesse recouvrait l'univers, seul mon fils riait et émettait des propos insolents. Il convoquait à son palais des musiciens, des chanteurs castrés et des danseuses virtuoses, et négligeait les affaires de l'État. Au lieu d'observer l'abstinence, il fit doubler le nombre de plats et préférait les servantes aux épouses. Au lieu de s'éloigner du sang impur de la femme, il s'amusait à jouer le rôle de l'accoucheuse… La torture devint son jeu favori. Il fouettait les innocents lui-même pour faire rire les concubines. La construction de ses palais d'été et d'hiver a épuisé le trésor impérial, les paysans ont perdu leurs terres, les ouvriers meurent sous la charge des grands travaux. Les pleurs de leurs épouses mettent les dieux en colère... Avec lui, la maison impériale est couverte d'opprobre. Comment peut-on poursuivre le projet de mon défunt époux et reconquérir les dix mille cités du Nord ? Aujourd'hui, je décide de le déposer et de faire monter sur le trône son frère cadet... »

Excédés par sa lenteur, les conjurés sont entrés dans sa chambre et l'attendent, sabre posé sur les genoux. La Mère lève les yeux et son regard se projette par-delà la barrière des hommes. Dans le jardin, les oiseaux lancent des trilles et les arbres ont explosé en vert. Encore un printemps ! Son regard revient vers les conjurés et balaie leurs visages. Ils ont les traits tirés, les yeux baissés. Lequel parmi eux est le plus ambitieux ? Lequel réussira à abattre les autres et à devenir le maître du monde ? Tout cela est bien égal à la Mère.

Que choisir ? Sauver la vie de son fils en lui faisant perdre l'honneur ? Préserver l'honneur de son fils en lui faisant perdre la vie ? Si elle désapprouve cet édit qui outrage à jamais le nom de Yifu, les conjurés la tueront ainsi que son fils, et ce sera le début d'une guerre civile entre les fidèles et les traîtres. Si elle signe cet édit, elle fera entrer son fils dans les chroniques des dynasties comme le honteux héritier de son père, comme le plus déficient et le plus blâmable des Fils du Ciel.

Les dieux lui mettent entre les mains un choix sans lui laisser la liberté de choisir.

Elle rassemble toute sa force et se redresse.

– Messieurs, vous avez trahi le testament de mon époux qui vous avait élevés au rang de seigneurs. Vous avez violé la dignité d'une veuve et vous vous acharnez à détruire la légitimité d'un orphelin qui vous a accordé sa confiance. La voie que vous suivez n'est pas la mienne.

Elle déchire le document.

– Je vous laisse le choix du dénouement.

An 424

Les marchands retirent les panneaux de bois de leurs fenêtres. Les vendeurs ambulants installent leurs éventaires au coin des rues. Lancés au trot, les sabots des chevaux tambourinent sur les pavés de grosses pierres. Assise dans un carrosse couvert de tentures grises, elle observe la ville qui s'éveille. Jian Kang, capitale des dynasties du Sud, a fait la fortune de son époux et la chute de son fils. Elle la quitte à jamais ! Elle n'a jamais prêté attention à ses modes vestimentaires, à sa cuisine, à ses habitations. Elle ne s'est jamais promenée dans sa campagne, n'a jamais visité ses monts boisés, jamais contemplé le fleuve Yangzi depuis ses célèbres pagodes. Elle n'a jamais reçu ses poètes, ses peintres, ses musiciens. Elle est entrée dans sa Cité interdite comme une perruche femelle pour couver et lutter. Elle en est ressortie amaigrie et esseulée. Contre son gré, Jian Kang a fait d'elle la gloire de toutes les gloires ; contre son gré encore, Jian Kang l'a faite la plus malheureuse des mères.

– Arrêtez ! s'écrie-t-elle.

Le carrosse s'immobilise. Les soldats déguisés en marchands viennent vers elle. D'une voix déterminée, elle explique qu'elle a soif et veut descendre prendre du thé. Après s'être concertés, les soldats lèvent sa portière. L'un d'eux se jette à terre pour lui servir de marchepied.

Elle frisonne quand ses pieds touchent le sol. Elle n'a plus marché dans une rue depuis vingt ans ! Le soleil flotte entre les toits. Des hommes se retournent, surpris de voir parmi le peuple une femme voilée et habillée de brocart. Elle s'installe dans un salon de thé. Un jeune serveur accourt vers elle et lui demande ce qu'elle désire. Elle rougit.

– Apportez tout ce que vous avez, dit-elle enfin.

Le salon de thé est ouvert aux quatre vents. Les passants circulent sous ses balustrades. Des hommes et des femmes de basse condition habillés de vêtements en lin ou en coton sans couleur discutent, examinent les marchandises exposées sur les étals, sans faire aucunement attention à elle. Le peuple n'a jamais vu son Impératrice suprême.

L'écho de leurs conversations bourdonne dans ses oreilles. À travers le voile de mousseline, ses yeux s'arrêtent sur un jeune couple. La femme, d'une vingtaine d'années, s'appuie sur son époux, montre du doigt les draps d'un drapier qui flottent au vent et murmure à son oreille. L'homme fouille dans ses poches, semble gêné et l'entraîne ailleurs.

– Hé !

Elle veut les appeler pour leur offrir ces draps. Mais ils disparaissent dans la foule. Un étrange pincement au cœur, elle se tourne vers le jeune serveur qui parsème sa table de friandises : gâteau à la grenade, tarte aux œufs de caille et à la pâte de haricots rouges, crêpe croquante à l'orange fourrée de purée de pêche, riz gluant à la prune et au sésame noir. Bientôt, les petits plats recouvrent toute la table. Elle ne goûte qu'une demi-cuillerée dans chacun.

Discrètement, les soldats lui disent qu'il est le temps de partir. Elle se lève et se dirige vers le carrosse tandis que le serveur court après elle en hurlant :

– Vous avez oublié de payer !

– Payer ?!

Interloquée, elle regarde autour d'elle. L'indignation du serveur attire une foule de curieux.

– Que veut dire « payer » ? demande-t-elle.

– Argent ! Avez-vous de l'argent ?

Le serveur est furieux.

« Argent », elle n'en a jamais tenu entre ses mains. Les soldats entourent le serveur, le saisissent par le col et l'entraînent hors de sa vue. Elle monte dans son carrosse, le cœur palpitant.

La portière tombe. La prospérité et le déclin du monde des hommes ne peuvent plus l'atteindre.

Les chevaux trottent au bord du fleuve en direction de la ville de Jing Ko, le long du reflet émeraude des falaises. La montagne est un livre ouvert. Mais nul ne déchiffre ses mots et ne comprend son sens.

La Mère passe devant son ancienne résidence mais ne s'arrête pas. Elle descend de son véhicule au pied de la montagne Force du Nord et monte dans une chaise portée par quatre soldats. Ils gravissent l'escalier abrupt pavé de trois mille marches et franchissent le portail du monastère de la Grande Compassion, se prosternent et se retirent.

Maître Clarté de Lumière est à la tête des nonnes qui accueillent la Mère. Les mains jointes, elles la saluent. Les yeux de la Mère cherchent dans la foule. Comprenant son empressement, les nonnes s'écartent, une seule demeure immobile. La Mère s'avance et lui tend les bras. La nonne recule d'un pas. Joignant les mains, elle s'incline. Sa révérence est un rejet. Retenant ses larmes, la Mère s'incline et lui rend son salut. Cette fois-ci, Huiyuang ne peut plus la fuir, car la Mère a décidé de se raser les cheveux pour devenir nonne elle aussi.

Sans un mot de bienvenue, sans une expression de joie, sans poser de questions sur leurs deux années de séparation, Huiyuang se retire dans sa cellule. La Mère reste un moment devant sa porte avant de s'en aller.

Elle entre dans la chambre que les nonnes lui ont attribuée et s'effondre sur le lit étroit. Son dos heurte une planche de bois au lieu de s'enfoncer dans une couche de soie ouatée. Elle sursaute et s'allonge sur le ventre, couvrant son visage de ses mains. Désormais, elle devra garder sur sa poitrine le poids de la tragédie familiale qu'elle aurait voulu partager avec Huiyuang.

Les conjurés ont épargné sa vie et celle de son fils car ils ont réussi à imiter son écriture. Ils ont publié son édit et forcé Yifu à abdiquer. Ils ont mis sur le trône son frère Yizhen sans savoir que six mois plus tard, les proches du troisième prince, Yilong, fils d'une autre concubine, déclencheraient un second coup d'État. Les nouveaux conjurés ont tué les anciens conjurés et destitué Yizhen. Les deux frères, Yifu et Yizhen, nés à Jing Ko et à Jian Kang à un mois d'écart, ont été assassinés à quelques jours d'intervalle. Ils avaient dix-huit ans seulement. Vivants, menés par deux camps politiques rivaux, ils se toisaient avec haine et se parlaient avec rudesse. Morts, ils ont été enterrés près du tombeau de leur père, tels les deux bras d'un même corps. Sur leurs tumulus, les oiseaux gazouillent comme s'ils s'étaient enfin pardonné et chantent désormais en harmonie. Yilong, le plus jeune des trois fils, est devenu le quatrième empereur de la dynastie Song...

Ses cheveux, noirs comme des plumes de corbeau, sont tombés, envolés, balayés par le vent. Le crâne rasé, la Mère reçoit le nom de Pureté de Vacuité et une bure grise. Les illusions se dispersent comme des feuilles mortes, dit maître Clarté de Lumière pour clore la cérémonie.

Cette année-là, pour la première fois, Pureté de Vacuité ne fête pas son anniversaire. Elle se jette aux pieds du Bouddha pour prier. Le printemps l'a cherchée dans les deux villes et l'a trouvée au sommet de la montagne Force du Nord. Elle ne pensait plus à lui quand, soudain, les pommiers se sont voilés de rose et les poiriers de blanc. Les nonnes ont ouvert les ruches et les abeilles ont été rejointes par les papillons qui volettent gracieusement. Dans les arbres, ils butinent, tètent, bourdonnent et frémissent. Elle les observe, bouche ouverte. Elle souffre encore de la poitrine.

Elle a quarante ans et déjà trois vies derrière elle.

Six

An 581, dynastie Chen

Un coq chante à tue-tête. Son long trille triomphant arrache Shen Feng au sommeil. Il se retourne et tend l'oreille. La maison est calme. Il n'entend pas le ronflement du vieux luthier. Il se rappelle alors que son maître est parti. Shen Feng soupire et se lève. Pour économiser les bougies, il est habitué à se mouvoir dans le noir. Ses mains trouvent la tunique qu'il a portée la veille. Bien qu'il l'ait lavée dans la rivière, elle sent encore la tombe : un parfum sucré et fétide qui se mélange à la fadeur de la poussière. Les manches passées, il attrape la cordelette intérieure et la noue. Il ramasse la ceinture jetée par terre et la serre à sa taille. Il tire un peigne en bois de sous son oreiller. Ses cheveux lui tombant sur les épaules sont rêches comme des herbes séchées et les nombreux nœuds accrochent le peigne. Finalement, de ses doigts il les ramène à l'arrière de son crâne et les noue en un chignon qu'il fixe avec une pique de bois. En tâtonnant, ses orteils rencontrent ses bottes qu'il enfile. Dans le fourneau, le feu s'est éteint mais les braises scintillent encore. Il trouve la jarre à côté et prend une louche d'eau. Il boit quelques gorgés. C'est son petit déjeuner.

Il sort de la maison. Les étoiles, incrustées dans le bleu sombre du ciel, clignotent ; l'étoile du Nord indique que l'aube va se lever. Il ferme la porte. Son maître et lui n'utilisent jamais de cadenas. Souvent, ils trouvent des animaux errants venus fouiner. Ils n'ont pas encore connu de voleur. Les voisins s'entraident et surveillent mutuellement leurs biens. Mais le village est si pauvre que les brigands le contournent, de peur que la pauvreté ne les contamine. Shen Feng fait un pas dans le jardin et hésite. Il retourne à l'intérieur de la maison. Ses mains palpent la planche de sarcophage qu'il a placée sous son matelas pour la rendre à la vie. Il la pousse jusqu'au mur et la couvre avec de la paille. Rassuré, il ressort, fait quelques pas, s'arrête et rentre à nouveau. Il jette des mottes d'herbes séchées dans le fourneau et souffle sur les braises. Les flammes s'élèvent. Il dégage la planche et la caresse avec ses doigts. De peur qu'elle soit rongée par un rat pendant son absence, il la porte dans le coin qui sert d'atelier. Il monte sur une meule, la glisse entre les poutres et la dissimule dans les tas de feuilles de bambou qui font le toit.

Dehors, le ciel blanchit et annonce une journée ensoleillée. Shen Feng dévale la pente vers le village. Le soleil émerge de l'horizon, balaie les champs et les arbres, le rattrape au milieu du sentier et lui tend les bras. Ses rayons chauds pèsent sur les épaules du luthier et l'immobilisent. Shen Feng lève son visage et aspire profondément l'air du matin. Le soleil s'engouffre dans ses narines et inonde ses poumons. Les membres gorgés de sa lumière, il reprend sa route.

En s'enfonçant dans la forêt, le sentier se perd en ramifications. Certains chemins ne mènent nulle part, d'autres se dirigent vers le lac, d'autres serpentent vers les monts et d'autres encore, interminables et sinueux, tournent en rond dans la forêt. Un seul rejoint le fleuve Yangzi et la ville de Jing Ko.

Depuis quand les hommes ont-ils tissé ce vaste labyrinthe en foulant la terre de leurs pieds ? La forêt, avec ses sousbois denses et ses arbres au feuillage touffu, forme un rempart qui protège les villages disséminés dans la montagne Force du Nord. Rebutés par la route difficile et craignant de s'égarer, les officiers des impôts ont renoncé à venir. Pourtant, tout au long du fleuve, ils hantent les villages et harcèlent les paysans. Accompagnés de soldats, ils font irruption dans le moindre hameau et prennent les céréales et les rouleaux de coton tissé dont la quantité est fixée par la loi. Impitoyables et brutaux, ils arrachent plus qu'ils ne doivent, car tous les niveaux de la hiérarchie impériale retiennent une partie pour leurs comptes personnels. Les années de bonnes récoltes, on laisse aux paysans juste de quoi survivre. Les années de mauvaises récoltes, à défaut de payer l'impôt, ils sont arrêtés et deviennent esclaves sur les chantiers impériaux. Parmi eux, certains prennent la fuite et vivent désormais sur les hauteurs inaccessibles de la montagne.

Shen Feng repère son chemin grâce aux arbres dont il connaît chaque variété. Il a attribué une note de musique à chacun et mémorise la route menant à la ville comme si elle était une longue partition de cithare. Il divise les arbres en groupes et joue des accords selon ses humeurs. Il varie sa musique en faisant des détours. Contents qu'il vienne les saluer, les arbres agitent leurs feuilles.

Ici et là, les empreintes des biches et des faisans se détachent des mousses et des fleurs du printemps. Le soleil

249

poursuit Shen Feng jusque dans les profondeurs de la forêt. Il l'observe à travers le feuillage et bondit de branche en branche pour le précéder ou le suivre. Quand Shen Feng s'arrête et tourne son visage vers lui, le soleil s'empresse de jeter sur lui des pièces d'or. À travers ses paupières closes, Shen Feng voit des milliers de taches sombres qui palpitent et tournoient dans une brume vermillon. Tantôt elles ressemblent aux sapèques de bronze qui promettent la richesse et le bonheur, tantôt elles s'éparpillent en voltigeant telle la monnaie funéraire en papier que les vivants brûlent pour les morts.

Des milliers de pièces de monnaie ! Qui a créé ces sapèques rondes qui portent un trou carré au milieu pour qu'on y passe une ficelle ? Les riches les enfilent sur un cordon en cuir et les déposent sur le comptoir des commerçants en les faisant caqueter. Les pauvres les réunissent dans une bourse longue et plate, ne les sortent l'une après l'autre qu'après les avoir comptées et caressées. Avant de s'en séparer, ils les recomptent encore comme si, enfouies dans une bourse, elles pouvaient faire des petits.

Lorsque son maître avait de l'argent, il enveloppait les pièces dans son mouchoir, dont il nouait les quatre coins maladroitement. Il s'approchait de Shen Feng, le visage radieux, les yeux étincelants de joie enfantine. Il défaisait les nœuds et les pièces tombaient.

– Prends ça ! disait-il à Shen Feng. Nous allons nous payer un bon repas !

Un bon repas ! Pour Shen Feng, qui a souvent le ventre creux, cela signifie une assiette fumante remplie de viande cuite, du riz blanc à volonté et de l'alcool qui coule le long de la gorge en lui faisant tourner la tête. L'argent a le parfum des plats épicés, la chaleur de la soupe bouillante, la saveur des pains farcis, des crêpes millefeuilles frites dans l'huile et surtout des bouchées de gigot, côtelette, travers qui font oublier tous les chagrins du passé et les angoisses du lendemain.

Avec la planche du sarcophage, il va façonner la fausse cithare de dame Cai Yan. Avec elle, l'argent tombera du ciel comme une pluie de soleil ou une averse de monnaie funéraire. Les bras au-dessus de la tête, Shen Feng danse. Autour de lui, les aleurites, les paulownias, les frênes, les châtaigniers, les érables, les acacias le contemplent. La forêt est pareille à un rassemblement d'hommes dont on ne connaît ni le nom, ni l'âge, ni le destin. Tels les ombres et les feuillages entremêlés, le bonheur et la souffrance, l'abondance et la misère ne sont qu'un seul rêve flottant.

– Décidé ? demande Gros Liu, feignant la surprise. Quand peux-tu me la livrer ?

Shen Feng sirote son thé. Il voudrait demander une avance et ne sait pas comment s'y prendre. Il regrette d'être venu à la boutique de l'antiquaire sans avoir averti Zhu Bao. Rodé aux négoces de la rue, Zhu Bao aurait su arracher à Gros Liu la somme dont il a besoin. Shen Feng toussote et balbutie un mensonge :

– Pour faire la cithare de dame Cai Yan, j'ai besoin d'acheter les meilleurs matériels. Par exemple, un tronc d'arbre de mille ans d'âge pour la table d'harmonie… C'est… difficile à trouver et… c'est très cher… Je dois chercher au marché noir les poutres des palais impériaux des dynasties Song et Jin…

Gros Liu le toise. Le cœur de Shen Feng bat violemment. Il a l'impression que l'antiquaire qui vend le faux pour le vrai sait lire dans les yeux le mensonge et la vérité. Il se voûte et baisse la tête.

– Combien veux-tu ?

Il rougit.

– Je ne sais pas. Tu dois avoir une idée… Trois mille sapèques ?

Les lèvres de Gros Liu s'étirent, se retroussent, montrant ses dents en or. Il éclate de rire.

– J'ai une meilleure idée !

Il lui donne une tape sur l'épaule, son double menton tressaute.

– Deux cithares ! Je veux deux cithares de la dame Cai Yan !

Perplexe, Shen Feng ne sait s'il doit rire ou protester.

Gros Liu se lève et disparaît derrière son paravent en faisant tinter les anneaux de jade attachés à sa ceinture. Il revient et jette dans la main de Shen Feng une poche minuscule mais lourde.

– Ouvre, ouvre ! dit-il avec insistance.

Des flammes sombres brûlent dans ses yeux.

Shen Feng tire les cordelettes et verse le contenu dans sa paume : huit morceaux de métal jaune. Gros Liu s'écrie :

– Une avance, Shen Feng ! Achète un gros tronc d'arbre et coupe-le en deux. Je veux deux cithares identiques, entends-tu ? Deux cithares de la dame Cai Yan !

Shen Feng porte les morceaux à ses yeux, incrédule. Est-ce de l'or ? Sa gorge se serre. Ses oreilles bourdonnent. Il n'a jamais touché d'or de sa vie. Il n'a jamais imaginé qu'il pourrait en tenir dans la main. Une euphorie mêlée d'effroi s'empare de lui. Des idées, telle une nichée de moineaux affolés, traversent son esprit. Le couvercle suffit pour une cithare, mais pour la deuxième, il lui faudra retourner à la tombe et démanteler le sarcophage. Bien que le cimetière soit l'endroit le moins fréquenté du monastère, il y aura toujours un danger... En revanche, avec l'or de Gros Liu, il trouvera bien un tronc d'arbre ancien au marché... Mais Zhu Bao a besoin d'argent pour quitter le pays avec la nonne le plus vite possible. S'il lui donne les morceaux d'or, il n'en aura pas assez pour acheter le bois nécessaire... Or, sans bois ancien, impossible de façonner les deux cithares réclamées par Gros Liu... Il devra donc retourner au cimetière, au risque de se faire prendre... Ou rendre à Gros Liu la moitié de l'avance, donc quatre morceaux d'or, et lui avouer qu'il ne peut fabriquer qu'une cithare...

Shen Feng se raidit. Pourquoi rendre cet or ? Avec cet or, son maître pourra avoir une maison, des bons repas, une femme, ou peut-être deux...

– Ce n'est rien ! La voix tonitruante de Gros Liu interrompt Shen Feng dans ses calculs. Ensemble, nous allons faire fortune !

Gros Liu jubile comme un enfant. Il lève la main gauche qu'il a grosse et potelée et l'agite devant les yeux de Shen Feng, puis il lève la main droite, la faisant tourner.

– Regarde, voici mes deux mains, elles sont presque identiques, n'est-ce pas ?

Sourcils froncés, Shen Feng ne comprend pas le sens de cette plaisanterie. Gros Liu joint les mains en les faisant claquer.

– Et voilà ! dit-il en s'esclaffant. Je suis le meilleur marchand de tous les temps !…

Le rire de l'antiquaire donne la chair de poule à Shen Feng qui serre fort les morceaux d'or dans le creux de sa main. Ils ne brillent pas comme dans la légende populaire. Shen Feng ne sait s'il doit les remettre dans la pochette ou les laisser là, à l'abri de ses doigts. Il ignore s'ils sont vraiment à lui. Peut-être a-t-il mal entendu et Gros Liu va-t-il les lui reprendre ? Puis un doute lui traverse l'esprit, le fait tressaillir : et si l'or de Gros Liu était faux ?

La voix de l'antiquaire résonne :

– Ne fais pas cette tête-là, Shen Feng ! Je t'explique !

Gros Liu baisse la voix.

– Regarde, cette main gauche, c'est le Nord. Au Nord, le général Yang Jian a usurpé le trône, exterminé les princes, renversé la dynastie Zhou et fondé la dynastie Sui. Il ambitionne d'envahir le Sud. Mais ce Fils du Ciel, farouche guerrier qui tient les affaires de l'État d'une main meurtrière, craint une personne…

Gros Liu toussote et rit. Puis il continue :

– Sa femme ! Madame l'Impératrice est née du clan Gudu. Son père, peut-être en as-tu entendu parler, est le célèbre Gudu Xin, le prince guerrier au beau visage qui se faisait remarquer de loin sur les champs de bataille à cause de la magnificence de sa cuirasse. Les deux cents ans de guerres Nord-Sud ont engendré une myriade de héros et Gudu Xin est l'un d'eux. Le clan Gudu est d'origine Xongnu, mais ses descendants ont vécu parmi le peuple Xianbei. Grâce à leur bravoure légendaire, ils ont fait alliance avec le clan Tuba qui a fondé la dynastie Wei, et les femmes Gudu ont donné naissance à plusieurs empereurs. Sans le soutien du clan Gudu, Yang Jian, un Chinois, n'aurait jamais pu renverser la dynastie Zhou des Xianbei et fonder la dynastie Sui. Mariée à Yang Jian à l'âge de quatorze ans, l'Impératrice Gudu est cultivée et dévouée. Une femme, lorsqu'elle considère l'ambition de son époux comme un devoir conjugal, est plus appliquée et plus déterminée que lui ! Tous les matins à l'aube, l'Impératrice accompagne son époux jusqu'à la porte du palais de l'audience. Elle l'attend dans son char impérial et ne le ramène avec elle que lorsqu'elle juge qu'il a fini de travailler... Ha, ha...

Gros Liu rit. Ses joues tremblent et ses yeux deviennent deux minces fentes.

– Si j'avais une femme comme ça, je serais épuisé depuis longtemps ! Mais Yang Jian, l'Empereur de l'arrogante dynastie Sui, a peur d'elle. Il lui a juré de ne jamais faire d'enfant à une autre femme. Fière et jalouse, l'Impératrice Gudu a mis de l'ordre dans les palais intérieurs. Toutes les servantes ont interdiction de porter du maquillage et des robes de couleur. Toutes celles qui ont cherché à attirer la faveur de l'Empereur ont été punies de mort. Et l'Empereur tyrannique accepte la tyrannie de l'Impératrice !...

Gros Liu baisse la main gauche et lève la main droite. De fins sillons parcourent sa paume et se perdent dans les crevasses de ses doigts. Ils ressemblent aux innombrables routes brodées de champs et de rizières.

– Et voici maintenant notre dynastie du Sud, royaume verdoyant des âmes exilées... Quand l'Empereur de notre dynastie Chen mourut, l'aîné des quarante-deux princes devint empereur. Lors de la cérémonie funéraire, l'un des quarante et un frères sauta sur le nouvel empereur et lui entailla la gorge avec un couteau caché dans sa manche. Miraculeusement, il est vivant. Mais, mais…

L'antiquaire secoue la tête.

– Au Nord, soutenu par son Impératrice, Yang Jian encourage l'agriculture, réforme l'armée, rassemble des hommes compétents et se prépare à faire la guerre au reste du monde. Au Sud, notre Empereur, rescapé d'un fratricide, néglige les affaires de l'État depuis son rétablissement. Au Nord, l'ordre est à la frugalité et à l'épargne. Au Sud, la Cour dépense sans compter. Trois tours en bois de santal, d'une hauteur vertigineuse, ont été élevées pour les trois favorites impériales et communiquent entre elles par des ponts aériens. Il paraît qu'à Jian Kang, quand il fait beau, on peut les apercevoir dans les nuages. Couvertes de bijoux et vêtues de robes de soie à longue traîne, elles mènent la vie insouciante des immortelles célestes. La plus aimée d'entre elles, Zhang Lihua, n'a que seize ans et elle est deux fois plus petite que les autres femmes. Mais ses cheveux sont si longs qu'ils rampent encore sur sa couche lorsqu'elle est déjà sortie de sa chambre. L'Empereur ne fait confiance qu'à cette fille qui a été servante avant d'être élevée au rang d'épouse impériale. Lorsqu'il reçoit ses ministres, il la prend sur ses genoux et c'est elle qui lit les dossiers, dialogue avec les fonctionnaires et tranche les affaires ! Au Sud comme au Nord, ce sont les femmes qui gouvernent !

Gros Liu gesticule avec lassitude.

– Toi et moi, nous sommes des roturiers, des cailloux au bord de la route, des herbes folles dans un champ ! Nous ne connaissons rien aux plaisirs ! Ferme tes yeux et imagine un instant la vie des empereurs. Dès qu'ils se réveillent, de belles servantes leur apportent des robes faites de soie douce et des tuniques brodées. À leur table, les plats défilent et ils ne goûtent même pas à la moitié d'entre eux. En été, les eunuques agitent des éventails en plumes de paon ; en hiver, les braseros impériaux flambent de fagots de bois de santal. Des femmes, grandes, petites, grosses, minces, pâles, sombres, à la taille de guêpe, à la peau parfumée, au regard vaporeux, aux lèvres sucrées, sont autant de petites mains blanches et douces qui savent caresser et dorloter. Si je vends ces deux cithares, je prendrai trois concubines de plus. C'est mieux que les courtisanes qui comptent les heures et chassent méchamment les clients lorsqu'ils ont la bourse plate. Les concubines, ça reste dans les appartements intérieurs. On joue avec elles quand on veut… Enfin, Shen Feng, ne rougis pas !

Gros Liu s'arrête, vide sa tasse de thé et ricane :

– Deux cithares précieuses pour deux maîtresses du monde ! Si l'une des deux est fausse, l'autre est forcément vraie ! Celle qui achètera la vraie sera persuadée que l'autre aura acheté la fausse. S'il n'y a pas de « faux », on ne vend pas le « vrai » ! Va, Shen Feng, va chercher ton tronc d'arbre. Nous allons devenir riches, très riches…

La rue s'étire, se tord au soleil. La rue est un fleuve rempli de reflets incandescents où les marchands se trémoussent et frétillent pour attirer leurs proies. Dans le ciel de midi, il n'y a pas un nuage. Le brouhaha de la foule compose une musique chaotique où se mélangent angoisse, envie, impatience, jubilation et désespoir.

Shen Feng marche au milieu de la rue, les morceaux d'or serrés à l'intérieur de sa tunique. Pressés contre sa poitrine, ils s'agitent au rythme de sa respiration, lui rappelant à chacun de ses pas leur existence. Autour de lui, les hommes qui négocient, se disputent et se réconcilient, rêvent ardemment d'être riches. S'ils savaient que Shen Feng porte de l'or sur lui, ils l'égorgeraient pour lui arracher sa bourse.

Il pense avec lassitude à tout ce qu'il pourrait s'offrir dans l'immédiat. Des habits neufs ? Les siens sont confortables et faciles à enfiler. Un bon repas ? Curieusement, son corps ne réagit pas à cet appel. Sa gorge est nouée, il n'a pas faim. Si le vieux luthier était avec lui, ils auraient festoyé et bu jusqu'à l'aube. Shen Feng soupire et accélère le pas. Il se hâte vers le restaurant Vent prospère, où Zhu Bao doit déjeuner avec sa bande.

Au loin, frappés de coups longs aux mesures lentes, les gongs annoncent le passage des condamnés à mort. À Jing Ko, l'exécution est un spectacle qui attire toute la ville. Les fenêtres s'ouvrent, les enfants accourent, la foule s'amasse au bord de la rue et attend le cortège. Shen Feng se glisse sous l'auvent d'une boutique. À côté de lui, un oiseleur a posé par terre ses cages. Battant des ailes, les oiseaux s'agitent nerveusement. Shen Feng s'accroupit et les taquine en sifflant. Soudain, il entend la voix d'un enfant qui crie : « La nonne ! Regarde la nonne ! » Son exclamation est suivie d'une vague de murmures : « Une nonne qui a fauté, quelle honte !… » Shen Feng se relève brusquement et se fraie un chemin à travers la foule. Au milieu de la rue, un groupe de soldats en tunique écarlate, symbole de leur appartenance au département criminel, paradent dans un cliquetis d'armes.

Ils tiennent en laisse un homme et une femme attachés dos à dos. Tous deux sont bâillonnés et portent sur la tête un panneau avec l'inscription « exécuté ». Shen Feng reconnaît Zhu Bao et la jeune nonne. Leurs habits sont maculés de sang, de mottes de terre et leurs visages barbouillés de poussière. Que s'est-il passé ? Sont-ils retournés dans la tombe pour tenter d'y trouver le trésor caché ? Comment les a-t-on découverts ? Les a-t-on interrogés, torturés ?

Pris de nausées, Shen Feng se couvre la bouche. Il veut suivre le cortège mais ses muscles se contractent et son estomac se tord. Non loin de lui, un homme d'une soixantaine d'années parle à voix haute :

– ... Le gouverneur veut faire un exemple. Il a ordonné qu'on les exécute immédiatement !

Aussitôt, les badauds l'encerclent et lui demandent des explications.

– Ils se sont fait attraper hier dans une tombe ! lance l'homme-qui-sait-tout.

– Regarde-la bien, elle a les yeux d'une renarde, lance un badaud. Hé, charmante, je suis là !

– Il paraît que les nonnes ne pensent qu'à ça ! rit un autre. On dit qu'elles sont les meilleures.

– Idiot. Pour faire ça, pas la peine de se cacher dans une tombe, grogne l'homme qui a parlé en premier. Ils ont tenté de piller la sépulture d'une impératrice de la dynastie Song.

– Où ?

Une nouvelle personne se mêle à la conversation :

– Vraiment ? Quelle impératrice ?

– L'épouse de l'Empereur Liu, le conquérant des royaumes du Nord, qui a été le gouverneur militaire de Jing

Ko. On la croyait morte après l'abdication de son fils Yifu. En réalité, elle s'était faite nonne au monastère de la Grande Compassion à la montagne Force du Nord.

– Dis, d'où tiens-tu ça ?

– Mon cousin est le garde de Porte de la résidence du gouverneur. Il était là hier soir quand les nonnes en colère ont frappé à la porte et sollicité une audience exceptionnelle. Lui s'appelle Zhu Bao. Elle, elle est nonne au monastère de la Grande Compassion.

– Alors, le trésor ? Combien il y a de pièces d'or ?

– Pour l'instant, rien ! L'homme baisse la voix. Le gouverneur a ordonné que l'on ferme le monastère et clôture son domaine. Il enverra une armée pour creuser.

– Une armée ?

– De nos jours, qui n'a pas besoin d'argent ? Le gouverneur en premier… Celui qui a de l'argent peut s'acheter des soldats et des chevaux et devenir un seigneur puissant. Il paraît qu'il y a encore un complice… On le recherche…

Shen Feng recule et plonge dans la foule. Puis il ralentit et s'efforce de se composer un air normal. Le cortège descend la rue et les gens se bousculent pour le suivre. Le rythme lent et les coups espacés des gongs font battre le sang dans ses oreilles. Shen Feng tente de marcher à contre-courant. Mais hommes et femmes affluent des quatre coins de la ville pour rejoindre les spectateurs. Comme une vague qui enfle, la foule se ferme devant Shen Feng, se presse contre lui et l'emporte.

Le kiosque de la Mort se dresse au centre du marché. Bien que située dans le quartier le plus animé de la ville, la place où il se trouve est déserte et lugubre, occupée par des chiens et des chats errants. Même les soirs de pleine lune, personne n'ose la traverser, de peur que les spectres surgissent derrière des balustrades tachées de sang et de morceaux de cervelle. Les soldats donnent des coups de lance aux chiens et aux chats étalés au soleil. Les bestioles grognent, feulent et vont se coucher plus loin. Tiré en avant, le couple marche en trébuchant vers le kiosque. Soudain, Zhu Bao s'effondre, entraînant à terre la nonne qui se met à brailler malgré sa bouche bâillonnée. Les soldats leur donnent des coups de lance. Ils se tortillent. Leurs jambes s'agitent. Leurs visages couverts de larmes et de sueur brillent comme deux miroirs. À peine debout, ils s'effondrent à nouveau. Les prenant par le collet, les soldats les traînent de force vers le kiosque. Ils laissent derrière eux une longue trace brunâtre.

Des rires s'élèvent.

– Les trouillards… ils ont pissé…

Une voix tonitruante se détache du brouhaha :

– Écartez-vous ! Laissez passer les bourreaux !

Shen Feng se retourne. Deux hommes, père et fils, habillés de noir, manches retroussées, tentent de traverser le mur compact des spectateurs.

– Excusez, excusez ! s'écrie le plus âgé en poussant la foule devant lui.

Quelqu'un lui lance :

– Maître Tan, tu es en retard !

Il répond :

– Ce n'est pas moi ! C'est eux qui sont pressés de mourir. Je marie ma fille aujourd'hui.

L'un des spectateurs s'exclame :

– Qu'ils mettent le vin au chaud ! Maître Tan, c'est le

plus rapide ! Depuis que je suis tes séances, je ne t'ai jamais vu finir à deux coups ! Un seul suffit.

– Merci pour le compliment ! Viens prendre un verre tout à l'heure.

Un autre dit en riant :

– Maître Tan, il y a une nonne aujourd'hui. Comment la prendrez-vous ? Par-devant ou par-derrière ?

– Je la laisse à mon fils. Il faut qu'il s'entraîne à résister au charme des femmes !

La foule s'esclaffe et quelqu'un lance encore :

– Petit, fais attention à ton sabre ! La dernière fois, tu as fait voler une tête qui a mordu la joue d'un homme au premier rang.

Le fils réplique :

– Ce coup-ci, je ferai voler la tête jusqu'à toi !

Les rires s'élèvent à nouveau. L'échine de Shen Feng se plie, ses jambes deviennent molles, ses mains tremblent, sa gorge se dessèche. Il veut déguerpir mais n'en a pas la force. Soudain, quelqu'un lui donne un coup d'épaule, il tressaille. C'est le bourreau père qui passe à côté de lui suivi de son fils. Lorsque Shen Feng retrouve son équilibre, ses yeux tombent sur le sabre-hachoir que le jeune porte sur son dos. La lame est serrée dans un large fourreau tendu de peau de requin. Sa longue poignée est cerclée d'une bandelette pourpre éclaboussée de taches noires. À cette vue, Shen Feng retrouve brusquement l'usage de ses jambes. Il écarte les hommes avec les mains et se faufile à travers la foule comme une anguille.

Il marche. Il court. Les rues lui semblent interminables. Longues et blanches, elles font miroiter le soleil qui le prend en chasse. Il y a si peu d'ombre dans la ville ! Shen Feng rase les murs, se cache sous les auvents, bondit dès que quelqu'un le toise. Sous le regard farouche des soldats, il baisse la tête, se couvre la bouche et passe la porte du Nord. Tout en se retournant pour voir s'il n'est pas suivi, il traverse les collines et les rizières en terrasses. Enfin la montagne Force du Nord se dresse contre le ciel.

Il s'enfonce dans le labyrinthe de sa forêt.

Il tourne autour des arbres.

Il court vers le lac en contrebas de son village.

Il plonge.

L'eau glacée saisit son corps brûlant. L'eau soutient son front fiévreux et frictionne sa nuque lourde d'angoisse. L'eau caresse sa poitrine, glisse entre ses jambes, masse ses cuisses, lisse ses tendons jusqu'à ce que ses jambes se détendent. Il ouvre les yeux sous l'eau.

Les rues incandescentes, la marée des hommes, les soldats casqués, les oiseaux en cage se sont évanouis comme s'il se réveillait d'un cauchemar. Autour d'une colonne de rayons lumineux, les algues sveltes aux feuilles de plume ondulent gentiment. Les poissons argentés nagent comme s'ils volaient dans le vide. Des crevettes tressaillent et reculent. Une grenouille tatouée de deux lignes jaunes sur le dos traverse la colonne de lumière en écartant et fermant les cuisses. Shen Feng sort la tête de l'eau et nage jusqu'à la rive. Il se secoue et s'allonge dans les herbes, face tournée vers le ciel.

Les feuilles rondes, ovales, dentelées composent un vaste dessin sur le fond bleu du ciel. Il écarquille les yeux jusqu'à se faire mal pour recueillir cette vision paisible. Quelque part, un oiseau chante. C'est un long trille solitaire qui hésite entre joie et tristesse. Une coccinelle rampe sur sa tempe. Il lève la main pour l'attraper et s'aperçoit que c'est une larme. Surpris, il ouvre la bouche puis serre les mâchoires pour réprimer le sanglot qui le secoue. Un papillon aux ailes noires ornées de deux cercles vermillon vole lascivement au-dessus de lui. Il lui tend la main. Le papillon se pose un instant sur son doigt, puis disparaît en battant des ailes. Il laisse retomber son bras et ferme les paupières.

Un coucou se met à chanter. Des insectes crissent. Le clapotis des eaux déclenche une musique en lui. D'abord faible et indistincte, elle s'élève et devient ardente. Il gémit et se débat. Mais la musique, de longs sons vibrants, l'étreint plus fort. La voix d'une femme se détache des demi-tons et susurre :

– Le monde est sombre mais la musique est lumière… Les hommes qui cherchent la musique auront sa saveur… Elle combat les démons qui rongent le cœur, glacent les os et alourdissent les pas…

La voix tournoie dans l'air et procure à Shen Feng une étrange sensation de bien-être. De peur qu'elle ne s'évanouisse, il s'immobilise et retient sa respiration.

– Au-delà du fleuve Yangzi, au milieu de l'océan, il y a des îlots vagabonds. Les oiseaux aux ailes transparentes viennent se poser sur les coraux aux ombres pourpres. Les fleurs, sveltes et ondoyantes, s'épanouissent et leurs fruits, rouges, jaunes, bleus, verts, nourrissent des êtres plus légers qu'une plume. Ils volent, presque invisibles. Ce sont des reflets qui chatoient, luisent, s'éteignent, se rallument. Espiègles, libres, ils sont des mirages pour les hommes…

Shen Feng entend le bruissement des vagues et les cris acérés des mouettes. Mais la voix devient plus faible :

– Viens vers moi. Viens vers moi… Nous serons vent, lumière, brume, chants… et poursuivrons tous ceux qui ne se reposent pas et ne s'arrêtent jamais… Nous allons danser, tourner, voler…

Les larmes, rangées de fourmis, courent sur les tempes de Shen Feng et tombent sur le sol. Il lève le bras et les essuie d'un geste déterminé. Soudain, il bondit sur ses pieds et se met à fouiller sa tunique. La bourse remplie des huit morceaux d'or a disparu. Elle a dû glisser quand il a plongé ! Il s'affale. Devant lui, les eaux du lac scintillent et jettent mille feux aveuglants.

Il se débarrasse de ses vêtements et plonge à nouveau.

Les rires d'une petite fille retentissent. Elle ânonne, compte. Elle se trompe, balbutie, puis recommence. Sa voix de moineau babille, bafouille. Shen Feng sort la tête de l'eau. La nuit est en train de descendre sur la vallée. Au-dessus du lac, une étoile pâle s'est allumée. Désireuse d'étreindre la nuit, la forêt frissonne et murmure d'impatience. Shen Feng rejoint la rive, s'habille en hâte et file sans se retourner. Le voyant passer, les arbres ricanent en chœur : « L'or a été donné par le ciel, et l'or a été repris… »

À l'entrée du village, il s'accroupit pour lire les empreintes laissées sur le sentier et s'assurer que les soldats du gouverneur ne sont pas venus l'arrêter. Il tend l'oreille. Le calme règne. Les chiens viennent le flairer en remuant la queue. Il remonte la pente et pousse la porte du jardin. Pas un bruit dans la maison. Son maître n'est pas rentré. Sans la présence du vieux luthier, la chaumière est froide comme une tombe.

Il serre fort la ceinture autour de sa taille. Sa main trouve dans l'obscurité le pot de conserve, il picore quelques légumes salés et avale une louche d'eau. Un peu de nourriture calme son ventre qui gargouille. Il revient s'asseoir sur le seuil de la maison. La nuit a enveloppé la montagne Force du Nord, imposant la paix aux hommes et la fébrilité aux tigres. Les arbres se profilent contre une myriade de petites étoiles, clous que la déesse Nu Wa a utilisés pour réparer le ciel qui s'était effondré. La douce chaleur de la terre l'assaille. La température a anormalement monté depuis l'après-midi, on se croirait déjà en été. Ce soir, si le vieux luthier dort sous les étoiles, pense Shen Feng, il n'aura pas froid.

Il se lève et rentre. Ses mains trouvent le silex, les étincelles jaillissent. Il ajoute un fagot sur le feu. À la lumière du foyer, il descend la planche qu'il a cachée entre les poutres et la porte jusqu'à son matelas de paille. Les débris des cercueils exhalent le souffle ténébreux du royaume des morts. Mais cette planche sent bon. En la caressant avec sa paume, il a l'impression que le bois est tiède et qu'il respire lentement. En la frappant, il obtient un écho cristallin. Ce qui prouve que la tombe est demeurée étanche à toute humidité et que le bois, coupé il y a mille ans, est sec comme du charbon. La planche luit au rythme irrégulier du feu et soudain, il voit apparaître le visage pâle de la défunte. Il la pose sur le matelas et recule. Son maître disait que les bois ont une mémoire, qu'ils conservent dans leurs cernes l'empreinte des époques qu'ils ont traversées. Que la musique de la cithare est celle de l'Histoire.

Il s'approche et se penche prudemment. Recouverte d'une laque d'une qualité extraordinaire, la planche brille comme un miroir. Il y découvre son propre visage. Dans le village, le miroir est le luxe des femmes. Elles économisent une vie durant une besace remplie de sapèques, vont en ville et l'échangent contre un miroir de bronze frotté au mercure. Rond comme une assiette, le miroir se passe de mère en fille jusqu'au jour où il se brise. Shen Feng arrange ses cheveux en désordre et renoue son chignon. La planche de bois reflète une bouche fine, une mâchoire ronde, un front anguleux. Il se demande s'il plairait à une femme. Une femme ? Il secoue la tête et bâille.

Il s'allonge sur la planche et y colle la joue. En fermant les yeux, il revoit la grotte et ses murs couverts de fresques. Des chevaux magnifiquement harnachés tirent des chars aux rampes dorées et aux rideaux soyeux. Des fantassins armés suivis de chiens blancs et noirs marchent en formation. Des eunuques brandissent des éventails en plumes de paon et des parasols brodés, accompagnés de servantes sveltes au chignon piqué de fleurs. Les unes portent des tasses, des vases, des fioles, des bassins en or, les autres un chat, un chien au poil frisé, des cages à oiseaux. La brise souffle sur le bas de leurs robes colorées et déploie leurs plissés où sont brodés des papillons volant entre des massifs de fleurs. Qui sont ces personnes ? Où vont-elles ?

Quel est ce monde sans souci, sans maladie, sans famine, au printemps éternel, qui célèbre la beauté impérissable ?

Soudain, la voix d'une femme siffle :

– Derrière les rideaux de perles, le feulement des conspirateurs et les meurtriers brandissant leur poignard... Rires, soieries, calomnies, je les ai quittés pour toujours...

Shen Feng frissonne et ouvre les yeux. Le feu s'est éteint dans le foyer. Une ombre blanche voltige dans le noir, lui rappelant les poussières scintillantes de la tombe. Peu à peu, elle prend la forme d'une femme et flotte autour de lui. Il tend la main pour la toucher. Elle bondit et s'éloigne. Il court après elle, les bras ouverts. Elle imite son mouvement et lève les mains. Mais ce sont des ailes fluorescentes qui se déploient à la place des bras. Elle s'envole, revient vers lui lorsqu'il s'arrête, puis s'enfuit à nouveau quand il s'approche. Shen Feng sent sa poitrine se contracter, ses lèvres s'étirer et une série de sons s'échappent de sa gorge. Il éclate de rire. Surprise, l'ombre se penche pour l'observer et s'élance en arrière, les ailes tremblantes. Amusée par leur jeu de miroir, elle rit aussi. Shen Feng saute dans l'air pour l'attraper, elle tourne sur elle-même, se transforme en un félin qui grimpe sur le plafond. Il se précipite vers elle en gesticulant. Elle bondit en avant, se retourne pour lui faire des grimaces. Dans un ultime essai, il se lance vers elle. Elle s'éclipse vers la porte et s'évanouit dans la lumière du jour. Shen Feng retourne à sa couche, ramasse ses vêtements et s'habille pour sortir. Une lueur pâle s'allume. L'ombre a réapparu sous la forme d'une femme. Elle imite ses gestes. Il feint de l'ignorer et s'assoit sur sa paillasse, elle aussi. Il tourne la tête vers elle, elle en fait autant vers lui. Il la regarde. Elle l'observe. Soudain, elle se déploie. Il pénètre dans un univers de brouillard où des flocons de neige tourbillonnent et brillent. La voix de femme s'élève :

– Tu es venu me chercher, je suis à toi !
– Qui es-tu ?

Le jeune luthier oublie qu'il ne doit pas parler à un fantôme.

– Je ne suis pas la bodhisattva Guan Yin aux mille bras qui brandit le fouet et la roue du feu, porte la fiole d'eau vivifiante et tient la branche de saule. Je ne suis pas le Dragon de l'océan, le dieu colérique qui fait le vent et la foudre. Je ne suis pas la Fille céleste qui veille sur le jardin des pêchers de la Mère de l'Ouest. Je ne suis pas une femme ordinaire qui garde en elle les émotions des mortelles. Je parcours la terre à la poursuite de la lune. Je murmure avec la forêt. Je suis dans le rêve des oiseaux, dans la respiration des fauves qui chassent. Toi, tu me plais, et pour toi, je veux faire des miracles. Toi, l'enfant abandonné, je t'offrirai le printemps éternel…

À l'écoute de l'extraordinaire créature, la tristesse submerge Shen Feng. Il l'interroge :

– As-tu vu mon maître ? Où est-il parti ?

– Ton maître est parti avec l'hiver car j'arrive avec le printemps. Il savait que je viendrais, il nous a laissé la maison pour que nous nous aimions.

L'ombre enlace Shen Feng. Ses bras sont autant de courants d'air chaud. Asphyxié, il veut se débattre mais ses membres ont perdu toutes leurs forces. Il ouvre la bouche pour respirer. L'ombre s'y engouffre telle une gerbe d'étincelles.

Une sensation vibrante jusqu'alors inconnue brûle son bas-ventre.

Shen Feng gémit de plaisir et se réveille en sursaut. Le jour s'est levé. Le soleil s'infiltre à travers les fentes de la porte, tatoue sur le mur des volutes, des spirales, des mots indéchiffrables.

Il a dressé un tréteau devant la maison. Le soleil le scrute à travers les arbres et lance ses dards sur son torse nu.

Le racloir à la main, il est ébahi par sa découverte. La laque décapée, la planche est une courtisane mise à nue. Sans habit ni maquillage ou bijou, elle dévoile la splendeur de sa beauté naturelle. Auparavant, en écoutant le son qu'elle renvoyait quand il la soupesait, il avait conclu qu'il s'agissait d'un morceau du cèdre ancien. À présent, il se trouve devant un bois inconnu de couleur jaune rougeâtre, parcouru de fines veines. Comme la température est anormalement élevée pour ce début de printemps, le bois exhale une étrange fragrance.

Son maître a autrefois évoqué une espèce d'arbres magiques poussant sur les îles flottantes de l'océan de l'Est. Leurs racines sortent de la terre et abritent les animaux sauvages. Leurs troncs percent le ciel. Leurs feuillages boivent dans les nuages et se régénèrent au soleil. Des nuées d'oiseaux viennent s'y nicher au crépuscule et repartent à l'aube. Matin et soir, ils font un tel tapage que les pêcheurs peuvent les entendre depuis la côte. Le vieux luthier disait que ces arbres magiques ne meurent jamais et ne craignent pas la foudre. Au contraire, les jours d'orage, lorsque les éclairs déchirent les nuages et soulèvent les vagues, leurs ombres, en forme de massifs de fleurs, se profilent sur le rideau de pluie et ondulent dans le ciel comme des méduses. Une fois tous les mille ans, ils renouvellent leurs branches. Plus grosse qu'un tronc de cyprès centenaire, la branche morte flotte sur la mer et ne pourrit jamais. Recueillie par les marins, elle se vend sur le marché à prix d'or, seuls les empereurs peuvent se l'offrir pour en faire des armoires, des paravents ou des poutres peintes qui remplissent leurs palais d'un parfum subtil évoquant les îles bienheureuses.

Si son maître était là, il tournerait autour de la planche, émerveillé et ravi.

Shen Feng soupire. Il dépose le racloir et sort du jardin. En une nuit, le village est devenu méconnaissable à cause des arbres qui ont fleuri. Les cerisiers, les pêchers, les poiriers et les pommiers, les hortensias et les boules de neige ont coloré le versant où sont bâties les chaumières jusqu'au fond de la vallée. Les enfants, excités par ce qu'ils voient, roulent dans les herbes et courent en tirant des cerfs-volants, lesquels, portés par la brise, se balancent haut dans le ciel.

Près du puits, Shen Feng rencontre une voisine qui tire de l'eau. Il se précipite pour l'aider.

– La dernière fois qu'il a fait aussi chaud, marmotte-t-elle, c'était il y a vingt-cinq ans. La grande sécheresse est arrivée et on a attendu la pluie pendant deux ans. Après ça, on a eu les sauterelles, les troupes rebelles, les Barbares du Nord, les percepteurs d'impôts... Dis, ton maître qui sait lire les étoiles, il pourrait nous dire si on va manquer d'eau ou pas.

Shen Feng esquive :

– Veux-tu que j'apporte ton seau chez toi ?

– Oh oui ! Merci, mon petit. Je suis trop vieille maintenant. Autrefois, je portais deux seaux d'eau au bout de ma perche et je pouvais courir.

– Attends-moi un instant.

À son tour, Shen Feng tire un seau d'eau et s'asperge de la tête aux pieds. Il s'apprête à en remonter un deuxième quand la voisine s'écrie :

– Ça suffit, Shen Feng ! Si tu veux te laver, va au lac. S'il y a la grande sécheresse cette année, on ne doit pas gaspiller l'eau !

Il abandonne le seau qui retombe dans lè puits en grinçant et raccompagne la voisine chez elle.

– Tiens, prends cette crêpe, mange-la tant qu'elle est chaude, lui dit-elle. Donne celle-là à ton maître.

Son corps ranimé par les deux crêpes, Shen Feng saisit la hache et se met devant la planche. Il écarte les jambes, rentre le ventre, vérifie ses hanches, respire profondément et lève le bras.

Il n'a jamais connu le vertige de la découpe. Sa hache tombe, sans trembler. La planche frémit mais ne sursaute pas. La lame y pénètre aux trois quarts avec fermeté et douceur.

Enfant, Shen Feng coupait le bois tous les jours sans savoir que le vieux luthier l'entraînait. Plus tard, son maître lui révéla le secret :

« La force d'un luthier n'est pas la violence du guerrier. Il doit tenir fermement son instrument comme un guerrier qui ne lâche jamais son sabre au combat. Mais un guerrier taille, transperce, ôte la vie ; un luthier découpe, râpe et donne la vie. La force d'un guerrier est le courage, il terrifie avant de tuer. La force d'un luthier est la justesse, il connaît parfaitement la trajectoire de sa lame. »

Shen Feng retire sans effort la hache – son maître lui a enseigné la coupe légèrement biaisée, un geste difficile à réaliser. Il lève le bras à nouveau. La hache étincelle dans l'air et retombe. Un frison parcourt la planche.

« Tu n'es pas concentré ! Bouche-toi les oreilles ! grondait le vieux luthier. Quand tu travailles le bois, n'écoute pas les bruits autour de toi ! Quand on manie une lame, on doit écouter les battements de son cœur. Car le geste doit être rythmé par l'afflux du sang. Il faut rester concentré, la déconcentration, c'est l'abandon de soi. »

Martelé par Shen Feng, le couvercle du sarcophage s'anime. Il lève la jambe et ramène le genou sur le rebord de la planche. Il l'immobilise entre main et genou, et glisse une scie dans la fente qu'il vient de tailler. La planche soupire et un long tremblement lui traverse la paume. Au fur à mesure que la scie avance, la planche gémit, râle, lâche des petits cris et des frissons. Elle ondule et s'ébroue de toutes ses fibres raidies par la laque funéraire de la dynastie Song.

Accroupi sur le seuil, un bol à la main, la bouche remplie de céréales, Shen Feng mâche, écoute le chant des oiseaux excités par le déclin du jour et contemple les nuages qui changent de forme dans le ciel. Il se souvient du visage de la défunte aperçu un seul instant dans son sarcophage avant qu'il ne se dissolve en poussière.

Qui est-elle ? Est-ce l'Impératrice Liu ou une de ses servantes ?

L'Empereur Liu a fait la guerre aux Barbares du Nord et a fondé la dynastie Song. C'est un héros vénéré dans le Sud. Partout dans les salons de thé, des chanteurs aveugles content ses exploits. Mais on ignore tout de la vie de ses épouses. On sait seulement que ses fils s'entre-tuèrent et que la dynastie ne dura que quelques décennies. Si le vieux luthier était là, il lui donnerait des explications.

Shen Feng se lève et s'approche du tréteau. Coupée en deux, posée en parallèle, la planche ressemble aux deux jambes d'une femme.

273

Profaner la tombe d'une impératrice qui a été l'épouse d'un héros, n'est-ce pas une action maudite ? Pour preuve, Zhu Bao et la nonne ont été exécutés, et les soldats recherchent leur complice. Vont-ils traverser la forêt pour l'arrêter ? Ou bien l'attendent-ils en ville chez Gros Liu ? S'il ne peut plus retourner chez l'antiquaire, pourquoi façonner cette cithare ? Même l'or qu'il lui a donné pour avance a été perdu. À présent, il est devenu un criminel. Doit-il fuir ? Mais comment peut-il disparaître sans en informer son maître ?

La nuit, vague géante, s'écrase sur le village. Dans les arbres, les oiseaux se taisent. Les étoiles s'allument.

Shen Feng remue les mâchoires et s'efforce d'avaler une bouchée de céréales. Les grains lui raclent la gorge, n'arrivent pas à descendre. Il rentre pour prendre une louche d'eau quand il voit la femme de la tombe appuyée contre le chambranle de la porte, lui barrant le chemin. Sa robe flotte dans la brise et ses cheveux lâchés, couleur gris et argenté, ondulent sur son dos jusqu'au sol. Elle lorgne Shen Feng de ses yeux gris-turquoise.

Il se fige d'effroi.

Elle sourit et s'écarte.

– Entre.

Il se précipite vers la jarre et boit plusieurs louches.

Lorsqu'il lève la tête, la femme a disparu.

Il va fermer la porte quand elle réapparaît dans le jardin.

– La cithare a été inventée par le dieu Fu Xi pour donner à l'homme la décimale de la morale et la partition de la rectitude. Vivant à l'écart du monde à l'état de singe sauvage, comment peux-tu prétendre être luthier ?

Shen Feng garde le silence. Il se souvient que si un fantôme s'adresse à un vivant et que si le vivant lui répond, la vie devient prisonnière de la mort.

– Je n'ai pas de cithare, continue la femme. Mais je compose de la musique avec la force de mon esprit. Les vents sont mes cordes de soie et je fais résonner les cris des animaux. Écoute…

La femme lève un bras. Sa longue manche ondoie et dévoile une main couleur de nacre.

Un grand silence descend dans la vallée.

Des herbes et des buissons s'élève un tumulte furtif, suivi du chahut croissant des arbres qui ploient sous le vent. Derrière la maison de Shen Feng, un hibou hulule. Le vent se retire subitement et se divise en nombreux courants d'air qui serpentent dans la forêt en différentes directions. Les arbres frémissent, palpitent, grognent. Selon la taille de leur tronc et le volume de leur feuillage, ils psalmodient ou proclament et se répondent en aigu et en grave. Leur chœur, tantôt furieux, tantôt tempéré, est rythmé par la percussion des branches qui se plient et se heurtent.

– Shen Feng ! Shen Feng !

Un enfant du village remonte le sentier en courant. Il s'arrête devant le treillis du jardin, haletant :

– Ma mère est en train d'accoucher. Est-ce que le vieux luthier est là ?

– Il est sorti, répond Shen Feng.

Déçu, l'enfant s'en va, puis il se retourne.

– Peut-il passer quand il sera rentré ?

– D'accord.

L'enfant bondit et disparaît. Il semble n'avoir rien vu d'anormal.

Le vent est tombé. Shen Feng cherche la femme et la trouve assise dans le cerisier. Sous les plis de sa robe, ses jambes se balancent. Elle fait un signe à Shen Feng et soudain souffle sur les fleurs.

Un oiseau, puis deux, trois, dix, cent se mettent à gazouiller. Contrairement aux arbres qui bruissent par vagues d'harmonie, les oiseaux s'égosillent tous en même temps, tels des milliers de clochettes qui tintent sans répit. Leurs chants chaotiques font tourner la tête de Shen Feng. Il ne sent plus le poids de ses jambes ni le mouvement de ses bras.

Il s'assoit sur le seuil.

La femme est en face de lui. Mais il a l'impression qu'elle est aussi derrière lui. Devant lui, elle lui tend les bras. Derrière lui, elle l'enlace déjà. Sa voix lui parvient à travers les cris des oiseaux :

– Les champs de bataille deviennent rizières, les routes militaires, chemins pour caravanes. Là où gisent les corps des soldats poussent les arbres à thé, là où les héros sont tombés, on bâtit les villages. Il n'y a que le fleuve Yangzi qui se souvienne des noms, des exploits, il coule vers l'est en emportant les saisons et les lunes.

Elle s'arrête puis s'adresse à Shen Feng :

– Toi qui n'as pas vécu et qui n'as rien vu, rien entendu, comment oses-tu toucher à la musique ?

Shen Feng décide d'ignorer le fantôme, probablement rendu fou par la solitude.

Hésitante, la lune grimpe sur les arbres. D'un coup, elle s'élance et roule dans le drap bleu du ciel. Ses rayons laiteux ruissellent, se répandent sur les herbes. Shen Feng a étalé autour de lui ses outils, il installe l'une des deux planches sur ses genoux et la frotte.

La femme est assise sur le tabouret de pierre. Elle prend l'autre planche et imite les gestes du jeune luthier. Ses mains, petites aux doigts fins, ne ressemblent en rien à celles des filles du village, rouges et larges. Comme elle façonne le bois avec concentration, il ose la regarder : son visage est celui d'une enfant qui tourmente son jouet ; lorsqu'elle baisse le menton, il devient celui d'une jeune mère ; lorsqu'elle lève ses yeux, l'enfance et la maternité se fondent en elle, lui donnant un air timide et audacieux. Baignée dans la clarté de la lune, sa chevelure flotte et ondoie. Il s'aperçoit qu'elle n'est pas grise, mais composée d'innombrables mèches de couleurs pâles où scintillent le rose, l'orange, le mauve, le bleu, le noir.

Shen Feng prend une gouge. Elle aussi.

Au village, lorsque quelqu'un meurt, tout le monde participe aux funérailles, accompagne la bière au cimetière. On pleure le défunt, on raconte sa vie, le flatte et le console. Car on dit que si quelqu'un meurt avec de la rancœur, il revient dans le monde des vivants, pour hanter leurs nuits, voler leur énergie vitale. Les revenants sont des monstres cadavériques aux cheveux verts, aux dents sanguinolentes, avec des yeux plus gros que des lanternes. À deux pas de Shen Feng, la femme ne ressemble pas du tout à cela. Malgré la pâleur de son teint, ses joues sont roses et ses lèvres carmin. Ses cils frémissent et ses yeux brillent comme ceux d'une femme normale. Sa robe, un ensemble de nuances subtiles, souligne une silhouette gracieuse.

La lune déplace l'ombre des arbres. Bientôt, leurs lignes noires zigzaguent sur la table de pierre. Être avec une femme, quelle sensation différente ! pense Shen Feng. Une femme, ce n'est pas son maître qui conte des histoires, ce n'est pas l'antiquaire Gros Liu qui se vante, ni le marchand de musique Lu Si qui négocie, ni Zhu Bao, désespéré de ne pas gagner d'argent. Elle minaude comme une jolie biche, lance des appels muets qui le chatouillent. Shen Feng avale sa salive et tend l'oreille. Elle semble lui dire : « Je ne ressemble pas aux filles du village qui courent pieds nus, je suis une déesse descendue du ciel. Regarde-moi, regarde comme je suis belle… »

Shen Feng écarquille les yeux. La gouge glisse de sa main et tombe.

Sa peau est diaphane comme la lune. Svelte est sa taille et ronde sa poitrine. Pourquoi vient-elle à lui, un pauvre luthier qui n'a rien vu, rien vécu ?

Elle se tourne vers lui et plonge son regard dans le sien. Tétanisé, il rougit jusqu'aux oreilles, toussote et se gratte la nuque. Deux fossettes apparaissent dans les joues de la femme. Elle se met à rire. Il n'a pas le temps de l'éviter, elle flotte jusqu'à lui, prend sa main et la pose sur elle. Ses doigts rencontrent une chair ferme. Le cœur de Shen Feng bondit et palpite. Il tremble.

La femme l'enveloppe et sa voix lui parvient malgré le battement affolé de son cœur :

– Viens, Shen Feng, viens vers moi. Entre en moi. Je suis le monde. Je suis la vie.

Il respire bruyamment. Saisi d'effroi et d'un sentiment de gratitude, il la soulève et la porte jusqu'à sa couche.

Son cœur cogne. Son cœur se déchaîne. Son cœur fait un tel tapage qu'il n'entend plus rien d'autre. Son corps s'échauffe. Sa peau brûle. Sa gorge se dessèche. Sa respiration lui fait mal aux narines. Ses mains qui n'ont jamais failli à manier un couteau, une hache, tremblent si fort qu'il n'arrive pas à caresser la chair douce de la femme. Il la repousse pour se cacher. Soudain, il est bousculé, pressé, pétri par elle. Il ouvre la bouche pour respirer, et elle place aussitôt sur sa langue quelque chose, sucré et glissant. Elle l'aspire, le vide tout en soufflant dans son corps un fluide chaud. Il est pris de panique. Il n'a jamais touché une femme. Elle pousse des soupirs. A-t-elle mal quelque part ? Mais pourquoi son étreinte devient-elle de plus en plus brûlante ? Elle l'attend et il ne doit pas la décevoir. Qu'attend-elle de lui ? À peine émet-il cette pensée, qu'il entend sa voix résonner dans sa tête et le supplier :

– La musique ! Change-moi en musique !…

Maladroitement, il l'allonge sous lui comme une cithare et ses mains frôlent sa peau. Elle frémit et répète :

– La musique, la musique, s'il te plaît. J'ai trop souffert du silence !

Il plonge la tête dans ses cheveux, il hume son parfum et lui mord la nuque.

– Serre-moi fort, supplie-t-elle en tremblant. Je suis à toi. Je suis ta musique.

Il se frotte contre elle. Elle gémit. Au rythme accéléré de ses refrains, il descend en elle comme il plonge dans le lac et cherche les cordes musicales à l'intérieur de la chair de la femme. Elle râle et lâche un long trille acéré.

Il pénètre dans un enclos si étroit qu'il a mal. Un long frisson le parcourt de la tête aux pieds. Des vagues blanches se poursuivent, des ombres noires tourbillonnent. Le lac est un vase où l'on entre pour grandir, se blottir, se remplir. Il n'entend plus les battements de son cœur. Il oublie la douleur de son corps. La différence entre les morts et les vivants s'efface. Il écoute tous les sons qui bruissent. C'est le susurrement de deux personnes. Un homme et une femme chantent en duo. Tels les rossignols de la nuit, ils improvisent, ajustent le ton, cherchent l'harmonie. L'un accélère, l'autre ralentit, ils alternent la joie et la tristesse. Leurs voix glissent vers l'aigu de l'espoir, pirouettent et s'élancent vers la mélancolie. L'un traverse l'autre en ondulant. Ils s'éloignent puis se rapprochent. Face à face, ils s'embrassent. Ils cherchent la vibration commune, leurs têtes, leurs pieds, leurs poitrines et leurs jambes s'accrochent, s'emboîtent et fusionnent.

Tout à coup, Shen Feng pense à Zhu Bao et à la nonne. Il comprend leur empressement à quitter la ville, leur détermination à piller la tombe, leur désir d'être ensemble au point d'en mourir. Lui, Shen Feng, qui n'avait jamais connu cette musique, croyait tout savoir sur les cithares.

Le sentant distrait, elle bascule sur lui et le chevauche. Son balancement irrégulier déclenche en lui un déferlement de frissons et de cris. Lui aussi est capable d'émettre des notes musicales. L'homme et la femme ne sont-ils pas les deux morceaux de bois composant la table et le fond de la cithare ? pense Shen Feng. Prédestinés l'un à l'autre, ils doivent se rencontrer, s'enlacer, pour faire résonner la même musique.

Ils glissent de la paillasse, roulent sur le sol et soupirent en harmonie. Soudain, la joue de Shen Feng heurte un objet dur et pointu. Il tâte sa tunique sur laquelle il est allongé. Ses doigts saisissent la bourse enfermant les huit morceaux d'or.

Quelqu'un frappe violemment à sa porte. Un voisin crie tout bas :

– Shen Feng, réveille-toi ! Des soldats ! Des soldats arrivent. Il faut partir…

Il bondit. Un dragon de feu est entré dans le village. Là où il passe, les treillis et les toits craquent, les chaumières s'embrasent, des cris et des pleurs s'élèvent. Des ombres vacillent et se bousculent. Les villageois, arrachés à leur sommeil, sont poussés vers le puits. Les soldats brandissent leurs torches et vocifèrent :

– Où est le trésor funéraire ?

– Où avez-vous enterré le trésor ?

– Attache-les !

– Où habite un dénommé Shen Feng ?

Il se retourne brusquement. La femme n'a pas disparu. Ce n'était pas un rêve.

Elle se tient derrière lui. Elle est blanche et rayonne comme la lune. Elle soutient son regard et ouvre ses lèvres. Elle sourit.

– Je suis ton trésor. Il est temps de partir.

Sept

An 444, dynastie Song

La brume flotte sur les allées du monastère.
La brume tourne autour du balai de bambou.
Le balai au long manche racle les pavés et émet des sons secs comme plusieurs cordes pincées successivement par un plectre. Il gratte les mottes de terre logées dans les rocailles et imite le crissement des cordes frottées. Plaqué brutalement contre le sol, il jette un claquement sourd. Pureté de Vacuité se redresse et essuie la sueur sur son front. Au monastère, la loi bouddhiste a prescrit l'abandon de tous les biens terrestres. Devenue nonne, elle a accepté l'abstinence mais a souffert de ne plus pouvoir jouer de la cithare. Quand elle a découvert qu'au contact du sol mouillé, des pavés, des marches, des bancs, le balai de bambou peut produire différentes gammes de sons comme un instrument de musique, elle a accaparé le poste de balayeuse. Chassant les feuilles mortes et les toiles d'araignée dans les moindres recoins du domaine, elle improvise chaque jour les contrepoints et les harmonies d'une musique audible d'elle seule.
Elle a honte de tricher avec la loi. Surtout, elle se reproche de continuer à être attachée à la vacuité du monde des

hommes. Cependant, lorsqu'elle prie et se confesse aux pieds des Bouddhas, elle a l'impression qu'ils lui sourient et ne la condamnent pas. Vivant recluse au sommet de la montagne, elle ne reçoit plus de nouvelles de la dynastie que son époux a fondée. Elle a voulu faire le vide dans sa conscience et accéder à la pureté de la non-pensée, elle a découvert que, tel un enchaînement d'accords subtils, ses souvenirs s'entremêlent et résonnent, qu'il est impossible de faire taire cette musique.

Comment oublier son grand-père qui jouait de la mandoline avec un plectre d'ivoire ? Ses mains blanches étaient petites comme celles d'une femme et voltigeaient sur les cordes. Sa voix qui chantait les vers était suave et traînait dans les graves. Sa poésie contait que la vie est un banquet fastueux et éphémère. Chaussé de sandales sculptées, coiffé d'un haut chignon, enveloppé d'une tunique ample parée de broderies, il se déployait dans le ciel de son enfance comme un arbre flamboyant de l'automne.

La brume tourbillonne et le haut mur du monastère émerge, rappelant le corps ondulant d'un boa géant. En balayant l'allée principale, Pureté de Vacuité s'approche de la porte de l'entrée, la tête du reptile. La silhouette mince de son père apparaît dans cette gueule ouverte entre les deux vantaux massifs qui composent ses mâchoires puissantes. Vêtu d'une tunique bleu foncé, coiffé d'un cache-chignon en lin, il lui lance un sourire hésitant.

– Père !

Elle s'avance. Il recule et disparaît dans le brouillard.

Son père lui a enseigné la musique et transmis l'amour de la solitude. Lorsqu'il décéda, il n'avait pas atteint l'âge qu'elle a aujourd'hui. L'impitoyable temps qui s'enfuit fait qu'elle est déjà plus vieille que son père.

Poussant le balai, elle chasse quelques feuilles et franchit la porte. Devant le monastère, la terrasse est déserte. Elle retire de sa ceinture une lame de bambou, s'accroupit et gratte les pavés où les oiseaux ont laissé leurs fientes.

Là-haut, dans les cieux, son époux doit s'étonner de la transformation de son épouse. Elle se souvient qu'elle le foudroyait du regard lorsqu'il se versait du vin au lieu de se faire servir et qu'elle avait honte de ses habits usés qu'il ne voulait pas quitter. À présent, elle, une Haute Porte née pour perpétuer les privilèges de l'aristocratie, elle, une Impératrice mère d'un Empire, devant laquelle se prosternaient les princes, autorise ses doigts à toucher autre chose que livres, encens, fleurs et cithare. Elle a pris goût aux travaux des humbles.

Comment oublier son époux qui avait le regard perçant d'un faucon ? De taille plus petite que son grand-père et son père, il avait pourtant une allure menaçante qui le grandissait. Il s'était abattu sur elle, l'avait saisie dans ses serres et emportée dans son envol vers le pouvoir suprême. Elle pensait qu'elle mourrait, victime des guerres qu'il déclenchait, elle lui a survécu. Dans deux jours, ce sera son anniversaire. Autrefois, le palais de réception de la Cité interdite était noir de monde. Princes, généraux, ministres, ambassadeurs levaient leurs verres de bronze pour souhaiter dix mille années de longévité à l'Empereur. Les chars venus des quatre coins de l'Empire faisaient la queue plusieurs jours durant à la porte latérale du palais pour décharger les cadeaux des gouverneurs. La nuit tombait et la ville impériale s'illuminait. Du haut de la pagode, elle voyait le peuple en liesse car la Cour avait décrété trois jours de fête.

Elle souffrait de son étreinte possessive. Elle vit à présent dans le vide d'après lui. Elle ne l'a pas assez vu, touché. Déjà, comme un rêve, il s'est évanoui.

Elle soupire et se remet debout. La tête lui tourne et elle chancelle. Elle attend un moment pour retrouver l'équilibre. Elle fera une longue prière pour lui à l'occasion de son anniversaire.

Le balai à la main, prudemment, elle prend l'escalier qui descend vers la vallée. Le printemps est arrivé à la montagne. Les hortensias blancs sur le bord du chemin lui frôlent le visage et ses joues sont mouillées par les rosées. Comment oublier Yifu qui aimait tant les fleurs blanches ?

Son fils faisait planter autour de son palais gardénias, magnolias, boules-de-neige et hortensias qui poussaient à l'ombre des pruniers, des pommiers et des cerisiers. Il aimait jouer à cache-cache avec ses concubines sous une pluie de pétales blancs car la blancheur délicate des fleurs, disait-il dans l'un de ses poèmes, rappelle la brièveté de la vie et rend les lèvres des jeunes filles plus carmin et leur minois plus désirable.

Yifu ! Elle essuie ses yeux soudain remplis de larmes. Qu'il est injuste qu'une mère survive à son enfant ! Comment oublier ses longues mains caressant la cithare et son regard étincelant de joie lorsqu'il chantait un poème ? Comment chasser le souvenir de ses moues capricieuses, de sa démarche gracieuse qui ressemblait tant à celle de son grand-père ? Elle s'accuse d'avoir été dure avec son fils qui ne voulait pas être empereur. Elle aurait dû lâcher les rênes, ignorer les complots et rester près de lui, l'admirer et rire avec lui. Elle a perdu son temps et gaspillé leur bonheur. Elle aurait dû céder le trône à ceux qui le réclamaient après la mort de son époux et échanger la couronne contre d'innombrables saisons de fleurs blanches.

Pureté de Vacuité s'assoit sur une marche et essuie ses larmes avec ses doigts devenus rouges et rugueux. Le soleil a percé la brume et d'un seul coup la forêt découvre ses arbres innombrables. Excités par le soleil, les alouettes, les merles, les grives, les rouges-gorges, les coucous se sont mis à chanter à tue-tête. Leur concert, bruyant et chaotique, lui réchauffe le cœur. Elle se relève.

L'orage de la nuit précédente a foudroyé un arbre. Elle en rassemble les plus petites branches et se dit qu'il faut aller chercher le bûcheron pour soulever le tronc. Elle est trempée de sueur lorsqu'elle arrive au Portique de la Montagne. Elle pose son balai contre une colonne et s'assoit à nouveau. Devant elle, l'escalier de pierre fend la forêt et continue sa plongée. Trois mille marches plus bas, le fleuve Yangzi brille comme une large ceinture de soie. Tous les jours, après avoir balayé les parterres du monastère, elle vient s'asseoir à cet endroit et contemple le fabuleux paysage qui a inspiré tant de peintres du Sud. Elle-même l'a peint. Mais ses tableaux sont restés dans la Cité interdite, probablement déjà détruits par les occupants qui lui ont succédé. Dans cette vie antérieure, elle était l'esclave d'elle-même. Ses mouvements étaient surveillés en permanence, ses moindres désirs faisaient jaser et déplacer une armée de servantes et de gardes. Se rendre quelque part était une affaire d'État soumise à l'examen du protocole et des astrologues, alors elle préférait ne jamais sortir de sa chambre. À présent, seule et vêtue d'une simple robe grise, elle savoure la liberté retrouvée et l'idée qu'elle a été la maîtresse du fleuve Yangzi, de ses berges, ses forts et ses navires.

Elle soupire et ferme les yeux. Sa pensée vole vers la terre du Nord, ignorant les barrières des empires. Il lui semble sentir l'odeur des champs de sorgho rouge et entendre le brouhaha des hommes à l'accent rude. Comment oublier qu'il avait fallu des années de guerre pour que son époux étendît la frontière du Sud au-delà du fleuve, mais que la Plaine du Milieu, conquise par la force, fut aussitôt perdue ?

Pour la remercier de lui avoir donné un fils, il lui avait demandé ce qu'elle souhaitait comme cadeau. « La neige », avait-elle répondu. Un mois plus tard, elle reçut trois chars remplis de cristaux sculptés en forme de neige. Accrochés au plafond de son palais, ils scintillaient autour d'elle comme s'il neigeait.

Quelque part dans la montagne, un bûcheron chante. C'est une voix qui monte en aigu avec aisance. En y prêtant une oreille attentive, elle distingue la parole d'un homme qui se languit d'amour. Elle entoure son corps frêle de ses bras et sourit au monde d'en bas, à son immensité, et à ses illusions.

La lune en est à son troisième quartier. Ses rayons laiteux inondent la salle. Aux pieds de Sâkyamuni, Bhaisajyaguru et Amitabha, les Bouddhas du Présent, du Passé et du Futur, maîtres des trois mondes, Pureté de Vacuité frappe le poisson de bois, récite le soutra, puis pose ses mains sur ses genoux et entre en méditation dans la posture du lotus.

Les yeux mi-clos, elle garde les oreilles ouvertes. Cette nuit, c'est à son tour de faire la garde. Même en méditation, son esprit doit veiller sur les sanctuaires et les dortoirs. Le silence de la nuit souffle jusqu'à elle l'agitation nocturne de la montagne. De temps à autre, le cri des singes, le mugissement d'un tigre se détachent des grincements et des hululements. Soudain, elle entend un air de cithare. D'abord faible, son écho résonne autour d'elle comme pour troubler sa méditation. Elle respire profondément et garde les yeux baissés. Le frottement des cordes devient plus distinct. Sensuel et lascif, il ressemble aux murmures amoureux d'un homme et une femme. Il paraît que les religieux peuvent avoir des hallucinations au cours de la méditation. Si le phénomène persiste, il faut résister à la tentation et revenir progressivement à l'éveil.

Elle ouvre les yeux. Des ombres courent au fond de la salle.

Est-ce que des voleurs ont escaladé le mur du monastère ? Elle découvre en tressaillant deux silhouettes entre les colonnes. L'une d'elles se dirige vers l'autel central et fouille, à la recherche probablement de la cassette des aumônes. L'autre longe le mur devant lequel se dressent les statues de Luohans. Portant sa bougie au-dessus de la tête, il examine les fresques avant de rejoindre son complice.

Les deux hommes, munis de pioches et de pelles, renversent les encensoirs, brisent l'autel, font tomber les statues des Bouddhas, farfouillent dans les débris et murmurent des injures. N'ayant rien trouvé, ils se tournent vers elle. Elle n'a pas le temps de se cacher derrière une colonne, l'un d'eux se précipite vers elle, le regard étincelant, les cheveux hirsutes.

Son visage et ses vêtements sont couverts de poussière. Tel un démon sorti de l'enfer, il la saisit par la taille.

Elle résiste et se bat avec lui. Mais ses membres sont frêles et l'homme est possédé d'une force démoniaque. Il souffle sur son visage une haleine chaude. Elle ouvre la bouche pour crier. Mais aucun cri n'en sort. Toutes les nonnes dorment et les chiens demeurent muets. Soudain, elle voit avec horreur que sa tunique se déchire. Nue, elle cesse de se débattre. Sans ses cheveux qui auraient pu l'abriter, elle croise les bras, ferme les yeux et détourne le visage. D'un coup, il la tire à lui, la soulève comme un sac de riz et la met sur son dos. L'un suivant l'autre, les deux hommes escaladent le mur et s'enfuient du monastère. La transportant à tour de rôle comme l'unique butin de leur pillage, ils s'élancent vers la forêt et courent sans s'arrêter.

Elle veut hurler mais elle en est incapable. Au-dessus du sombre feuillage, le ciel s'éclaircit et blanchit. Les nonnes vont se réveiller. Elles constateront le saccage du temple, lanceront les chiens et se mettront à sa recherche, songe-t-elle. Un bûcheron ou un chasseur les arrêtera et la sauvera. Dans les arbres, comme pour donner l'alarme, les oiseaux chantent à tue-tête. Soudain, son porteur trébuche et tombe. L'un sur l'autre, ils roulent dans les herbes trempées de rosée. Heurtant la racine saillante d'un arbre, il ouvre les bras ; elle lui échappe. Aussitôt il bondit, saute sur elle. La serrant contre lui, il dévale la pente.

Elle ferme les yeux et prie. Elle ne sait combien de temps s'écoule encore, elle l'entend pousser un grognement. Il la laisse tomber sur le sol. Elle roule et soulève les paupières. Le scintillement d'un lac l'éblouit. Les deux bandits entrent dans l'eau tout habillés et se nettoient de la tête aux pieds. Elle se recroqueville en croisant les bras. Paralysée par la frayeur, elle n'arrive pas à se mettre sur pied et à s'enfuir. Saisie par le froid qui pénètre ses os, elle ne ressent pas la douleur de sa chute. Elle se tâte. Sa peau, couverte de rosée, de feuilles et de poussière, est glacée. Un des hommes se dresse au bord du lac, essore ses vêtements et disparaît en courant. Le second vient s'asseoir près d'elle. Il l'examine longuement, la charge sur son dos mouillé et continue la route dans la forêt.

Les cheveux du ravisseur sentent la sueur et l'humidité de la terre, et lui rappellent ses jeunes années quand elle vivait parmi les soldats. Plaquée sur son dos, les jambes prises dans ses bras, elle se dandine comme sur la croupe d'un cheval. Elle perçoit les mouvements de ses muscles et entend son cœur battre à un rythme accéléré tel le roulement d'un tambour militaire qui annonce l'assaut. Elle enlace son cou et cherche à l'étrangler. Mais il l'ignore et marche à grandes enjambées.

Comment a-t-il osé profaner l'autel des Bouddhas et enlever une nonne ? Est-ce un simple bandit qui veut réclamer une rançon ? Est-ce un tueur à gages envoyé par l'Empereur Yilong, le troisième fils de son époux, qui a décidé de la faire mourir pour de bon ?

Sous les arbres, le chemin zigzague, monte en pente douce, puis grimpe à pic. Son ravisseur respire bruyamment. Sa sueur dégouline sur elle. Ses jambes tremblent et il chancelle à chaque pas. Mais il ne s'accorde aucun répit et ne s'arrête même pas pour souffler. Au bord de la route, des parcelles de terre plantées de riz et de légumes apparaissent. Un âne attaché à un arbre indique qu'un village est proche. Des chiens surgissent. Ils se jettent sur le jeune homme, flairent sa tunique et se frottent contre lui. Elle voit avec horreur qu'ils posent sur elle leurs gueules sales et la chatouillent avec leurs queues. Ils courent près d'elle et l'escortent vers les chaumières entourées de treillis en bambou. Le chemin devient ruelles ombragées où les poules et les coqs picorent. Son ravisseur s'arrête devant la dernière maison perchée sur le haut de la pente. Il entre dans le jardin et la dépose sous un cerisier. Elle pense avec amertume qu'elle n'est qu'à quelques instants à vol d'oiseau du monastère.

Un vieillard sort et vient la voir. Accroupie devant elle, il l'examine calmement. Son visage est une terre jaune asséchée où les rides semblent creusées à la pioche. De longues fissures pourpres parcourent ses joues comme s'il avait été griffé par un fauve ou s'il avait reçu plusieurs coups de sabre. Ses paupières plissées retombent sur ses yeux cernés. Lorsqu'elles se soulèvent, apparaissent des prunelles brillantes au regard cruel. Les mains entourant ses genoux, elle se recroqueville et ferme les yeux. Elle tressaille quand il pose sa main sur elle. Il pince son bras, marmonne et se lève.

Le vieux s'en va et le jeune revient. Il la touche et lui donne de petites tapes. Il doit avoir une vingtaine d'années. Sa peau hâlée marque sa naissance modeste. Ses yeux s'étirent vers les tempes, lui donnant un air féroce. Il retrousse des lèvres couleur de mûre et découvre deux rangées de dents blanches. Elle ne sait s'il lui sourit ou s'il grimace. Il tend ses mains larges et rugueuses et saisit sa taille. Il la transporte à l'intérieur, la met sur sa paillasse et s'endort en lui tournant le dos. Étourdie et épuisée, elle ferme les yeux pour faire un somme.

Elle se réveille en grelottant. Ses os sont glacés. Elle ne

sent plus ses orteils ni ses doigts. Non loin d'elle, le corps de son ravisseur émet de la chaleur. Elle ramène ses jambes sur les siennes et pose les pieds entre ses pieds. Entourant son torse avec ses bras, elle presse sa joue contre son dos. Une fournaise brûle sous la peau du jeune homme. Sa chaleur la pénètre par vagues et elle s'endort à nouveau.

À peine réveillé, le jeune homme bondit du matelas, s'habille en hâte, sort de la maison, puis revient. Il la prend dans ses bras, la soulève, la pose sur une poutre, retire l'échelle et disparaît. Nue sur le bois de la charpente, elle frissonne. Les cris acérés des rongeurs l'environnent. Une chair froide tombe sur sa cheville et rampe vers sa tête. Un serpent ! Elle ferme les yeux. Lorsqu'elle les rouvre, le serpent a disparu. Les rayons blancs du soleil s'insinuent à travers les volets fermés. Des formes rectangulaires sont suspendues à des cordes nouées autour de la poutre. Elle reconnaît peu à peu des planches de bois modelées en forme de cithare. Elle est dans la maison de luthiers. Voilà pourquoi elle entendait un air de cithare pendant la méditation. Voilà pourquoi quand l'homme posait ses mains sur elle, elle ressentait une force qui ne lui était pas inconnue.

Le jeune homme revient quand la nuit tombe. La solitude glaciale dans laquelle elle est restée plongée a été si horrible qu'elle tressaille de joie en le voyant. Il la prend dans ses bras et la descend délicatement du toit. Elle oublie sa timidité et pose la tête sur son épaule. Surpris par son geste, il hésite un instant, puis passe lentement ses mains sur ses hanches. Elle le repousse. Il recule puis revient. Elle balance une jambe. Il lève un pied, puis un autre. Un air de cithare se met à résonner. Il avance, elle s'écarte, il la poursuit, lentement ils se mettent à virevolter. Ils dansent.

À la lumière des flammes, anxiété, tristesse, exaltation alternent tour à tour dans les yeux du jeune luthier. Tantôt il la regarde avec intensité comme s'il voulait la détruire, tantôt il la fixe avec un ravissement béat comme s'il voulait lui donner une nouvelle vie. La musique efface les différences et réunit les étrangers. La musique la transporte et elle oublie son âge, sa vie antérieure. Qui est-il ? Pourquoi ses battements de cœur lui semblent-ils familiers ? Pourquoi suivent-ils le même rythme comme s'ils entendaient la même musique ? Elle voudrait réciter le soutra mais ne retrouve pas les mots dans sa mémoire.

Le soleil se lève. En une nuit, le printemps a fleuri le village. Ils s'installent sous le cerisier, sur un tapis fait d'herbes douces et de pétales. Il l'admire. Elle lui sourit. Les mains du luthier caressent ses seins, sa taille, ses cuisses, empoignent ses jambes, massent ses pieds comme si elle était une cithare qu'il sculptait. Le froid la quitte et son sang circule plus vite. Elle cesse de penser qu'il pourrait être engagé par la Cour pour la déshonorer ou pour l'assassiner. Depuis combien d'années ne voit-elle plus le printemps comme une saison de renaissance mais comme le début d'un nouveau cycle qui la rapproche de la mort ? Elle tend les bras et ses doigts effleurent une peau lisse et ferme. Elle appuie ses paumes sur la poitrine du luthier et le caresse à son tour. Il la laisse toucher ses épaules, son cou, ses oreilles, puis s'allonge contre elle, lui offrant son ventre, ses hanches. Elle découvre ses cuisses, ses genoux, ses mollets, ses orteils. Elle explore son corps jeune qui ne porte pas l'usure de la souffrance ni la fatigue de la vie, mais la joie et l'innocence.

– Deviens mon épouse, lui dit-il à l'oreille.

Elle détourne le visage. Elle a honte de son âge, de sa chair.

– Viens. Je suis à toi.

Il bascule sur le dos, étend les bras et ferme les yeux. À califourchon sur lui, elle découvre avec surprise qu'elle a retrouvé son corps de vingt ans. Elle regarde avec stupéfaction son ventre plat incrusté dans une taille fine. Ses seins ont repris leur rondeur et les mamelons sont redevenus roses. En tâtonnant, elle effleure une peau soyeuse épargnée par la flétrissure du temps. Elle lève la main. Ses doigts sont pris dans des mèches. Ses cheveux ont repoussé. Ils ondulent dans le vent, se balancent sur son dos et tombent sur les jambes du luthier. Elle le regarde avec reconnaissance et se penche vers lui.

Soudain, un grincement assourdissant la fait sursauter. Devant elle, il y a un trépied en bronze d'où s'échappe la fumée de l'encens. Au-dessus de sa tête, se dressent les trois statues de Bouddhas recouvertes de feuilles d'or. Il fait froid et humide. Le jour est en train de se lever. Les silhouettes grises des nonnes pénètrent successivement dans la salle de prière.

Au monastère, le temps ne compte plus. Parce qu'il a trop été compté. Parce que, en comptant le temps, elle découvre la vie au ralenti, l'alternance du blanc et du noir. Comme un poisson dans son aquarium, elle nage dans la foi, pirouette dans la mélancolie quand elle se heurte aux murs des illusions.

Hier, en se présentant au monastère, elle avait quarante ans. Aujourd'hui, elle en a soixante. Au début, elle marquait les jours et les mois sur un cahier. Mais à présent elle ne voit plus que les quatre saisons qui se suivent. Le printemps revient et s'écrase sur la montagne telle une vague géante composée de fleurs parfumées et d'essaims d'abeilles. La vague se retire à la fin de l'automne, laissant la montagne aux arbres sombres, aux nuées noires chargées de pluie. Son amie maître Clarté de Lumière est décédée il y a deux ans. Depuis, elle vit avec la lune qui s'arrondit et décroît. La vie n'est plus qu'une attente de la délivrance.

Pureté de Vacuité se lève. Les mains jointes, les yeux baissés, elle accueille les nonnes devant leurs coussins de sol. Elles s'assoient, toussent, sortent leurs poissons de bois et se préparent pour la prière du matin. Huiyuang apparaît. En vingt années de vie commune au monastère, pas une seule fois sa fille ne lui a parlé avec douceur. Pas une seule fois, elle ne l'a questionnée sur la mort de son père et de son frère. En agissant ainsi, Huiyuang lui impose une distance qu'elle n'a pas le droit de franchir.

La vie austère du monastère efface la sensation de la douleur et ses remords d'avoir été une mère incapable de protéger ses enfants. Voyant Huiyuang arriver dans la salle, elle se contente de la saluer les mains jointes. Huiyuang ne lui rend pas son salut, elle se dirige vers un coin sombre et s'assoit.

Elle craint sa fille, l'adore et l'admire. Elle observe en secret ses mouvements. À peine assise, Huiyuang perd son équilibre. Son coussin de sol doit être troué. Pureté de Vacuité trouve enfin une opportunité de se rendre utile auprès d'elle ! Elle prend un coussin neuf et se dépêche de le

298

lui apporter. Prenant son épanchement maternel pour une manœuvre, Huiyuang fait l'échange avec elle et lui tourne le dos aussitôt. Pureté de Vacuité ne se plaint pas. Avec l'âge, elle a désormais droit aux caprices des vieilles nonnes. Feignant le gâtisme, elle se place derrière elle et s'installe sur le coussin de sol que sa fille vient d'abandonner.

Elle est heureuse de constater que sa fille a accédé au niveau supérieur de la foi. Détachée des liens affectifs, Huiyuang a effacé toute notion d'avenir mais aussi de passé : tous les moments qui ne sont pas du présent ont été dissipés, elle vit pleinement au cœur de l'instant son union avec Bouddha. Ayant traversé le cercle des illusions, elle ira au Paradis de la Terre pure. En tant que mère, ici-bas, Pureté de Vacuité n'a plus de soucis. Les poissons de bois claquent. Elle ferme les yeux et psalmodie.

Elle implore le Bouddha Amitabha, Lumière infinie, Maître de la Terre pure occidentale de la Béatitude, qui montre à Huiyuang la voie des merveilles, du futur vertueux et bienheureux.

Pour son époux, son fils et ses parents, elle demande l'aide de Bhaisajyaguru, le Guérisseur, Maître du Paradis oriental pur lapis-lazuli, et de ses bodhisattvas le Soleil et la Lune. Tenant de la main gauche une jarre et de la droite une branche, Bhaisajyaguru promet le don de sa personne et la victoire sur la souffrance du passé.

Pour elle-même, elle implore la protection du Bouddha Sâkyamuni. Yeux baissés, front serein, le Maître du Présent règne sur le monde des impurs et des imparfaits.

Que Bouddha Sâkyamuni la délivre de ses tourments.

Que Bouddha Sâkyamuni lui donne la force de combattre les démons qui ont surgi au-dedans d'elle.

– Je ne suis pas un démon.

Une voix la fait frissonner.

Elle tressaille et regarde autour d'elle. Il n'y a personne.

– Je m'appelle Shen Feng, dit la voix. Je suis ton luthier.

Elle ferme les yeux et se concentre sur sa prière.

– Tout est illusion, mais j'existe, répète-t-il. Regarde-moi ! J'existe pour toi !

Elle fait l'effort de l'ignorer.

Il se met à chanter. Ce n'est pas un chant. En ouvrant et fermant la bouche, il produit des bruits longs et courts qui imitent la sonorité de la cithare. La fugue qu'il joue ne correspond à aucune de ceux qu'elle sait jouer. Il exprime la joie par des notes sombres et la tristesse par des notes hautes et cristallines. Il est la quiétude de la forêt et le chaos de la ville, la rage de l'homme et la douceur de la femme.

La langueur qu'elle a connue dans son rêve l'envahit à nouveau. Elle se souvient des mains rugueuses et chaudes lui caressant les jambes, frottant ses hanches, la tournant et retournant comme un instrument de musique. Elle se voit sous un cerisier en fleur, son corps de jeune femme baignant dans le soleil. Elle se ressaisit. Elle serre fort les perles de son chapelet et se met à prier à voix haute.

Il rit et chuchote à son oreille :

– Si j'étais un dieu, tu m'aurais vu entouré de lumière. Si j'étais un fantôme, je t'aurais hantée toutes les nuits. Si j'étais l'esprit d'un arbre, ou celui d'un rocher foudroyé par l'énergie céleste, ou un renard doté d'intelligence et du pouvoir de métamorphose, je me serais transformé en femme pour que tu ne me fuies pas. Je suis qui je suis. Je suis celui qui vit sur l'autre versant de la montagne. Regarde-moi ! Regarde-moi !

Elle ferme les yeux.

– Je suis un homme ordinaire, martèle-t-il. Je ferai de toi ma plus belle cithare. Tes jours ont croisé les miens. Désormais, nous traverserons les mêmes saisons. Ouvre les yeux, regarde-moi !

Elle garde les yeux fermés.

Il s'obstine :

– Je suis venu de loin pour t'enlever.

Il l'enlace. Elle serre les dents et n'ose respirer. Il siffle :

– Parce que tu es mon épouse.

Elle sent une déchirure sous son sein. Une souffrance qui avait été autrefois réprimée, retenue, envahit ses membres jusqu'au bout de ses doigts.

– Quand la neige tombera, la terre deviendra blanche et on ne la distinguera plus des nuages. Viens avec moi, entre en moi. Nous partons voir la neige.

La neige, myriade de papillons blancs, tourne autour d'elle et tombe sur elle. Elle tressaille de joie. Sa tête heurte un objet. Elle se redresse et ouvre les yeux. Dehors, on fait sonner la grande cloche de bronze. Autour d'elle, assises sur les coussins, les nonnes frappent le poisson de bois et récitent en chœur le soutra. Sa tête vient de cogner le dos de sa fille assise devant elle. Huiyuang se retourne. Honteuse, elle s'incline, se lève et quitte la salle.

Elle se précipite dans sa cellule en se demandant si elle a toujours son esprit.

Elle ouvre son col, descend sa tunique jusqu'à la taille et se frotte le corps avec une serviette. Elle plonge son visage dans la bassine. L'eau glaciale tirée du puits écorche sa peau et envoie un souffle froid vers son crâne. Elle retient sa respiration et compte : « 1, 2, 3, 4, 5, 6, 7… » Elle additionne puis divise pour constater qu'elle a encore toute sa tête.

Sur la rive sud du fleuve Yangzi, les croyances sont innombrables. Au coin d'une rue, au milieu d'un champ, au bord du fleuve, près d'un arbre millénaire, des sanctuaires sommairement construits sont dédiés à un génie ou à un esprit capable de métamorphoses. Les vivants partagent leur espace vital avec les morts, les esprits, les dragons, les demi-dieux, les êtres célestes. Ils les croisent au tournant d'une rue, derrière un arbre, dans une maison en ruine, près d'un cimetière, au bord du fleuve. Ils se parlent ou ne se parlent pas. Ils se voient ou s'ignorent. Ils s'aiment, se détestent, se font peur, se fuient l'un l'autre, se recherchent, se perdent. L'un meurt, l'autre vit. Or la vie d'un mort est une non-vie, et celle d'un dieu est une non-mort. Et la vie d'un mortel qui envie l'immortalité aux dieux n'est-elle pas une mort ? Qui vit ? Qui ne vit pas ? Que veut dire exister ou ne pas exister ?

– Maître Pureté de Vacuité, grand malheur ! Venez vite ! Venez vite !

La voix angoissée d'une jeune novice a interrompu ses pensées. Elle essuie son visage et sort de sa cellule en hâte.

Elle découvre avec stupéfaction que des soldats en habit de combat ont pénétré les lieux saints du Bouddha. Dans la cour du monastère, des nonnes inquiètes les observent. Elle ralentit le pas et cherche dans la foule sa fille Huiyuang. Elle ne la voit pas. La responsable lui fait signe depuis le perron du pavillon de réception. Pureté de Vacuité monte les marches. Sur le siège d'honneur, un hôte inattendu agite un éventail en plumes chatoyantes. Par son habit soyeux et la queue brun pourpre de martre qui orne sa coiffe, elle reconnaît un eunuque intendant du palais impérial. Le parfum de sa vie antérieure l'assaille. Elle se fige.

En la voyant, il bondit du siège et se prosterne.

– Esclave, chef des intendants des services intérieurs, salue Sa Majesté, clame-t-il de sa voix efféminée.

Ne pouvant le fuir, elle redresse le menton, reprend sa voix hautaine et froide d'autrefois et lui ordonne de se relever. La nonne responsable prend congé en reculant et referme la porte derrière elle. Seule face à son passé, elle se raidit et se tient droite comme si elle portait toujours la lourde coiffure de l'Impératrice suprême.

Après maintes formules de révérence et de politesse, l'eunuque dit :

– Par un décret émis par les précédentes dynasties et valable jusqu'à nos jours, les récoltes des domaines appartenant aux monastères sont exemptes d'impôts. Riches en forêts, terres et paysans, les religieux font du commerce avec les régions riveraines pour accroître leurs biens. Sa Majesté l'Empereur de la glorieuse dynastie Song soupçonne que les monastères fomentent contre lui.

Irritée, elle garde pourtant son calme.

– Avec la donation des riches familles et l'argent des récoltes, les monastères élèvent des pagodes, distribuent des biens aux pauvres et répandent la foi bouddhiste.

L'eunuque sourit et cache sa bouche derrière son éventail. Il la fixe dans les yeux et l'observe tout en disant :

– Les monastères protègent les criminels, recueillent les

paysans qui ont fui les impôts et les soldats déserteurs de la guerre contre le Nord. Leurs dortoirs regorgent d'anciens guerriers qui ont autrefois suivi votre divin époux l'Empereur fondateur et conquérant du Nord. Avec l'argent collecté, est-ce que les moines achètent des armes et préparent un soulèvement ?

Elle soutient le regard de l'eunuque mais la tête lui tourne et elle en a la nausée. Les souvenirs des conspirations lui reviennent. Il y a vingt ans, l'actuel empereur, Yilong, est monté sur le trône après l'assassinat de ses deux frères aînés Yifu et Yizhen. Elle retient sa colère.

– Par la miséricorde des Bouddhas, pourquoi les moines qui ont renoncé à tout voudraient-ils un royaume ? La montagne appartient à tous. Dans la région, les sept monastères répandent des messages de paix et de compassion. Peu importe leur passé et la cause de leur déchéance, les hommes sont égaux dans la souffrance. Tous ceux qui sont désespérés et affamés trouvent chez nous un gîte, du riz et une couverture. À tous ceux qui veulent commencer une nouvelle vie, nous donnons de quoi construire une hutte, des outils pour cultiver un champ et des graines pour fertiliser la terre. À tous ceux ou celles qui veulent rompre avec le monde des illusions et nous rejoindre dans le silence et la pureté, les monastères ouvrent la porte du monde des Bouddhas.

L'eunuque éclate de rire.

– Sa Majesté l'Empereur a ouï dire que vous êtes mêlée à un complot. Que le moine responsable du monastère du Royaume calme est votre amant. Que cet ancien compagnon de votre vénérable époux l'Empereur fondateur s'est fait moine après vous avoir escortée à la porte des moniales…

Elle l'interrompt :

– Calomnie ! Le monastère du Royaume calme est à huit jours de marche d'ici. Je n'ai plus revu le général Zheng depuis que j'ai franchi le seuil du domaine de la Grande Compassion.

– Majesté, Sa Majesté l'Empereur vous demande de lui en donner l'assurance.

Elle comprend immédiatement quel message il apporte.

– Officiellement, le monde ignore que je suis vivante. Mon décès a été annoncé il y a vingt ans, aussitôt après que j'ai pris l'habit monial. Peu de gens connaissent mon nom et mon passé. Une « morte » ne peut pas conspirer.

– Il y a un mois, Sa Majesté l'Empereur a rêvé que vous vouliez venger votre fils. Depuis, il a perdu le sommeil.

– La vengeance est l'affaire des hommes, et les disciples du Bouddha abhorrent la violence et le sang. Yilong est inquiet pour rien. Les conspirateurs sont à la Cour, autour de lui. Ici, nous sommes bien loin pour faire du mal.

– Majesté, Sa Majesté l'Empereur vous demande de lui prouver votre innocence.

L'eunuque arrête de s'éventer. Il se lève, avance de quelques pas et se prosterne à nouveau. Il sort de sa manche une bande de soie blanche qu'il étale sur la table basse devant elle. Il pose sur cette nappe immaculée une petite fiole fermée par un bouchon cramoisi.

– Esclave vous souhaite un bon voyage.

Il frappe son front contre le sol et se retire sur les talons dans un bruissement de tissu.

Elle ne ressent aucune colère, aucune rancœur.

Il doit être midi mais il fait sombre dans le pavillon.

Au milieu de la table drapée de blanc, la fiole, faite en céramique couleur de jade, émet une douce lumière. Par son contour gracieux et sa nuance subtile entre le bleu et le vert, elle reconnaît un objet cuit dans les hauts fourneaux impériaux alimentés par des arbres centenaires. Cependant, l'harmonie entre sa forme et sa couleur est déséquilibrée par le capuchon qui la surmonte. Cramoisi comme une goutte de sang, il doit être taillé dans un gros rubis. Même pour les condamnés à mort, les Empereurs de Chine n'oublient pas de signifier leur richesse et leur puissance à travers chaque objet sorti de leurs palais, aussi infime soit-il.

L'eunuque envoyé par Yilong rallume les souvenirs qu'elle avait réussi à réduire en cendres. Vingt ans auparavant, bannie de la Cité interdite, elle s'était installée dans le bourg de Wu[1] avec son fils et quelques-unes de ses concubines. Yifu s'était réconcilié avec elle, la traitant à nouveau comme une mère et non comme une impératrice tyrannique. Le bourg de Wu, sillonné de canaux et orné de pavillons aux toits recourbés, flotte entre le pourpre des azalées et l'émeraude des eaux. Ses ponts en forme de trois quarts de lune, ses saules pleureurs à la longue chevelure promettaient une vie paisible et heureuse loin des tumultes de la Cour. Ce jour-là, Yifu, vêtu de tuniques de mousseline superposées pour que toutes les nuances et les broderies transparaissent, jouait de la cithare dans le jardin. Les paupières mi-closes, elle écoutait sa musique avec bonheur. Soudain,

---

1. Le bourg de Wu, actuellement Su Zhou.

les portes s'ouvrirent, des soldats pénétrèrent dans la maison et se précipitèrent sur Yifu, sabre à la main. Son fils se défendit avec sa cithare qui se brisa et s'enfuit en sautant le mur du jardin. En criant son nom, elle courut après les hommes qui le traquaient. En haut d'un pont, elle le vit tenter de sortir de la ville par la porte Chuang. Des soldats surgirent et le frappèrent avec des bâtons. Il trébucha et tomba à terre.

La même scène revenait dans ses rêves, mais vingt ans durant, elle pria si fort aux pieds des Trois Bouddhas qu'elle avait fini par la chasser de ses nuits. Mais Yilong, complice d'une conjuration qui fit mourir Yifu dans le bourg de Wu et Yizhen dans la ville de Xin An, auprès de qui obtient-il la force de l'oubli ? Comment la peur de la vengeance peut-elle quitter un homme qui a commis un double fratricide ?

Si Yilong tient fermement les rênes du pouvoir absolu, pourquoi redoute-t-il une impératrice devenue nonne, une femme âgée vivant loin du monde ? S'il a décidé de faire taire une mère vingt ans après, c'est parce qu'il est rongé par le dégoût de lui-même ! Persécuté par sa mémoire, il veut effacer l'ombre d'un crime ancien en en commanditant un nouveau. N'est-il pas puni par son imagination fébrile et ses nuits d'insomnie ? Souffrir de la peur, n'est-ce pas le début d'un châtiment divin ? Cette fiole couronnée d'une goutte de sang trahit l'angoisse de celui qui l'envoie. Si Yilong a peur, c'est parce qu'il se sent menacé. Dans les palais impériaux, les hommes doivent conspirer dans l'ombre pour prendre sa place. Est-ce ses propres fils qui intriguent pour le renverser ?

La grande cloche de bronze sonne, annonçant un nouvel orage. Elle joint les mains et se met à réciter le soutra.

Pourquoi désirer la vengeance alors qu'on est déjà vengé ? La prière lui fait l'effet d'une source limpide qui coule à travers sa tête brûlante.

Elle fouille sur elle à la recherche d'un objet qu'elle pourrait laisser en souvenir à Huiyuang. En vain. Vêtue d'une vieille robe, elle ne trouve rien sur elle, pas même un mouchoir. Il n'y a non plus ni encre ni papier dans le pavillon. Puis elle pense que sa fille serait embarrassée par un mot d'elle et qu'elle ne doit pas l'écarter de la voie en lui rappelant encore une fois leur lien du sang. Elle soupire. Peut-être Yilong a-t-il aussi envoyé une fiole à Huiyuang. Elle secoue la tête. Pourquoi s'inquiéter ? Huiyuang embrasserait la mort avec sérénité, sachant qu'elle s'en irait vers la haute sphère des illuminés.

Les croisillons des portes et des fenêtres dessinent sur le sol un jeu d'ombres. Petite, elle prenait un pinceau et les traçait. Quand le soleil pâlissait, elle pouvait marcher sur un parterre orné de ce qu'elle appelait les « fleurs du soleil ». Hier, sa vie commençait, elle n'était pas plus grande que les hauts vases. Aujourd'hui, elle a déjà parcouru le chemin prescrit par les dieux et atteint la frontière de sa vie. Les soixante années derrière elle paraissent aussi brèves qu'un air de cithare.

Qu'y a-t-il après la mort ? Elle a voulu suivre son grand-père dans sa villa souterraine. Elle a pleuré sur le corps froid de son père. Elle a accompagné son époux dans son agonie. Elle a nettoyé le corps meurtri de son fils avec ses larmes. Pourquoi devient-elle hésitante quand son heure est enfin venue ?

Elle tend la main et saisit la fiole. Elle enlève le capuchon cramoisi et porte la fiole à ses lèvres.

Un instant ! Le soleil. Elle oublie de prendre congé du soleil ! Qu'elle regarde encore une fois la montagne et ses arbres innombrables ! Qu'elle salue le printemps, son fidèle ami. Qu'elle jette son regard une dernière fois sur sa vie, ce rouleau de peinture qui se déplie, dévoilant pavillons, canaux, vaisselle d'or, chevaux empanachés, soldats cuirassés, nonnes, cloches de bronze. Qu'elle respire encore, une dernière fois, l'odeur des cyprès. Sa vie a été une belle œuvre, et toutes les souffrances ne sont qu'ombres et reliefs pour rehausser sa beauté.

Elle se lève précipitamment et va à la fenêtre. Elle donne un grand coup aux panneaux de bois qui s'ouvrent avec fracas. Elle découvre avec étonnement que le monde extérieur a changé de couleur. Rose, mauve, violet, vermillon, orange, jaune, bleu, vert, blanc, toutes les couleurs vives et subtiles qui se trouvent dans les nuages à l'aube et au crépuscule sont venues à sa rencontre. Elle cligne des yeux et se pince les lèvres. Elle ne rêve pas, le printemps la salue.

Elle renverse la fiole dans sa bouche. Un liquide fétide coule le long de sa gorge. Elle recule en chancelant. Saisie de vertige, elle s'avance, cherche sur quoi s'appuyer et trébuche. Sa poitrine se contracte et son dos se raidit. Un goût amer et sucré lui remonte de l'estomac, elle crache un jet de sang. Ses épaules se tordent, elle transpire abondamment et s'effondre.

Au loin, elle perçoit une vaste rizière dont l'eau reflète le bleu du ciel. Un jeune homme marche sur un sillon de terre. Le soleil, se faufilant entre les plants de riz, tatoue ses chevilles nues. Le garçon se met à courir, il vole. Comme une hirondelle noire qui annonce la pluie, il traverse l'immensité qui les sépare. Soudain, il disparaît.

C'est lui ! Cette créature qui possède l'étourderie d'un adolescent et la force d'un adulte.

– Je suis une branche de cerisier en fleur et toi un vase ancien, lui dit-il.

Elle se retourne vivement, mais voit une épaisse grisaille. Elle se frotte les yeux pour s'apercevoir qu'ils saignent.

– Je suis en toi et tu me portes dans ton ventre. Ensemble, nous annonçons la joie et l'espoir.

Elle tâtonne et le cherche.

– Nous serons sur toutes les peintures, dans tous les pavillons.

La grisaille s'obscurcit et elle ne voit plus rien.

– Je joue de la cithare et je fabrique la cithare. Je te veux comme épouse. Tu seras sur mon dos, dans mes bras, sur mes genoux, dans mon sommeil.

Elle tousse à nouveau et crache. Elle s'allonge au sol sur le dos. Une chaleur l'enlace, soulevant son corps de vagues lascives. Elle l'entend murmurer de ce ton profond que seule une cithare faite de bois millénaire peut faire venir du monde des esprits :

– Les cités seront conquises et pillées. Les palais seront saccagés. Les trésors royaux changeront de maître. Les guerres vont embraser la terre. Mais nous traverserons les flammes et les cendres.

Secouée de frissons, elle s'efforce de sourire. Son sourire est une permission. Un souffle la bouscule et la pénètre. Après une douleur aiguë qui l'écartèle, la torpeur l'envahit. Elle abandonne ses yeux, ses mots, ses souvenirs. Sa peau s'étire. Elle devient la terre sur laquelle repose le ciel. Les sensations du chaud, du froid, du sec et de l'humide la parcourent comme un long tremblement agréable. Son cœur se relâche mais elle ne ressent pas la tristesse. Le souffle s'enracine, lui provoquant un mal supportable. Un arbre pousse de sa poitrine, d'autres naissent de ses membres. Elle devient la forêt. Ses feuilles tintent et composent une délicate musique. Elle perd sa pensée. Des milliers de pensées la traversent. Elle perd le soleil. Elle s'élève vers des milliers de soleils.

– Je suis ton trésor. Il est temps de partir, lui dit une voix.

Huit

An 581, dynastie Chen

Le vent souffle. La brume tourbillonne.
La brume se tortille, s'étire en filigrane.
La brume se déchire, dévoilant les vagues bleues et vertes du fleuve Yangzi.
Le vent souffle de plus en plus fort. Comme un troupeau de moutons effrayés par la tempête, les nuages se réfugient vers un coin du ciel. Ils se pelotonnent, puis, chassés à nouveau, se dispersent.
La montagne émerge et déplie ses falaises.
Le maître de Shen Feng disait qu'à l'ouest, dans la terre intérieure, les arbres disparaissent sous la neige et que les rochers se figent en glace. La montagne devient le glacier et le glacier s'élève plus haut que toutes les montagnes réunies pour porter le ciel. Quand le printemps arrive, les sommets dégèlent et deviennent des seins gonflés. Les gouttes laiteuses suintent des stalactites, se brisent et creusent de longs sillons dans la neige. Elles gèlent et redeviennent glace, mais les plus chanceuses parmi elles se retrouvent et forment des ruisseaux. Quand ces ruisseaux descendent du glacier, certains disparaissent. D'autres deviennent rivières. Les rivières

parcourent la vallée. Lorsqu'elles se rencontrent, elles forment un fleuve. Poussant ses remous toujours plus loin, répandant les échos de son ambition, le fleuve se gonfle sous la pluie, s'élance à l'assaut des villes et ne se retire dans son lit qu'après avoir accouché d'innombrables lacs et canaux pour les chants des poètes. Le fleuve Yangzi galope vers l'est. Ses eaux susurrent, grondent, sifflent ; ses vagues nouvelles bousculent les anciennes ; le vent porte les âmes errantes, tristes et agitées, qui cherchent à rejoindre l'océan où elles auront une chance de devenir immortelles.

Dans la brume, des jonques apparaissent. Shen Feng agite trois fois le bras de bas en haut. Les jonques accostent. Il monte sur l'une d'elles. Il tend la main à son épouse. Elle s'appuie sur son bras et saute. Il salue les pirates et remarque qu'aucun ne s'étonne qu'il soit accompagné d'une femme. Il se dirige vers la cabine. Elle le suit docilement. Il a enveloppé ses cheveux dans une écharpe et lui a donné une tunique laissée par son maître. Ainsi déguisée, elle ressemble à une femme ordinaire. Dès qu'ils sont seuls, elle l'enlace, se blottit contre lui et pose sa tête sur son épaule. Ses joues semblent plus roses et ses lèvres plus juteuses. Ses yeux luisent dans la pénombre et cherchent à dissimuler le bonheur d'une femme timide.

La jonque tressaille et quitte le rivage. L'un des pirates apparaît.

– Shen Feng, on a passé ton maître il y a trois jours. Il t'attend sur la rive nord.

– Mon maître ? s'exclame-t-il avec joie.

– Tu as de la chance, ton maître t'emmène vers la terre de ses ancêtres. Tu verras les sorghos rouges et la neige. Viens dehors ! Que fais-tu dans le noir ?

Hésitant, il sort et s'installe à la poupe. Se collant à lui comme une ombre, elle s'allonge et pose sa tête sur ses genoux.

– Shen Feng, tu as l'air triste. Tu nous boudes ?

Un autre lance d'une grosse voix :

– Shen Feng, ne t'inquiète pas. Tu trouveras une jolie fille ! Dans le Nord, elles sont toutes belles.

Il réplique :

– J'ai une femme déjà.

– Une femme ? Où est-elle ? Tu l'as laissée chez toi ?

Les pirates éclatent de rire. Il comprend alors qu'elle est invisible à leurs yeux.

Elle le dévore du regard. Il prend sa main, sent la chaleur de sa paume et la fermeté de ses doigts. Elle existe. Elle n'existe que pour lui.

De la proue, un pirate lance :

– Dans le Nord, le général Yang Jian devenu l'Empereur de la dynastie Sui est prêt à lever une armée. Comme il est d'origine chinoise, les Chinois du Sud ne lui résisteront pas. Un oracle dit qu'il est l'homme mandaté par le Ciel pour réunir le Nord et le Sud.

Un autre pirate continue :

– L'astre du déclin désigne le Sud. Il y a un mois, une comète a traversé le ciel de Jian Kang quand l'Empereur des Chen fêtait l'anniversaire de sa favorite de seize ans. Il lui a offert un concert joué par milles concubines.

Un autre se moque :

– Qui ne connaît pas Zhang Lihua au visage de lune et aux dents de perles ? C'est elle qui gouverne !

Un troisième le fait taire :

– Ne sois pas jaloux d'un empereur. Si je me retrouve une femme aussi belle et intelligente, je ferai pareil.

Le premier pirate grogne :

– Si le Sud et le Nord se réunissent, ils vont nous traquer et nous ne saurons plus où nous cacher !

Les jonques se suivent en file et lentement, elles prennent le large dans le fleuve.

Un chant s'élève de la jonque de tête et tous les pirates se mettent à fredonner :

Les flammes jaillissent du ventre de la terre.
Les flammes tombent de la voûte du ciel.
Je cours, je tourne, je trébuche et rampe.
Où sont ma chaumière et ma terre ?
Où sont ma femme et mes enfants, les mains douces qui
*   pansent les plaies,*
Où sont mon cheval et mon arc,
Mon casque de fer, mes bottes de cuir,
Ma robe de guerre écarlate qui confond le sang sur mes
*   membres ?*

Les toits brûlent.
Les murs s'effondrent.
Les princesses courent dans les rues pieds nus.
Les courtisanes se jettent des pavillons les cheveux épars.
Mais je ne connais ni peur ni désolation.
Mais je n'ai plus faim ni soif.

Ma boussole tourne vers la vie tout en indiquant la mort.
Dans quel royaume est enterré mon passé ?

Sur quelle terre irai-je enterrer mon avenir ?
Mais où est l'Enfer inscrit dans le Livre du Destin ?
Mais où est la Terre pure promise à tous les misérables ?

Le fleuve est mon lit ; la barque est mon ombre.
Les astres tournent autour de moi et me consolent.
Pourquoi le soleil est-il devenu blanc ?
Pourquoi la lune est-elle teintée en noir ?
Suis-je en vie ?
Suis-je déjà mort ?
Quel est ce vide qui m'aspire ?
Quel est ce désert qui me traverse ?

Une tristesse lancinante pénètre le cœur de Shen Feng. Il lève la tête et regarde le ciel où tourne un essaim d'oiseaux. Tantôt ils se laissent porter par le vent, tantôt ils volent à contre-courant en battant des ailes. Ses yeux cherchent son épouse et la trouvent près de lui, contre lui. Il caresse son cou puis son visage. Ses doigts heurtent son écharpe qui se détache. Le vent l'emporte. Il se dresse pour l'attraper. L'écharpe ondule et s'envole vers le ciel. Relâchée, la chevelure de son épouse se gonfle, se répand sur la poupe et se dépose sur le fleuve. Des mèches blanc argenté, rose pâle, rouge clair, jaune passé, bleu dilué, vert tendre, flottent au gré des vagues parmi les poissons et s'étirent en ondulant. Quelques instants plus tard, elles recouvrent toute la surface de l'eau. Sur le fleuve, brassés par les torrents perpétuels, le passé, le présent et le futur de l'homme fusionnent, et Shen Feng ne voit plus que la voie multicolore tissée par les cheveux de son épouse.

Neuf

La pluie, un rideau de fines perles grises, se change en neige. Les flocons, d'abord des feuilles d'argent découpées en forme d'étoiles, deviennent une poudre blanche qui se précipite sur la ville de Pékin. Les toits des maisons traditionnelles ressemblent à des coquilles de nacre, et les gratte-ciel se mettent à clignoter : étage par étage, les lumières s'allument dans les bureaux. Les fenêtres deviennent des carrés fluorescents. Les tours se transforment en puzzles de couleur.

Zhang Tsue fouille dans son sac et sort une écharpe de laine qu'elle noue autour de sa tête. Elle relève le col de son manteau et traverse la rue sans attendre que le feu passe au rouge. Les voitures glissent autour d'elle, les roues crissent, les klaxons résonnent.

Elle est habitée par une mélancolie qu'elle ne s'explique pas. Hier, tard dans la nuit, comme elle jouait de la cithare dans sa chambre, un homme et une femme lui sont apparus telles deux silhouettes pâles. Ils tournaient autour d'elle, dansaient en agitant les bras et la suppliaient : « La musique, s'il te plaît ! La musique ! »

Qui sont-ils ? Des fantômes ou des êtres de son imagination ? Des anges ou des êtres maléfiques venus la hanter ?

Zhang Tsue n'ose pas raconter sa vision à sa mère qui,
après le divorce d'avec son père, vit aux États-Unis.
Quand sa mère téléphone, elle lui dit que tout va bien,
qu'elle est heureuse. Mais Zhang Tsue n'est pas heureuse.
Elle se sent seule. Son père est un célèbre joueur de
cithare. Il anime une émission à la télévision, donne des
conférences, publie des livres et voyage dans toute l'Asie
pour ses concerts. Il n'a plus de temps à consacrer à sa
fille.

Zhang Tsue aspire l'air mouillé de neige et rejoint le
trottoir d'en face.

– … La musique, s'il te plaît. La musique…

Elle se retourne vivement.

Au milieu du trottoir, un garçon parle tout seul en marchant à vive allure. Vêtu d'un caban noir, il balance ses
longues jambes tout en tenant son buste immobile et son dos
légèrement courbé. Les mains dans les poches, serrant un étui
à violon sous le bras, il laisse sur la neige fine ses empreintes,
telles une série de notes musicales sur une partition vierge. Il
la dépasse et elle remarque qu'il porte une oreillette de téléphone sans fil. Il téléphonait.

Elle baisse la tête et continue d'avancer à son rythme.

– Quel instrument de musique portes-tu ?

Elle lève la tête et rougit jusqu'aux oreilles. Le garçon
l'attend à l'entrée du conservatoire.

– Une cithare à sept cordes.

– Une cithare à sept cordes ? C'est une rareté aujourd'hui ! Tu es en quelle année ? On essaiera d'improviser un duo violon-cithare ?

Elle voudrait disparaître sous la neige.

– La cithare se joue en solitaire, bredouille-t-elle.

Il réfléchit et rit.

– Nous pouvons l'écrire.

Ils marchent sur l'allée de platanes qui sépare les bâtiments dédiés aux études de musique occidentale et ceux dédiés à la musique chinoise.

– À tout à l'heure ! Tu me retrouveras ici.

– À tout à l'heure, répète Zhang Tsue en rougissant.

Le garçon tourne à gauche et s'efface derrière les arbres. Au bout de l'allée, un sentier mène vers un étang. Serrant la cithare dans ses bras, Zhang Tsue s'assoit sur un banc et contemple la neige qui tombe en abondance. Au loin s'élèvent le gazouillis des instruments de musique, les voix des ténors et des sopranos. Elle distingue le violon, le piano, le erhu, le pipa, le hautbois et le xiao, et pense au violoniste qu'elle vient de rencontrer qui se trouve peut-être dans ce concert chaotique.

Elle sourit et pose la tête sur la cithare. Il n'y a pas un brin de vent, pourtant la neige se met à tourbillonner. Deux silhouettes apparaissent parmi les flocons qui papillonnent. Enlacées, elles glissent et dansent sur l'étang gelé comme sur une scène éclairée d'une lumière pâle. Elles lancent vers Zhang Tsue leurs longues manches faites de brume et de neige, lui font signe de les rejoindre.

La musique est un don, chantonnent-elles. La musique engendre les mots, les mots engendrent la pensée, la pensée crée l'amant et l'amante. Ils naissent l'un pour l'autre. Ils meurent unis par la même musique. Ils se perdent, puis se retrouvent ; ils oublient, puis se souviennent quand résonne l'harmonie. Le temps est la musique. L'immensité est la musique. Qu'elle ne cesse jamais ! Écris, s'il te plaît. Écris pour nous !

DU MÊME AUTEUR

Aux Éditions Albin Michel

MIROIR DU CALLIGRAPHE, 2002.

IMPÉRATRICE, 2003.

LES CONSPIRATEURS, 2005.

ALEXANDRE ET ALESTRIA, 2006.

Chez d'autres éditeurs

PORTE DE LA PAIX CÉLESTE, Le Rocher, 1997, Bourse Goncourt du
  Premier Roman, prix de la Vocation littéraire.

LES QUATRE VIES DU SAULE, Grasset, 1999, prix Cazes.

LE VENT VIF ET LE GLAIVE RAPIDE, William Blake & Co, 2000.

LA JOUEUSE DE GO, Grasset, 2001, Goncourt des Lycéens.

LES NUAGES IMMOBILES, L'Archipel, 2009.

En Chine

LES POÈMES DE YAN NI, 1983, Éditions du Peuple de Guang Dong.

LIBELLULE ROUGE, 1988, Éditions des Nouveaux Bourgeons.

NEIGE, 1989, Éditions des Enfants de Shanghai.

QUE LE PRINTEMPS REVIENNE, 1990, Éditions des Enfants de Si
  Chuan.

Composition IGS-CP
Impression Marquis Imprimeur, mai 2010
Éditions Albin Michel
22, rue Huyghens, 75014 Paris
www.albin-michel.fr

ISBN : 978-2-226-20844-6
N° d'édition : 19311/01 – N° d'impression :
Dépôt légal : juin 2010
Imprimé au Canada.